COLLECTION FOLIO

Gilbert Sinoué

La Dame à la lampe

Une vie de Florence Nightingale

Gallimard

Ce livre est dédié à mon épouse Danielle, digne disciple de Miss Nightingale, et à toutes les innombrables « Dames à la lampe », infirmières anonymes, qui œuvrent jour et nuit pour un salaire de misère.

Toute ma gratitude va à Magda Tadros qui, par son exceptionnel travail de traductrice et d'archiviste, par son soutien moral aussi, a permis l'écriture de cette biographie.

« Un héros, c'est celui qui fait ce qu'il peut. Les autres ne le font pas. »

ROMAIN ROLLAND

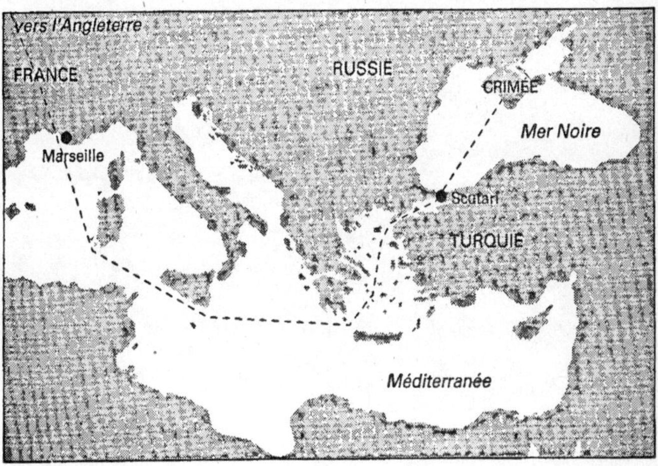
vers l'Angleterre
FRANCE
RUSSIE
CRIMÉE
Mer Noire
Marseille
Scutari
TURQUIE
Méditerranée

Hôpital de Scutari, en Turquie, décembre 1854

La cuisse du sergent John Kneller était fendue sur toute sa longueur. On pouvait entrevoir dans la béance un amas de débris, des lambeaux de chair et du sang. La gangrène avait commencé son travail de sape et de puanteur.

Il faisait nuit.

D'où venaient ces ombres qui formaient un cercle autour du chirurgien et des aides-soignants, pour la plupart à moitié ivres ? Des collines nues ? Des arbres décharnés ou des vomissures de la mer Noire ?

Une femme, lèvres pincées, sobre, le visage blême, tenait une lampe à pétrole au-dessus du blessé. L'odeur pestilentielle lui faisait le souffle court. À chacun des va-et-vient de la scie le long des cartilages, elle manquait de défaillir. Mais elle tenait bon. Elle tiendrait.

John Kneller poussa un cri strident et les ombres s'affolèrent.

— Du gin ! hurla le chirurgien. Faites-le boire ! Et passez-moi une gorgée.

À quelques pas, une centaine de blessés s'accrochaient à leur paillasse comme autant de naufragés sur un océan en furie. Se boucher les oreilles. Ô Dieu ! Ne plus entendre ces râles. Pitié ! Que vienne la mort. Qu'elle se hâte ! Qu'elle bâillonne cet enfoiré de Kneller pour l'éternité. Pitié !

La main de la femme trembla un peu. Mais elle ne faillit pas. *Plus jamais... Plus jamais... plus jamais...* Voilà ce qu'elle se répétait dans sa tête.

L'homme ne mérite pas d'être traité comme un animal.

Un malade est une âme avant d'être un corps.

Plus jamais... plus jamais...

Un jour viendra où des femmes ne permettront plus que se produise un tel spectacle.

Pris d'une soudaine quinte de toux, le chirurgien expectora un crachat glaireux vers le sol. Il s'essuya la bouche du revers de sa veste maculée avant de donner un nouveau coup de scie, cette fois dans le cœur même du fémur.

« Le plus mauvais moignon de jambe vaut mieux qu'une amputation de cuisse », disait le manuel. Tu parles ! songea le chirurgien.

Sous les dents métalliques, l'os se fendit.

Alors, le visage de Kneller ne fut plus qu'une grimace, effrayante, hallucinée. Son corps entier se cabra. Aussitôt, des mains le plaquèrent contre la table.

— Qu'est-ce qu'il gigote, ce con !

— Comme si cela servait à quelque chose ! grommela un aide-soignant. Il est foutu de toute façon !

La femme jeta un regard circulaire, fixant les personnages, un à un, avant de revenir vers John Kneller.

Plus jamais... Plus jamais elle ne permettrait que l'on affiche autant de mépris pour la souffrance des hommes...

Soudainement, elle se pencha vers le malheureux et chuchota à son oreille :

— Je suis là. Prends mon amour. Il est immense. Il est celui d'une mère pour son enfant. Prends mon amour...

Alors les traits de John se détendirent. Et il sombra.

Plus tard, quelqu'un jura qu'il avait souri.

1

> « Je suis superstitieuse à l'égard des images fabriquées quand elles me concernent. Je préfère ne laisser aucun souvenir de mon nom ou d'autre chose. »
>
> FLORENCE NIGHTINGALE [1]

20 août 1910, cimetière St. Margaret, East Wellow

Jonathan Brink réprima un frisson et risqua un regard vers le ciel.

Lugubre. Noir.

Presque aussi noir que la vingtaine de parapluies ruisselants et de complets-vestons qui formaient un cercle autour de la fosse. Pourtant, le soleil avait brillé jusque-là et tout le temps

1. Toutes les citations en tête de chapitre sont de Florence Nightingale (références en fin d'ouvrage).

que le cortège funéraire avait traversé le village et même jusqu'à l'entrée du chemin bordé de haies, entre Romsey et East Wellow, à hauteur d'Embley Park, le vieux manoir élisabéthain de la famille Nightingale. Là-bas, les hautes fenêtres étaient closes. Et la lumière n'entrait plus. Elle n'entrait plus depuis longtemps déjà.

Alentour, les champs avaient été désertés par les paysans. Pas âme qui vive sur les routes.

C'est au moment de franchir le portail de St. Margaret Church que le ciel s'était voilé d'un seul coup. Des masses de nuages avaient surgi sous l'impulsion d'une main invisible. D'abord quelques gouttes, comme un avertissement, puis la pluie. Une pluie diluvienne.

Les huit grenadiers de l'armée britannique qui portaient le cercueil n'avaient pas cillé et avaient poursuivi leur marche jusqu'au porche de l'église. Là, tous purent apercevoir le vieil homme qui, appuyé sur des béquilles, se tenait sur le seuil et luttait pour rester droit dans son uniforme râpé ; un uniforme plein des relents de poudre, et de l'odeur du sang ; réminiscences d'une lointaine guerre de Crimée. L'homme, un certain John Kneller, avait appartenu au 8e hussards de la brigade légère. Blessé dans la vallée de la Mort, il s'était retrouvé amputé d'une jambe et immobilisé dans les baraquements de l'hôpital. Une femme l'avait soigné et veillé trois mois durant. Elle lui avait murmuré : «Je suis là. Prends mon amour. Il est immense. Il est celui d'une mère pour son enfant. Prends mon amour... »

C'est cette femme qui reposait à présent dans cette boîte de chêne glacial recouverte d'un châle de cachemire blanc.

Miss Nightingale.

Florence Nightingale.

La Dame à la lampe.

Qui donc avait déclaré « Ne jamais se résigner à la défaite est le plus sûr chemin qui mène à la victoire » ?

Des mots. La destinée humaine ne serait-elle pavée que de mots ? À quoi bon ! La victoire fut au rendez-vous, mais Miss Florence était morte. Elle s'était éteinte dans son sommeil dans la nuit du 13 août. Elle avait probablement commencé de mourir depuis son retour de Crimée, un demi-siècle plus tôt, dans la puanteur des cadavres, la poussière et la septicémie.

Quatre-vingt-quinze mille morts français, vingt mille Anglais, deux mille Piémontais et cent dix mille Russes... Belle victoire.

Jonathan Brink chuchota à l'oreille de son voisin :

— Triste jour, n'est-ce pas ?

— Bien triste, en effet.

— Vous l'avez connue ? Je veux dire, personnellement ?

Le colonel releva vivement le menton et répliqua avec une pointe d'indignation :

— Je suis Henry Bonham Carter*[1] !

Brink bafouilla comme un enfant pris en faute.

— Pardonnez-moi, monsieur. J'ignorais. Acceptez mes excuses.

Quatrième fils de John Bonham Carter et de Joanna Maria Smith (la sœur de Fanny Nightingale*), Henry avait été l'un des collaborateurs les plus proches de la défunte. Comme sa cousine, il appartenait à l'Église unitarienne, laquelle, à la différence des catholiques, rejetait le concept de Trinité divine. Point de Père, de Fils, ni de Saint-Esprit. Dieu ne pouvait qu'être un. De même que les unitariens considéraient — hérésie suprême — qu'une grande partie du contenu de la Bible reposait sur des mythes et des légendes.

En 1861, Henry avait été nommé secrétaire du Fonds Nightingale et, à l'heure qu'il était, malgré son âge avancé — quatre-vingt-trois ans —, il occupait toujours la même fonction.

Jonathan crut bon d'ajouter :

— Permettez-moi de me présenter à mon tour : Jonathan Brink.

Henry acquiesça avec indifférence.

— Vous avez eu beaucoup de chance, monsieur, d'avoir côtoyé cette grande dame.

— Sans doute.

— Un être extraordinaire.

1. Les astérisques renvoient en fin de volume à la liste des personnages qui furent proches de Florence Nightingale.

— Et infiniment complexe.

Jonathan fronça les sourcils. Il allait questionner son voisin sur la raison de cette remarque ambiguë, mais la voix du prêtre récitant la prière des morts lui imposa le silence. Il adopta une expression recueillie et reporta son attention vers le cercueil que l'on venait de déposer dans la fosse, puis sur la grande couronne d'orchidées mauves entourée de roses blanches et de lys, envoyée par la reine Alexandra, mère de George V.

Respectant en tout point les dernières volontés de la défunte, il n'y avait pas eu de funérailles nationales, ni de sépulture dans l'abbaye de Westminster. Plus tard, on rédigerait simplement une stèle commémorative et l'on y inscrirait les mots voulus par Florence :

Sur l'une des faces : *À notre mère dévouée Frances Nightingale, épouse de William Edward Nightingale*, Esq. Morte le 2 février 1830. Dieu est amour. Ô mon âme, rends grâces au Seigneur et garde Ses bienfaits en mémoire.*

Sur la deuxième face : *William Edward Nightingale, d'Embley, en ce comté, et de Lea Hurst, Derbyshire. Mort le 5 janvier 1874, à l'âge de quatre-vingts ans. Et vous verrez la lumière.*

Sur la troisième face, une pensée pour sa sœur Parthenope*, devenue Lady Verney, et dont la dépouille reposait à Claydon, dans le Buckinghamshire.

Et enfin, sur la dernière face, on graverait une

petite croix et ces initiales : *F. N. Née en 1820. Morte en 1910.*

De la sobriété avant toute chose, avait exigé la Dame à la lampe.

Et cependant, ce matin même, sur les adjurations d'un éminent membre du Cercle littéraire et scientifique de Londres, toutes les cloches du pays avaient résonné, alors que se déroulait une cérémonie commémorative à la cathédrale Saint-Paul.

Sir James Ritchie, au nom du lord-maire, avait conduit le service, assisté par un dignitaire portant l'épée, par un appariteur et par le maréchal de la Cité. Bien qu'il fût décidé que tout cela serait dépourvu de caractère militaire, des officiers en uniforme étaient présents. Représentants du roi George V et de son épouse la reine Mary, du Premier ministre et de Lord Crewe (le secrétaire d'État aux Colonies), du ministère de la Guerre, des hôpitaux de Londres, délégués du Service militaire impérial de la reine Alexandra, vétérans de la guerre de Crimée arborant leurs médailles, chancelants sur leurs béquilles. Ils étaient là. Fondus en une masse polychrome, un mélange d'uniformes, de capotes, de bérets bleus, gris, verts, noirs et rouges et de capes écarlates.

À l'extérieur de Saint-Paul, perdues dans la foule compacte, des infirmières pleuraient. Elles pleuraient sans pudeur. Ce n'était pas une femme comme les autres qui venait de mourir.

C'était un ange. *Leur* ange. Celui qui leur avait rendu la dignité, la fierté. Et la raison d'être de leur vocation.

Qu'était une infirmière avant Miss Florence? Rien. Ou si peu. La lie de la société, des ivrognes qui avaient la réputation d'empester le gin à trois pas, des êtres issus des milieux les plus défavorisés et qui, par conséquent, ployaient sous le poids de leur infortune. Être infirmière n'était ni une carrière ni une profession; c'était une besogne dégradante, bonne pour les femmes de bas étage, vulgaires et souvent immorales, des laissées-pour-compte. Ce n'était pas une occupation digne d'une jeune fille «bien». Des femmes «trop âgées, trop fragiles, trop souvent ivres et voleuses et trop laides pour pratiquer un autre métier».

Sans doute, en ce moment précis, au-delà de leur désespérance, résonnaient dans le cœur de ces femmes regroupées devant la cathédrale quelques-uns des propos tenus par la Dame à la lampe :

Les cinq minutes gaspillées à nettoyer ce qui n'aurait jamais dû être sali sont des minutes volées aux malades et perdues pour eux.

J'ai souvent été choquée par l'étourderie (résultant en une cruauté sans doute involontaire) d'un médecin qui tient une conversation devant la porte ou dans le couloir longeant la chambre du malade, qui sait que l'on parle de lui.

Il me semble que ce soit une idée reçue parmi les hommes et même parmi les femmes qu'il suffit d'une déception amoureuse, d'une désillusion, d'un dégoût général ou d'une incapacité à faire autre chose pour transformer une femme en infirmière. Cela me rappelle la paroisse où un vieillard stupide fut nommé maître d'école parce qu'il était « devenu incapable de garder les porcs ».

Et, non sans malice, elle avait dit un jour : « Il est toutefois certain que l'on n'a rien découvert qui puisse remplacer la tasse de thé du patient anglais. »

Le jour de sa mort, à la page 8 du *Times*, un journaliste avait écrit en quatrième colonne de la page nécrologique : « À peu de grands réformateurs a été accordée la grâce de voir les résultats de leur propre combat d'une façon aussi saisissante et aussi favorable ; pour ceux qui ont suivi la noble tâche de la Dame à la lampe, la disparition de Miss Nightingale est celle de la plus grande héroïne de l'Histoire britannique. »

Le silence avait repris ses droits.

Il avait cessé de pleuvoir, comme par enchantement.

La foule commença à se disperser.

Seuls les membres de la famille semblaient figés autour de la tombe.

— Et vous ? l'avez-vous connue ?

La voix rauque de Henry Carter arracha Jonathan à ses pensées.

— Je ne l'ai rencontrée qu'une seule fois et à une occasion tout à fait particulière.

— Particulière ?

— En effet. Je travaille pour la General Electric.

Henry plissa le front.

Jonathan s'empressa de préciser :

— C'est une compagnie américaine, fondée par un inventeur originaire de l'Ohio, Thomas Edison.

— Je vois. L'homme de la lumière. Vous êtes donc américain ?

Jonathan confirma tout en jugeant utile de préciser :

— Mais je vis en Angleterre depuis près de vingt-cinq ans.

Un sourire anima les lèvres sèches de Henry.

— Ne vous excusez pas...

Et il enchaîna très vite :

— General Electric, Edison, quel rapport avec Miss Nightingale ?

— Le phonographe. Une autre invention de Mr Edison.

— La boîte à musique ?

— Oui. Mais surtout un support d'enregistrement des voix sur un cylindre d'étain. Il y a une vingtaine d'années, le siège de la compagnie à Londres m'a chargé d'immortaliser la voix de Miss Nightingale. Au 10 South Street. C'est là que j'eus le privilège de faire sa connaissance.

— Vous me voyez surpris qu'elle ait accepté de se livrer à ce type d'expérience. Ce n'était guère son genre.

— Elle a accepté pourtant. J'ignore de quelle façon on a pu la convaincre, mais elle a accepté.

— Et comment l'avez-vous trouvée ?

— Plutôt déprimée. Elle vivait très mal les événements qui se déroulaient alors en Afrique du Sud. Les nouvelles en provenance du Transvaal étaient catastrophiques. L'affrontement tournait au désastre pour les troupes anglaises. Comme pour la guerre de Crimée, nombre de nos concitoyens avaient cru qu'une armée réduite eût été suffisante pour vaincre ces obstinés de Boers. La bataille de Magersfontein avait démontré le contraire.

— *The Black Week*. Un carnage. Trois mille soldats britanniques tués.

— Dont un grand nombre victimes de maladies contagieuses. C'est ce que déplorait le plus Miss Nightingale. On sentait qu'elle était terriblement frustrée et malheureuse de ne pouvoir agir. Elle aurait certainement voulu se rendre là-bas, comme elle l'avait fait en Crimée, mais son état de santé ne le lui permettait plus. Elle se contentait d'écrire de longues lettres de soutien aux infirmières qui œuvraient dans les zones de combat et d'envoyer des dons. Mais, dans son for intérieur, on voyait bien qu'elle était furieuse.

Henry approuva.

— C'est parce qu'elle savait ce qui se passait. Les hommes se lavaient dans la fange et buvaient de l'eau fétide. Fièvres, dysenteries se propageaient d'un rang à l'autre. La typhoïde faisait plus de morts que les boulets. La rivière Modder était pleine de cadavres d'hommes et d'animaux, mais les soldats s'y désaltéraient quand même, l'appelant « bouillon de Boers ». Miss Nightingale était au courant de tout cela. Il n'était donc pas étonnant que vous l'ayez trouvée déprimée.

— Je pense aussi que sa vue avait énormément baissé. Ce qui devait accroître cet état dépressif.

— Sans doute, sans doute.

Henry replia son parapluie et s'inclina.

— Enchanté de vous avoir rencontré, monsieur...

— Brink. Jonathan Brink.

Le vieil homme s'inclina à nouveau et s'engouffra dans le sillage de la foule qui quittait le cimetière.

— Monsieur Carter !

Henry pivota, surpris.

— Oui, monsieur ?

— Me serait-il possible de vous revoir ? J'aimerais vous interroger à propos de Miss Nightingale.

— M'interroger ? Pour quelle raison ?

L'Américain prit une courte inspiration avant de répondre :

— Voilà quelques mois que je travaille sur une biographie de la Dame à la lampe. L'idée m'obsède depuis que j'ai fait sa connaissance au 10 South Street. Je pense que vous pourriez m'être d'un grand soutien. Vous l'avez intimement connue. Peut-être mieux que quiconque. Vous êtes dépositaire, m'a-t-on dit, d'une grande partie de ses notes intimes et de ses lettres. Vous avez été et vous êtes encore directeur du Fonds Nightingale, vous avez travaillé près de quarante ans à ses côtés. Vous êtes son cousin. Vraiment, monsieur, votre contribution me serait des plus précieuses.

Henry Carter adopta une mine pensive, avant de faire observer :

— Il en est bien d'autres qui l'ont connue.

— Bien sûr. Mais la plupart, hélas, sont décédés. En s'éteignant à quatre-vingt-dix ans, la Dame à la lampe n'a pas laissé à son entourage beaucoup de chances de lui survivre. Croyez-moi, monsieur, votre témoignage est crucial.

Carter médita encore un moment, puis :

— Je veux bien. Mais, comme vous pouvez le constater, je suis un très vieil homme. Et, comme tous ceux que l'âge a désarmés, la fatigue m'envahit assez vite. Je ne vous promets pas de vous consacrer beaucoup de temps.

— Rassurez-vous, je ne vous importunerai pas outre mesure. Vous déciderez de l'heure et du jour. Où puis-je vous joindre ?

Henry fouilla dans la poche intérieure de sa veste et extirpa de son portefeuille une carte de visite qu'il tendit à Brink.

— Voilà... appelez-moi, monsieur... ?

— Brink.

— C'est exact ! Vous voyez que j'avais raison de vous mettre en garde : l'âge nous désarme.

2

> « Pour me rendre digne d'être la servante de Dieu, la première tentation à surmonter est le désir de briller en société. »

La pièce sentait le vieux cuir et le tabac.

Des rideaux de velours encadraient une haute fenêtre ouverte sur la Tamise. Sur une table basse étaient empilés d'épais dossiers liés par une courroie de cuir et soigneusement datés.

Henry Carter ralluma sa pipe pour la troisième fois et reprit :

— Je comprends votre étonnement, monsieur Brink. Baptiser ses enfants d'un nom de ville peut paraître curieux. En tout cas, l'idée ne rebutait ni William Edward ni Frances Nightingale. Leur fille aînée étant née un matin de 1819, à Naples, et les deux parents étant des érudits, on la baptisa Parthenope, s'inspirant de l'antique nom grec de cette ville. Lorsque leur second enfant vit le jour un an plus tard, le 12 mai 1820, en Italie, dans la villa Colombaia, près de Florence, il était donc parfaitement naturel qu'on l'appelât... Florence.

« Florence et Parthenope. Deux sœurs. Deux caractères tout aussi opposés que les villes dont elles portaient le nom. L'une, Florence, réfléchie, émotive, introvertie, harcelée par des questions existentielles ; l'autre n'ayant pour seule préoccupation que de vivre au jour le jour, dans la légèreté. À cela s'ajoutait chez Parthenope un besoin irrépressible de domination qu'elle exerçait essentiellement sur sa sœur.

« Cinq ans avant son mariage, leur père, William Edward, avait eu le privilège d'hériter d'une fortune considérable. Privilège qu'il devait à un grand-oncle, personnage aussi riche qu'excentrique, du nom de Peter Nightingale, châtelain de renom et célibataire endurci. L'oncle avait tout de même posé une condition : pour entrer en possession de cet héritage, William devait changer son patronyme (Shore) en... Nightingale. Il n'y eut point d'hésitation.

« William était le fils unique de Robert Shore, originaire de Tapton dans le comté de Derbyshire, région verte et humide de l'Angleterre. C'est à Édimbourg qu'il reçut une éducation choisie, puis dans le très réputé Trinity College de Cambridge.

« À l'origine, les Nightingale n'étaient que

de simples cultivateurs qui exploitaient un petit domaine entre Matlock et Crich Hill, dans les landes de Lea. La découverte d'importants gisements de plomb fit basculer leur destin. Aussi, quand Peter Nightingale mourut en 1803, il n'était plus le petit propriétaire terrien héritier de ses ancêtres, mais un notable à qui son père, devenu un riche marchand de plomb, avait légué toute sa fortune.

« En 1818, le destin plaça sur la route de William Edward une femme d'une grande beauté : Frances Smith, dite Fanny, fille de William Smith, de Parndon Hall en Essex. Ce dernier, tout aussi riche que Peter Nightingale, était membre du Parlement, mystique à ses heures, philanthrope, et farouche opposant à l'esclavage. Spirituellement, il appartenait à cette classe dissidente de protestants : les unitariens. Politiquement, il était membre du parti libéral, le Whig, qu'il soutenait financièrement. "Comme je déteste les Tories (les conservateurs), lançait-il à qui voulait l'entendre, qui ne se font élire que pour la bière, le brandy et l'argent !"

« À sa naissance, Florence porte donc déjà en elle les gènes de la dissidence, de la tolérance religieuse (particulièrement envers les catholiques), et une admiration non déguisée pour des hommes non conformistes, des partisans de l'indépendance de l'Amérique, des admirateurs de la Révolution française ou des défenseurs de l'émancipation des Noirs.

« Elle a environ cinq ans lorsque sa famille quitte la vieille maison de Peter Nightingale pour un nouveau domaine situé à un peu moins de deux miles : le manoir de Lea Hurst, construit selon les directives et sous la surveillance attentive de William Edward, au centre du district de Matlock, à un demi-mile de Cromford Bridge. C'est une demeure magnifique composée d'une quinzaine de chambres. Elle surplombe la vallée où serpente la rivière Dwent. De magnifiques jardins l'entourent. Au loin, on peut entrevoir les ailes des moulins à vent qui jettent leurs ombres sur les mines de plomb, garantes de la fortune des Nightingale.

« Tout laisse à penser que la fillette n'a aucunement conscience de la vie privilégiée qui est la sienne. Ne lance-t-elle pas un jour à l'une de ses amies : « Tu ne penses certainement pas que Lea Hurst est une *grande maison* ? »

« Cependant, son âme ne prendra pas racine dans cet univers fait de luxe et de surabondance. Au contraire, on y verra croître progressivement les graines de la révolte.

« Sa chambre ne comporte qu'un lit sans courtines et un miroir, deux petites tables, quelques étagères. Les murs sont nus et sans chaleur. Une fenêtre ouvre sur la campagne d'où monte le chant de la rivière Dwent. Des années plus tard, travaillant à l'hôpital de Scutari[1], près d'un autre cours d'eau, elle écrira : "Comme j'aime entendre ce chuchotis incessant qui me rappelle mon cher Dwent. Combien de fois l'ai-je écouté penchée à la fenêtre de ma chambre."

« C'est dans ce cadre paisible et enchanteur que se déroule l'enfance de celle qui deviendra la Dame à la lampe. Elle y développe très vite un goût prononcé pour tout ce qui a trait à la nature et aux bêtes : "Un invalide, ironisera-t-elle, préférera de loin la compagnie d'un chien plutôt que celle de son infirmière, car le chien ne parle pas et, plus je connais les hommes, mieux j'aime les chiens."

« D'entre les deux sœurs, c'est Parthenope qui est la préférée de sa mère. Elle est enjouée, ne connaît pas d'états d'âme. Une "enfant sans problèmes". Ce qui n'est pas le cas de Florence, personnage morbide, assailli par mille et une interrogations.

« En 1851, Florence note dans son journal : "Quand j'étais une enfant et que je me conduisais mal, cela mettait toujours un frein à ma rêverie, je ne saurais dire pourquoi. Est-ce parce que mal se conduire est plus intéressant que les motivations qui amènent l'homme à un état de sereine civilité ?"

1. Üsküdar en turc. Situé sur la rive anatolienne du Bosphore, en face d'Istanbul. Précisons que cette ville fait partie de la Turquie. Néanmoins, il était coutumier à ce moment précis de l'Histoire de l'inclure dans la « région de la Crimée ».

« L'éducation des deux enfants sera l'œuvre exclusive de leur père. Il leur enseigne le latin, le grec, les mathématiques et leur impose de lire Homère dans le texte et les *Tusculanes* de Cicéron. Le rythme est spartiate. Il contribua très probablement à inculquer à Florence le sens de la méthode et de la rigueur, deux qualités qui se révéleront essentielles dans sa carrière. Si le père formait l'intellect de ses filles, la mère, elle, se préoccupait d'en faire de futures maîtresses de maison. Avant l'âge de douze ans, elles savaient déjà coudre et broder.

« Alors que sa sœur se passionne pour les arts, Florence passe le plus clair de son temps à poser des bandages aux poupées brisées. Mais ce qui la distingue particulièrement, c'est l'intérêt qu'elle éprouve dès son plus jeune âge pour ceux qui n'ont pas eu la chance de naître dans l'aisance. Certes, ses parents ne manquent pas une occasion de prodiguer la charité aux déshérités de la région, mais aux yeux de l'adolescente cela ne suffit pas. Elle est obsédée par l'idée d'en faire plus. Beaucoup plus. Une voix la tourmente dont elle n'arrive pas encore à décrypter le sens. Vivre ? Simplement se contenter de vivre ? Non. Il doit y avoir autre chose.

« À l'âge de seize ans, elle était déjà consciente de la cruelle différence qui existe entre ceux que la fortune a comblés dès le berceau et les autres. Les oubliés. “On voit dans chaque cottage de telles difficultés qu'elles appellent la compassion", écrira-t-elle, à vingt-quatre ans, à son amie intime Mary Clarke *. Et d'ajouter dans un de ces éclats morbides dont elle avait le secret : "Par moments, je me dis que la mort doit être moins effroyable que la vie." Ou encore : "Je déteste quand Dieu m'entend rire, car je ne me suis pas repentie de mes péchés."

Le bruit d'une berline dévalant la rue à tombeau ouvert couvrit partiellement la voix de Henry Carter. Brink en profita pour suggérer :

— Miss Nightingale aurait donc été une personnalité — il hésita sur le terme — tourmentée...

Henry exhala une bouffée de tabac. On eût dit que la question l'embarrassait. Il se racla la gorge et se décida à répondre :

— Il est probable qu'elle ne se sentait pas pleinement heureuse dans ce foyer, surprotégée, comblée, alors qu'au tréfonds d'elle-même elle avait — si vous me permettez cette métaphore — «mal aux autres». Pour preuve, à dix-sept ans, on la voit sombrer dans une dépression nerveuse, qu'elle décrira plus tard comme le temps où «Dieu l'appelait à Son service». Le manque de compréhension de sa mère, la jalousie morbide et possessive de sa sœur eurent tôt fait de la convaincre que son vrai bonheur ne pouvait s'épanouir dans les limites étroites de sa famille, dans cette opulence, alors qu'existaient à quelques pas du domaine de Lea Hurst tant de misère, de pauvreté et d'injustice.

— On m'a souvent parlé de cet « appel de Dieu »...

— Sans être bigote, Florence a toujours été très proche des choses de la religion, mais surtout — pardonnez-moi la comparaison — vibrait en elle cet amour du sacrifice qui est le propre des saints, une certaine propension à la souffrance et au plaisir qu'elle procure. Pour elle, souffrir était chose naturelle.

L'Américain retint un sursaut.

— Naturelle ?

— Je sais. Je vois que vous êtes choqué. Et pourtant si vous vous penchez sur la vie des figures illustres qui illuminèrent notre monde judéo-chrétien, vous constaterez que toutes considéraient la souffrance comme une grâce particulière. Permettez-moi d'ajouter qu'il y a deux manières de souffrir : souffrir en aimant et souffrir sans aimer. Les saints souffraient avec patience, joie et persévérance, parce qu'ils aimaient. Nous, nous souffrons avec colère, parce que nous n'aimons pas.

Henry se tut un instant avant de tendre la main vers la pile de dossiers posés devant lui. Il ouvrit l'un d'entre eux, tout en expliquant :

— Comme vous le savez, la Dame à la lampe a confié au Fonds Nightingale la plupart de ses notes intimes, auxquelles je faisais référence il y a un instant.

Soulevant une feuille, il la survola du regard et lut à voix haute :

— À son amie, Mary Clarke, à l'occasion du mariage de celle-ci en 1847 : « Nous devons toutes un jour ou l'autre sauter dans le vide comme Sapho[1], dans un sens ou dans l'autre, avant d'atteindre comme elle le repos. Mais quelques-unes le font dans la mort et d'autres dans le mariage ou d'autres encore dans une vie nouvelle, en ce monde. Quel est le meilleur choix ? Dieu seul le sait. » Et cette note rédigée en 1851 : « Pourquoi, ô mon Dieu, ne puis-je me satisfaire de la vie qui satisfait tant de gens ? On me dit que la conversation de tous ces hommes savants devrait me suffire. Pourquoi suis-je affamée, désespérée, malade ? Mon Dieu, que dois-je faire ? » Et encore ceci, écrit au cours de la même année : « En ma trente et unième année, je ne vois rien de désirable que la mort. »

Il s'arrêta pour préciser :

— Dès 1844, alors qu'elle entre dans sa vingt-quatrième année, l'« appel » qu'elle a entendu huit ans auparavant sans pouvoir en définir le sens, cet appel, elle l'entend à nouveau. Cette fois, elle sait l'interpréter : soigner les maux de l'humanité. Panser les plaies au sens propre et au sens figuré. Aider les plus démunis.

1. Elle se serait jetée dans la mer, à cause d'un amour non partagé pour un certain Phaon.

Il reposa ses yeux sur les feuillets :

— À Parthenope Nightingale, 1830 : « Chère Pop, aimons-nous mieux que nous ne l'avons fait jusqu'ici. C'est la volonté de Dieu et maman le désire particulièrement. » Dieu encore. Précisons que Florence a toujours eu tendance à tout remonter d'une octave. Il n'existait pas de souffrance comme la sienne, pas de chagrin comme le sien, pas de travail aussi écrasant que celui qu'elle accomplissait. À vrai dire...

Carter chuchota presque pour confier :

— Elle usait jusqu'à la corde ses collaborateurs bénévoles, n'excusait jamais leurs défections et, souvent, ne leur marquait de la reconnaissance qu'après leur décès... Oui. Je l'admets. C'était sa part d'ombre. Combien de fois l'ai-je entendue s'exclamer : « Je suis contrainte de faire en une journée ce que d'aucuns ont l'opportunité de réaliser en quarante-huit heures. » Notez que lorsqu'elle prononce cette phrase, nous sommes en 1851, elle vit à South Street, entourée de cinq domestiques.

Jonathan ne put s'empêcher de sourire.

— Se plaindre est parfois un des moyens d'obtenir.

— Vous ne croyez pas si bien dire. Être aux « portes de la mort », avoir une « vie qui ne tient qu'à un fil », tourmente merveilleusement les esprits de son entourage. C'est d'ailleurs ainsi que Florence obtiendra la signature du contrat avec le St. Thomas Hospital. Son ami, son soutien, son ange gardien et ministre de la Guerre, Sidney Herbert *[1], écrira à cette époque, en novembre 1859 très précisément : « Elle s'affaiblit dangereusement ; se débarrasser de cette affaire sera un soulagement. » Quand il semble qu'elle ne puisse obtenir gain de cause, il lui vient des palpitations et des nausées, elle affirme ne plus pouvoir dormir. Elle se sent partir. Et elle le clame à qui veut l'entendre. Cela étant...

Henry replaça la chemise sur la table qui jouxtait le Chesterfield dans lequel il s'était rencogné et conclut :

— Cette dramatisation aurait pu être condamnable si elle n'avait été au service de la bonne cause. Ce qui fut le cas. Il est des fins qui justifient les moyens. Ces lamentations eurent pour effet d'attirer l'attention des plus hautes autorités sur la déchéance des hôpitaux. Vous ne pouvez imaginer dans quel état de décrépitude se trouvait alors le monde médical.

Brink hocha la tête d'un air entendu.

— Revenons, voulez-vous, aux premières années. J'ai noté que ses parents étaient quelque peu nomades. La France particulièrement et l'Italie auraient fait partie de leurs lieux de prédilection. J'ai recensé un nombre impression-

1. Notons qu'à cette époque, et aussi curieux que cela paraisse, il y avait les ministres *de* la Guerre et *pour* la guerre. Le second étant Lord Panmure.

nant de déplacements : Chartres, Blois, Tours, Nantes, Bordeaux, Biarritz, Carcassonne, Nîmes, Avignon, Toulon, la Côte d'Azur, Gênes. Mais aussi la région des lacs en Italie, Genève... Un vrai tourbillon.

— C'est exact. En 1837, la famille a quitté l'Angleterre pour vivre en Europe jusqu'en avril 1839. Une vie de détente et de plaisir que Florence décrira comme « trop de temps pour rêver ». Elle vient d'avoir dix-sept ans et, si elle s'intéresse aux paysages, elle note particulièrement les lieux de pèlerinages et les institutions bénévoles, elle s'intéresse aussi à la politique des pays qu'elle traverse et se sent solidaire du combat que livrent les Italiens pour l'indépendance de leur nation et sa réunification. Elle maîtrise parfaitement le français, l'allemand et l'italien, chante agréablement et joue du piano. De toutes les musiques auxquelles elle fut confrontée, c'est certainement l'opéra italien qui lui procura le plus grand plaisir. C'est en écoutant le *Lucrèce Borgia* de Donizetti que se révéla cette passion. Elle aurait aimé y aller tous les soirs. Curieusement, elle ne fut pas du tout impressionnée par sa ville natale, Florence, et lui préféra de loin... Gênes.

Carter marqua une courte pause pour tirer quelques bouffées sur sa pipe et nota :

— Gênes. Je sais pourquoi, Gênes. Il me revient que, là-bas, elle fut amenée à visiter une institution pour les sourds-muets. Elle fut très marquée par l'expression souffreteuse et mélancolique qui émanait du visage des pensionnaires et aussi, j'allais dire surtout, par l'aspect froid et crasseux de leurs chambres. Impression terrible. Dans le même temps, ces voyages vont lui permettre de côtoyer la crème de la société européenne et de faire la connaissance de personnalités aussi diverses que l'historien et économiste Jean Charles de Sismondi ou le botaniste Augustin de Candolle. Le premier l'a séduite par sa vision de l'économie et le second... par sa connaissance extraordinaire des végétaux.

— Il n'est pas étonnant que les idées de Sismondi aient eu un impact sur elle. Ne prêchait-il pas pour une nécessaire redistribution des richesses ?

Henry confirma.

— Pour l'humaniste qu'elle fut, les propos de cet économiste étaient du miel. Quand il affirmait que, loin d'assurer le bien-être de tous, le libéralisme ne ferait qu'accroître la misère des travailleurs, que la mécanisation ne pouvait qu'entraîner du chômage, que la concurrence à outrance exercerait une pression à la baisse sur les coûts de production et donc sur les salaires, il ne faisait qu'alimenter la vision altruiste de la Dame à la lampe.

— C'est bien à Genève qu'elle a connu Sismondi, n'est-ce pas ?

— Parfaitement.

— Ensuite ? L'Italie à nouveau ?

— Non. Paris. Un appartement place Vendôme.

— Vous souvenez-vous de l'année?

Henry eut un mouvement d'humeur.

— Monsieur Brink. Si vous m'interrompez sans cesse...

— Pardonnez-moi, c'est que...

— Oublions... Paris, donc. C'était, me semble-t-il, au cours de l'hiver 1838. À moins que ce fût 1839[1]. C'est là que Florence fait la connaissance d'une femme qui deviendra son amie la plus fidèle et avec qui elle entretiendra une correspondance suivie jusqu'à la fin de sa vie : Mary Mohl, née Clarke. Elle et sa mère — une femme malade et handicapée — vivaient dans un hôtel particulier, propriété de la famille Clermont-Tonnerre, au 120, rue du Bac. Il n'était pas rare d'y croiser les plus grands esprits parisiens. Clarkey (c'est ainsi que ses intimes l'avaient surnommée) était une femme assez exceptionnelle, célèbre pour sa beauté. À en croire Florence, « le plus grand charme de Mary était de n'en avoir point ».

— Oui, approuva Brink. On m'en a beaucoup parlé. Avant son mariage n'aurait-elle pas vécu un certain temps avec un érudit français, un certain Faurel?

Carter eut un haussement d'épaules.

— Non. Fauriel. Claude Fauriel. *Extraordina-*

1. À cheval entre les deux années.

rily handsome man, très bel homme, paraît-il. Féru de poésie grecque, italienne et provençale. Historien, linguiste, critique et, pendant quelque temps, le secrétaire de Fouché. Il m'a été rapporté que Mary Clarke et ce gentleman auraient échangé une correspondance passionnée, teintée d'un érotisme brûlant. Mary rêvait de devenir sa femme, mais ce rêve était loin d'être partagé. L'homme était un séducteur invétéré et l'affaire n'eut pas de suite. L'infortunée Mary se consola alors dans les bras de Julius Mohl, qu'elle épousa en 1847. En réalité, même si Fauriel avait partagé la ferveur de Mrs Clarke, jamais la famille de celle-ci n'aurait permis leur union : il était catholique et elle, protestante. Notez que le Paris de cette époque était réputé pour la qualité de ses clubs et de ses salons littéraires. C'était le centre intellectuel de l'Europe, et...

Brink se risqua à couper son interlocuteur.

— Nous parlions de Mrs Clarke...

— Assez rapidement, Mary prit Florence en sympathie et l'introduisit dans l'un des salons les plus prisés de la société intellectuelle du moment : celui de Mme Récamier. Elle y côtoya des personnalités aussi prestigieuses que le vicomte de Chateaubriand, Adolphe Thiers, Lamartine Musset, Stendhal. Paradoxalement, car elle n'a jamais eu l'occasion de la rencontrer, je crois que le personnage qui a le plus marqué Florence fut l'écrivain George Sand, la baronne Dudevant. Tout ce qu'elle avait appris sur elle l'avait extraordinairement impressionnée. Non seulement elle avait publié une série d'ouvrages qui faisaient jaser le Tout-Paris, mais elle affichait clairement son penchant pour le port de vêtements masculins, et fumait la pipe. C'est une pratique pour le moins exceptionnelle dans ce monde où les codes sociaux, notamment parmi les classes aisées, ont la plus grande importance. Lorsque Sand publia son *Gabriel*, Florence dévora le roman. Il semble que l'histoire de ce prince qui décide de faire passer sa petite fille pour un garçon, de l'élever comme tel, tout en lui laissant ignorer son véritable sexe, cette histoire la fascina.

Henry marqua une pause. Son regard parut s'évanouir dans le lointain.

Jonathan en profita pour demander :

— Pardon, monsieur, pour cette question quelque peu outrancière. Mais vous devez certainement avoir été au courant des rumeurs qui couraient quant aux inclinations sexuelles de Miss Nightingale...

Henry resta de marbre.

— Je suis au courant. D'aucuns ont affirmé que Florence aurait eu une préférence pour la gent féminine. Je vous dis d'emblée que l'accusation est inepte. On ne lui connaît pas la moindre aventure féminine. Pas une seule.

— Et encore moins d'aventure masculine... Elle a toujours refusé le mariage.

Carter laissa échapper un petit rire.

— Qu'est-ce que cela prouve ? Je connais nombre d'homosexuels notoires qui sont mariés et pères de famille. Si tous les célibataires devaient être soupçonnés, où irions-nous, monsieur Brink ?

— On dit aussi que lorsqu'elle se trouvait en Crimée, Miss Nightingale partageait régulièrement son lit avec des femmes ou même des jeunes filles.

— Mon cher, si partager la couche d'une personne du même sexe est synonyme d'homosexualité, dites-vous que cent pour cent des Anglais et des Anglaises de notre époque sont homosexuels.

Carter balaya l'air d'un geste de la main.

— Non. Absurde...

L'Américain insista tout de même :

— Nous parlions il y a un instant de Mary Clarke... Florence lui a écrit un jour[1] : « Mon expérience des femmes est aussi vaste que l'Europe, et elle est intime aussi. J'ai vécu et dormi dans un même lit que des comtesses anglaises et des dames prussiennes. Aucune mère supérieure (catholique) n'a eu en charge autant de femmes aux pratiques religieuses aussi diverses. Aucune autre femme que moi n'a autant excité la passion des femmes. » Ces propos ne prêtent-ils pas à confusion ?

En guise de réponse, Henry Bonham se pen-

1. En 1861.

cha vers son recueil de lettres, et en extirpa une qu'il brandit sous le nez de Brink en s'exclamant :

— Hors contexte, monsieur ! Hors contexte !

Il se leva d'un seul coup et pointa son index en l'air en ajoutant :

— Je vais vous le prouver. Attendez-moi !

Et, sous le regard abasourdi de Brink, il s'éclipsa.

3

> « Regardons nos consciences comme nous regardons nos mains, pour voir si elles sont sales. »

Brink loucha sur sa montre.

Un quart d'heure déjà. Et son hôte n'était toujours pas revenu. Quelle mouche l'avait donc piqué ?

Il avait lu un jour que la différence entre les jeunes et les vieux était que les vieux avaient beaucoup plus de souvenirs, mais nettement moins de mémoire. Ce n'était certainement pas le cas de Henry Carter. Il n'était en manque ni de mémoire ni de souvenirs. Brink, lui, approchait à peine la cinquantaine et, s'il était riche de quelques lambeaux de souvenirs, sa mémoire lui jouait déjà de mauvais tours. Il avait de plus en plus de mal à conserver la trace des visages connus ; ils étaient comme derrière un rideau de brume. Certaines scènes qui, pourtant, jouèrent un rôle à un moment donné de sa vie, ces scènes s'étaient diluées dans l'espace. Il savait qu'elles avaient existé, mais il était incapable de les restituer dans le cadre original.

— Voici !

La voix de son hôte le ramena sur terre.

— Voici, répéta-t-il en brandissant une feuille.

Carter se réinstalla dans son fauteuil et poursuivit :

— J'ai ici le texte complet de cette lettre adressée à Clarkey. Miss Nightingale commence en disant (il lut) : « Vous affirmez que les femmes sont bien plus sympathiques que les hommes. Et moi, si je devais écrire un livre fondé sur *mon* expérience, je commencerais par : "Les femmes ne sont absolument pas sympathiques." Vous (Mrs Clarke), vous vous exprimez selon la tradition ; moi, forte de mon expérience. Je n'ai jamais rencontré une femme qui ait changé sa vie ne fût-ce que d'un iota pour moi ou pour suivre mes conseils. Mes préceptes n'ont jamais eu aucune prise auprès des femmes. Pas une seule parmi celles qui m'ont accompagnée en Crimée n'a retenu quoi que ce soit, ni n'a essayé, une fois de retour en Angleterre, de mettre en pratique les leçons que je leur avais apprises dans les hôpitaux militaires. Pas une seule femme que je connaisse *n'a appris à apprendre*[1] !

1. En français dans le texte.

Je deviens folle lorsque je les entends évoquer le “droit des femmes” ! Elles ne connaissent même pas le nom de nos ministres, ni même où se trouvent les bâtiments des *Horse Guards* ! Elles ne savent lequel de nos dirigeants est mort ou vivant ni quelles églises possèdent un archevêque ! »

Bonham arrêta sa lecture.

— Vous voyez ? Le passage cité hors de son contexte reprend ici tout son sens véritable. Ce n’est rien de plus qu’une diatribe prononcée à l’encontre du sexe féminin. Est-ce l’attitude d’une femme homosexuelle ?

Il enchaîna en pointant de l’index un paragraphe :

— Et ici, elle évoque ses relations avec ma sœur, Hilary. Et que dit-elle ? « Hilary Bonham Carter * est typiquement le genre de femme qui devrait inspirer la sympathie, tout d’abord parce qu’elle est la plus altruiste des femmes que je connaisse et ensuite parce qu’elle éprouve une véritable passion à mon endroit. Malgré cela, je n’ai jamais pu l’influencer en quoi que ce soit[1]. »

Il se tut, et soupira :

— La rumeur... Quoi de plus meurtrier que la rumeur, monsieur, dites-moi ?

Brink jugea préférable d’éluder la question.

— Après Paris, ce fut le retour à Lea Hurst... ?

1. Sir Edwaxd Cook, *Life of Florence Nightingale*, vol. II, Londres MacMillan and Co, 1913, p. 14.

— Non, rectifia Carter. À Embley Park. Une autre propriété acquise entre-temps par William Nightingale. Dans le Hampshire. Un domaine immense. Près de 3 700 acres[1] ! Lea Hurst était reléguée au rang de résidence d'été. Nous sommes en 1839. Dans cet endroit paradisiaque, on peut imaginer que Florence a tout pour être heureuse, et cependant elle ne l'est pas. Elle vit comme un oiseau en cage. Bien d'autres l'auraient enviée, mais elle n'éprouvait que fadeur et impression de stérilité. À la différence de sa sœur, Parthenope, qui se complaît dans cette existence, Florence entend, au-delà des beautés qui l'entourent, l'écho d'une humanité en pleurs et compare le chant des oiseaux à un « appel des anges », à un chœur qui couvre d'autres voix : celles de tous les délaissés de la terre. Alors que son père s'occupe d'agrandir la propriété et que sa mère et sa sœur s'amusent à la décorer, elle s'imagine qu'elle pourrait fort bien transformer cette somptueuse demeure en... hôpital. Elle ne manque pas une occasion d'apporter son soutien au clergé local, soit à Embley, soit à Lea Hurst. Et ses visites aux gens des alentours, avec des membres du clergé ou avec sa mère, sont attendues avec impatience. Je vous ferai observer qu'elle ne se rendait pas chez les malades et les pauvres comme certaines grandes dames de son temps, en protectrice. Non. Elle « vivait »

1. 1 acre égale 5 200 mètres carrés.

totalement leur détresse. Elle la partageait au plus profond d'elle-même. Près de Lea Hurst se trouvait la bonneterie Smedley, qui employait plusieurs centaines de femmes et d'enfants, surmenés et mal payés, dont un certain nombre vivaient sur les terres des Nightingale. Florence se préoccupait régulièrement de leurs conditions de vie, cherchant dans sa tête des solutions qui permettraient d'améliorer leur situation.

— Mais elle ne passait tout de même pas son temps à prodiguer la charité ? interrogea l'Américain. Je me suis laissé dire que l'on recevait beaucoup à Embley.

— Bien sûr. Et l'on se déplaçait à Londres pour la « saison ». Mais, à mesure que passaient les années, l'intérêt de Miss Nightingale pour ce mode de vie s'estompait. Elle était rongée par mille et une questions existentielles et allait même jusqu'à se reprocher sa « vanité » et son « manque de sincérité » à l'égard de son entourage.

Jonathan Brink fit remarquer avec un sourire :

— Revoilà encore cette propension si judéo-chrétienne à se fustiger...

— Paradoxalement, elle ignorait la crainte de Dieu. Pour Florence, la communion avec l'invisible signifiait quelque chose de plus profond, plus riche, plus rempli, plus positif que cette crainte. Car, à ses yeux, le Créateur ne pouvait être qu'amour parfait. Et l'amour parfait ne peut inspirer la crainte. Quand il lui arrivait de vaciller dans sa foi, de s'éloigner de cette grâce, elle souffrait toutes les peines de l'enfer. Un passage d'une lettre écrite à sa tante Hannah souligne bien cet état. « Bénis-moi, suppliait-elle, bénis-moi. Je l'implore. J'ai tellement fauté ! Si Dieu ne l'a pas encore fait, c'est que je ne mérite pas qu'Il le fasse. » C'est vous dire combien cet être était torturé !

— Finalement, elle vivait très entourée, mais sans jamais partager les petites joies de la vie si communes aux pauvres mortels que nous sommes.

— La peur, monsieur Brink.

— La peur ?

— Florence pressentait qu'elle ne pourrait se limiter à jouer le rôle qu'on lui réservait et qui était le lot de toute jeune fille de « bonne famille ». Être une hôtesse, ou la femme de quelque riche gentleman, ou thésauriser les moments de plaisirs frivoles dont tant de ses amis semblaient avides. Elle était hantée par la peur de manquer le rendez-vous fixé par ses rêves.

Henry Carter s'arrêta pour jeter un coup d'œil à sa montre de gousset :

— Seize heures déjà. Que diriez-vous d'une tasse de thé ?

— Volontiers.

Carter tira sur un cordonnet qui pendait à

portée de main, le long du mur. Une servante apparut.

— Mrs Lampson, articula-t-il avec la solennité de quelqu'un qui annonce la fin du monde, *tea time.*

— Quelle étrange destinée, commenta Brink en fixant le plafond. Si j'en juge par vos propos, rien ne prédisposait Miss Nightingale à vivre autre chose que ce pour quoi on l'avait éduquée. Famille conventionnelle. Riche à souhait, au cœur d'une oasis dans la campagne anglaise, rigueur et maîtrise de soi, le tout dans un univers si...

Brink hésita sur le mot.

Ce fut Henry qui le prit de court.

— Très *british*? C'est l'expression que vous cherchez?

— Heu...

— *Britishness*, comme vous dites, vous les Américains. L'« anglicité ».

Et de poursuivre avec une pointe d'ironie :

— Je sais, nous pataugeons dans le porridge, la marmelade et le thé brûlant. Nous apprécions la bière tiède, les *eggs and bacon*, les petits pois impertinents et les haricots verts impitoyables. Eh oui! Florence était née dans cet univers si *british*. Que pouvons-nous y faire, monsieur Brink? Nous sommes irrémédiablement condamnés à être Anglais.

Et il conclut :

— Dites-vous que le fort des grands hommes

est précisément de refuser le destin pour lequel on les a préparés. Ils en conçoivent un neuf, élaboré dans la trame de leurs désirs. Florence n'a pas échappé à cette règle.

L'Américain masqua sa gêne par un signe d'approbation. De toute évidence il valait mieux peser ses mots. Anglais était aussi synonyme de susceptibilité. Il prit une courte inspiration et questionna :

— Les amours... À aucun moment vous n'avez abordé le sujet. Pourtant j'imagine que l'adolescente a dû connaître quelques émois ? C'était de son âge, ne croyez-vous pas ? Et elle n'était pas d'un physique déplaisant, que je sache ?

— Aucunement. Bien qu'elle ne fût pas particulièrement belle, des deux sœurs, Florence était certainement la plus attirante. Elle pouvait être spirituelle et amusante. Son maintien était droit et souple, ses cheveux d'une riche couleur châtaigne, ses yeux, verts. Des dents parfaites faisaient de son sourire le plus doux que j'aie jamais pu observer. Mettez un foulard autour de l'ovale de son visage, habillez-la de soie noire de haut en bas, mettez du blanc autour de son cou et vous vous rapprochez de la grâce parfaite et de la plus jolie apparence qui soit.

— Mais point d'amour...

— Disons que le sentiment amoureux ne faisait pas partie de ses priorités. Pourtant ce ne sont pas les courtisans qui manquèrent ! Jeunes gens distingués, charmeurs, familiers de la maison, toujours prêts à jouer les chevaliers servants. Mais elle ne se montrait guère intéressée. Il y avait aussi un cousin (elle avait d'innombrables cousins), William Shore Smith. Elle l'appelait «*my boy*». Elle fut successivement sa nurse, sa compagne de jeux et sa tutrice. Quand elle parlait de lui, elle disait : «Le fils de mon cœur, quand il est avec moi mon esprit, ma tête, mes mains et mon temps sont à lui.»

— Bigre, s'exclama l'Américain. C'est un aveu amoureux ou je me trompe?

— Je ne saurais vous répondre, mon cher. Souvenez-vous : *Florence a toujours eu tendance à tout remonter d'une octave.* Cette déclaration pourrait appartenir à ce trait de caractère : exalté, excessif.

— Donc, point de liaison amoureuse. Jamais son cœur n'a connu d'emballement pour qui que ce fût.

Carter conserva un silence méditatif avant de répliquer :

— Un homme, un seul...

— Enfin!

— Cela s'est passé un soir de mai 1842. Florence...

Le retour de la servante l'interrompit.

Il attendit qu'elle eut posé le plateau garni de deux tasses de thé et d'une théière en argent ciselé avant de reprendre :

— Florence venait d'avoir vingt-deux ans.

Elle et ses parents avaient été conviés à dîner chez Lord et Lady Palmerston[1]. Un jeune homme était présent. Richard Monckton Milnes*. Âgé de trente-trois ans, il était fils unique et unique héritier d'une vaste propriété dans le Yorkshire et venait de se lancer dans une carrière politique qui se révéla brillante. Passionné de poésie, ce fut un grand ami de Tennyson. Il rêvait d'écrire. Néanmoins, malgré la publication de nombreux recueils, le succès ne fut pas au rendez-vous, alors, faisant contre mauvaise fortune bon cœur, il se fit l'avocat d'autres poètes de son temps. Mais son œuvre littéraire essentielle est une biographie dans laquelle il réhabilite le génie de Keats. C'était un homme fort séduisant, aimable et spirituel. Humaniste, intéressé à la réforme des prisons — il fit voter une loi exigeant que, lors d'une détention, les jeunes délinquants soient séparés des adultes —, aspirant à aider pauvres et nécessiteux.

— Une âme sœur pour Florence...

— Ce fut le coup de foudre. Il tomba tout de suite amoureux d'elle et fut tout aussi vite considéré par les Nightingale comme un ami de la famille. Hélas ! Florence resta insensible à ses attentions. En apparence du moins.

Jonathan fronça les sourcils.

1. Ministre des Affaires étrangères à trois reprises. Il fut une personnalité marquante de l'histoire politique du Royaume-Uni.

— En apparence ?

Henry Carter posa sa pipe dans un cendrier et récupéra un dossier bleu. Il en extirpa un feuillet qu'il remit à son interlocuteur.

— Lisez. Troisième note à partir du haut, à l'année 1849.

Jonathan récita :

— « Je sais que depuis le moment où je l'ai refusé, je n'ai pas passé un seul jour sans penser à lui. Désormais ma vie est un désert. »

L'Américain écarquilla les yeux.

— C'est incroyable !

— Ce n'est pas tout. Elle l'a revu plus tard, toujours chez les Palmerston. Milnes l'aurait traitée de façon désinvolte ce jour-là. Et on peut lire ceci : « Il parlait à peine. Je me sentais si misérable. J'aurais tant voulu qu'il laisse la porte entrouverte. »

— Elle aurait donc éprouvé un sentiment très fort pour Milnes ? Et elle l'a quand même éconduit ? Comment l'expliquez-vous ?

— Mettons qu'il est des moments où le sacrifice de nous-même nous permet de sacrifier les autres sans honte. Florence s'est sacrifiée. Une attitude qui était en totale harmonie avec la foi qui l'animait : aimer l'humanité de préférence à un seul être. Et puis, elle éprouvait un véritable rejet à l'égard du mariage et de la famille. Dans la lettre écrite à Mrs Clarke, et dont je viens de vous citer des passages, elle est très claire là-dessus.

Il cita :

— « Vous dites à propos de Mme Récamier que son existence était brillante, mais vide, et vous attribuez ce vide au fait qu'elle n'a pas connu de "vie de famille". Oh, ma chère amie ! Ne tombez donc pas dans cette vision si traditionnelle. Souvent les gens me disent : "Vous ne pouvez pas ressentir ce que c'est que d'être mère ou épouse." Non ! je réponds, je ne le peux pas et j'en suis très heureuse ! Ces mêmes gens ne savent pas non plus ce que *je* ressens. Je suis malade d'indignation lorsque j'observe ces épouses et ces mères qui font preuve de l'égoïsme le plus insigne et que l'on appelle "affection maternelle" ou "conjugale". Non, il faut laisser à chaque personne le droit de dire la vérité fondée sur sa propre expérience... »

Le silence s'instaura brièvement, puis Jonathan s'enquit :

— Terrible en effet. On comprend mieux son refus du mariage. »

— Ce n'est pas tout. Un jour, elle m'a dit textuellement : « Je pense que certaines femmes ont de bonnes raisons de ne pas se marier et se sentent bien mieux à éduquer des enfants qui sont déjà dans le monde et qui ne peuvent pas s'en sortir, plutôt que d'en faire d'autres. La vie de célibat est celle du Christ. La mort est souvent la porte de l'Éden où nous n'aurons plus jamais faim ni soif. Le mariage, au contraire, est souvent l'incarnation du mot inexorable "jamais", qui ne nous prive certes pas de certaines satisfactions, mais qui nous amène à finir notre vie dans la froideur de la mort. »

— Encore plus terrifiant. Et qu'est devenu l'amoureux éconduit ?

— Il se résigna et épousa en 1851 l'honorable Annabel Crewe, tout en restant un admirateur inconditionnel de Florence et l'un des meilleurs administrateurs du Fonds Nightingale. Plus tard, devenu Lord Houghton, il continua de défendre bec et ongles sa vision d'un monde plus juste. Mais cela n'est que la face émergée de sa vie... Florence l'a échappé belle.

— Que voulez-vous dire ?

— Milnes n'était au fond qu'un grand dévoyé sexuel. Une personnalité double. Ténèbres et lumières. À la fois bisexuel et passionné par les pratiques sadomasochistes. Il possédait d'ailleurs la plus incroyable collection d'objets pornographiques, et les œuvres complètes du marquis de Sade, dont un exemplaire manuscrit[1].

— Et sa femme ? Elle approuvait ?

— Mettons qu'Annabel faisait mine de ne rien voir. Elle aurait eu tout à perdre d'un scandale.

Brink commenta avec un sourire :

— Les yeux sont aveugles lorsque l'intérêt est

1. Qu'il avait acheté à Paris « sous le manteau » et fait transférer clandestinement en Angleterre.

ailleurs. Croyez-vous qu'il me serait possible de rencontrer Milnes ?

— Difficile. Il est mort alors qu'il villégiaturait en France, à Vichy, il y a plus de vingt-cinq ans.

Henry avala une lampée de thé et ajouta en soupirant :

— À présent, avec votre autorisation, je souhaite prendre un peu de repos.

Jonathan se leva aussitôt.

— Je vous remercie, monsieur. Du fond du cœur. Je me permettrai de reprendre contact avec vous la semaine prochaine. Mais, en attendant, puis-je vous demander une ultime faveur ?

— Je vous écoute.

L'Américain pointa son doigt vers la chemise qui contenait les notes de Florence.

— Pourrais-je vous les emprunter ? Ne fût-ce que quelques heures ?

Henry Carter réagit immédiatement.

— Je crains que cela ne soit pas possible, cher monsieur. Je suis le dépositaire et le gardien de ces documents. Ils ont une valeur historique inestimable. Patientez. Vous y aurez accès le jour où ils seront publiés [1]. D'ailleurs, je ne suis pas le seul à posséder des écrits rédigés par

1. Florence Nightingale fut un écrivain prolifique. Dans sa jeunesse, elle avait pour habitude de jeter sur des bouts de papier ses espoirs, ses rêves et ses craintes. Nombre d'entre eux, sinon leur totalité, peuvent être consultés à la British Library.

Florence. Ils sont nombreux ceux qui ont eu l'honneur d'être ses correspondants. Le Dr Sutherland, par exemple, qui fut longtemps son secrétaire particulier et son conseiller pour les questions d'hygiène. Il a dû certainement conserver une masse d'écrits. Il travaillait dans une pièce de l'appartement de South Street.

Jonathan s'exclama, abasourdi :

— Je l'ai rencontré le jour où nous sommes allés enregistrer la voix de Miss Nightingale. L'homme était sourd !

— Précisément. C'est pourquoi elle ne communiquait avec lui que par écrit[1]. Par conséquent...

— Je suppose qu'il est décédé ?

— Hélas. Il y a bien longtemps. En 1891, je pense.

Jonathan afficha une moue déçue.

— Dans ce cas...

— Ne désespérez pas, voyons ! Je suis toujours vivant, moi. Et nous nous reverrons. Entretemps, pourquoi ne rendriez-vous pas visite au fils de Milnes ?

— Son fils ?

— Le comte de Crewe. Robert Crewe Milnes. Il vient d'être nommé secrétaire d'État aux

1. C'est exact. Il fut membre de la Commission d'hygiène en Crimée et une autorité en matière d'hygiène publique. Sa surdité irritait souvent Miss Nightingale. Mais elle avait en lui une confiance inébranlable et suivait généralement les conseils qu'il lui prodiguait (par écrit).

Colonies. Vous devriez aller le voir. Peut-être a-t-il des informations qui pourraient vous être utiles.

— Excellente idée. Puis-je me recommander de vous ?

— Bien entendu. Mais je vous préviens : il serait malvenu que vous évoquiez le coup de foudre que son père éprouva pour Miss Florence.

Et Carter de conclure avec un sourire ironique :

— *Britishness... you know ?*

4

> « Mon esprit est absorbé par la souffrance humaine, elle m'assaille de tous côtés. Mais j'arrive à peine à voir autre chose et tout ce que les poètes chantent des gloires de ce monde m'apparaît mensonger. »

Un brouillard épais couvrait les façades et dansait sur le fleuve.

À se demander, songea Jonathan Brink, comment le cocher avait réussi à ne pas fourvoyer sa calèche. L'équipage venait de s'immobiliser à quelques mètres de Regent's Park, devant le 27 Marylebone Road.

L'Américain régla sa course et se campa devant la façade grisâtre d'un hôtel particulier. Une façade dont l'ornementation excessive, les frises et les colonnades n'étaient pas sans rappeler certains temples grecs.

Il sonna. Aussitôt, le battant s'écarta, laissant apparaître une femme d'une quarantaine d'années, le cheveu couvert d'une coiffe blanche, la taille ceinte par un long tablier immaculé. Elle examina Jonathan de la tête aux pieds avec une expression teintée de méfiance.

— Monsieur ?

— J'ai rendez-vous avec Mr Robert Crewe...

Elle eut un léger mouvement de recul.

— Vous voulez dire, le *comte* de Crewe, sans doute ?

— Pardonnez-moi. Monsieur le comte.

— Qui dois-je annoncer ?

— Brink. Jonathan Brink.

— Suivez-moi, je vous prie.

Un premier vestibule. Un second. Un long couloir pavé de marbre. Des murs tapissés de tableaux austères. Un salon. Immense. Des tentures et des boiseries. Des canapés fleuris.

La gouvernante invita Jonathan à s'asseoir et s'éclipsa.

Intimidé par la pesanteur du décor, l'Américain resta debout et se contenta de promener son regard le long de la pièce. Un impressionnant portrait à l'huile, figurant un visage de femme, trônait au-dessus de la cheminée. Jonathan s'approcha. Sur une petite plaque de cuivre était inscrit en lettres noires : *Sibyl Marcia Graham*.

— Elle est belle, n'est-ce pas ?

Un homme d'une cinquantaine d'années marchait vers lui, main tendue. Il était de taille moyenne. L'œil très bleu. Un visage carré. Une épaisse chevelure grisonnante recouvrait ses oreilles et masquait sa nuque.

— Monsieur Brink, je présume ?

Jonathan s'inclina respectueusement.

— Mes hommages, monsieur.

— Ravi de vous rencontrer.

Et il ajouta, en se tournant vers la toile :

— C'est feu mon épouse. Admirable. N'est-ce pas ?

Jonathan se demanda si le qualificatif s'appliquait à la femme ou à la peinture, mais se garda bien de poser la question. *Britishness...*

— Je vous en prie, prenez place, proposa Crewe.

Lui-même s'installa dans un canapé.

— Ainsi, vous vous intéressez à notre chère Florence.

Le ton n'était pas celui d'une question, mais d'une affirmation.

— Oui. Je travaille sur sa biographie. Mais la tâche est ardue, je l'avoue.

— Nous devons reconnaître que notre héroïne est complexe, surenchérit le comte.

Complexe. La même expression utilisée par Henry Carter le jour des funérailles.

— J'imagine, reprit le comte, que notre ami Henry vous a communiqué des informations précieuses. Vous n'êtes pas sans savoir que ceux qui ont connu intimement Miss Nightingale ont presque tous disparu. Henry fait partie des rares survivants.

— C'est pourquoi son appui m'est indispensable, et le vôtre l'est tout autant.

Un sourire bienveillant anima le visage de Robert Crewe.

— J'espère être à la hauteur de vos espérances. Par quoi souhaitez-vous commencer ?

— Henry Carter a maintes fois soulevé la question de l'« appel divin » auquel Miss Nightingale aurait répondu et qui aurait été déterminant pour sa vocation. Quelle est votre opinion ?

— Indiscutablement... Et...

Le comte s'interrompit.

— Oh ! Mille pardons. Je ne vous ai rien proposé à boire. Vous prendrez bien un doigt de sherry ?

Jonathan secoua la tête.

— Je vous remercie. Je supporte très mal l'alcool avant le coucher du soleil.

— Un thé peut-être ?

— Non. Vraiment.

Le comte prit un petit air désappointé.

— Je n'insiste donc pas.

Et il poursuivit :

— En réalité, deux dates me paraissent fondamentales : 1837 et 1844. La première, parce que c'est à ce moment qu'elle *entend* cet appel et que naît en elle le désir irrépressible de devenir infirmière et de soulager les maux de l'humanité. Désir farouche qu'elle assumera envers et contre tous.

— Envers sa famille essentiellement... sa mère en particulier.

— Certainement. Mais, doux Jésus, n'était-ce pas naturel ? Infirmière ? Aucune famille n'eût toléré que leur fille se consacrât à un métier aussi infamant que l'on ne réservait qu'aux êtres de basse condition. Lorsque Florence fit part officiellement de son désir, ce fut un choc terrible pour Fanny. Un cauchemar ! Elle accusa même sa fille d'avoir un amour secret pour un médecin, tandis que William Nightingale, exaspéré par ces querelles continues, quitta la maison d'Embley pour aller se réfugier quelque temps à Londres.

— Vous avez mentionné une seconde date. 1844. Que s'est-il passé ?

— Flo, c'était son diminutif, venait d'avoir vingt-quatre ans. Je tiens de feu mon père qu'à cette époque elle aborda le médecin de famille, le Dr Howe, lequel occupait une fonction à l'hôpital Salisbury, et lui posa l'impensable question : « Si je me décidais à devenir infirmière et à consacrer ma vie à cette profession, croyez-vous que ce serait une chose si terrible ? » Le Dr Howe était reconnu pour être un philanthrope et son opinion comptait pour Florence. Il répondit favorablement à sa question. En vérité, la décision de Miss Nightingale était prise. Mais elle avait besoin d'être rassurée, n'étant pas sûre d'être capable de répondre à ce fameux appel qu'elle affirmait avoir reçu de Dieu. Oui. Sa décision était prise, car dans les jours qui suivirent, elle annonça à sa mère son intention d'aller apprendre le métier d'infirmière auprès du Dr Howe, à l'hôpital Salisbury.

Jonathan esquissa un sourire.

— Une vraie déclaration de guerre.

— Pour Fanny, il n'existait pas d'autre destinée, pour toute jeune fille qui se respecte, que de se marier — avec un gentleman bien évidemment —, de faire des enfants et de s'occuper de sa maison. Flo pensait exactement le contraire. Passe encore, s'il eût fallu qu'elle convolât en justes noces. Mais tenir une maison ? Voilà qui était insurmontable. Plus d'une fois je l'ai entendue ironiser à ce sujet : « Ah ! soupirait-elle, tous ces instruments culinaires dont je ne devine pas l'utilisation ! Les gens raisonnables ont-ils *vraiment* besoin de tout cela ? Toute cette porcelaine, cette lingerie, cette verrerie sont-elles *vraiment* nécessaires à l'homme pour progresser ? À moins que tout cela ne soit qu'une solution économique qui consiste à inventer ces besoins en vue de créer des emplois ! »

— Et comment a-t-elle réagi devant l'opposition de sa mère ?

Le comte leva les yeux au ciel.

— Comment croyez-vous ? Un naufrage. Je ne vois pas d'autre définition. J'oubliais de vous dire que la réaction de sa sœur, Parthenope, ne fut guère plus compréhensive. Elle fit littéralement une crise de jalousie hystérique! Ce qui n'arrangea guère les choses. Je sais que Florence a confié à mon père son désespoir. Elle était persuadée que jamais elle n'arriverait à convaincre sa mère du bien-fondé de sa vocation. Personne, disait-elle, n'était en mesure de comprendre la profondeur des idées qui cheminaient dans la tête d'une enfant, ni comment une âme pouvait mourir lorsqu'on lui refusait de se réaliser. Et elle a conclu par cette phrase terrible : «Je ne ferai rien de moi et je suis moins que poussière.»

— Mot pour mot?

— Absolument.

Jonathan prit une brève inspiration et suggéra :

— Tout compte fait, je prendrais bien un verre de sherry.

Comme s'il n'attendait que cet instant, le comte se leva et se dirigea vers une commode.

— Vous me direz ce que vous en pensez, commenta-t-il en revenant vers Jonathan un verre à la main. C'est un *finos*. Il est considéré comme le sherry parmi les plus nobles et les plus délicats.

L'Américain se garda bien d'avouer qu'il n'avait jamais su faire la différence entre un cru et un autre.

— J'oubliais de vous prévenir, annonça le comte. J'attends quelqu'un qui pourrait vous être d'une grande utilité dans votre travail. Il s'agit de Lady Verney*.

Jonathan plissa le front.

— Lady Verney ?

— Manifestement, son nom vous est étranger. Et pourtant, ce fut l'une des amies intimes de Miss Nightingale. Flo l'avait surnommée « Bienheureuse Margaret ». Elle a un peu plus de la soixantaine aujourd'hui mais, comme vous pourrez le constater, elle reste extraordinairement belle.

Le comte jeta un coup d'œil vers l'horloge posée sur le manteau de la cheminée.

— Dix heures. Elle ne va plus tarder.

— Vous m'accordez là une grande faveur, monsieur. Je vous en sais gré. Vous me parliez du drame vécu par Miss Nightingale devant l'opposition de sa mère. Cette phrase terrible : « Je ne ferai rien de moi et je suis moins que poussière. »

— Terrible, en effet. Je n'étais qu'un enfant à l'époque, mais, plus tard, il m'est arrivé d'interroger Florence sur cette période si difficile pour elle. Je me souviens clairement des mots qu'elle a prononcés. Elle a dit : « Ma misère et ma vacuité étaient indescriptibles. Tous mes plans étaient démolis, brisés, sans espérance de changements. » Oui, elle a vraiment vécu ces instants comme une véritable tragédie. Tragédie d'autant plus difficile à assumer que Florence était témoin des ravages de la maladie chez les pauvres gens des campagnes. Elle voyait bien combien l'absence d'hygiène et de soins accélérait ou causait la mort. Au contraire de tous ses contemporains, elle était convaincue que l'on ne pouvait s'improviser infirmière. À l'instar des médecins, une infirmière devait *apprendre* à soigner. Le problème, c'est qu'il n'existait aucune formation. Rien. Le néant!

— Comment expliquez-vous une opposition aussi radicale de la part de sa mère?

— Je vous l'ai dit, monsieur Brink. Et nous étions en 1845! Les objections de Fanny étaient fondées tant sur la morale que sur le social. On racontait toutes sortes de choses épouvantables sur les infirmières. Les rumeurs les plus folles couraient à leur propos. On les disait exposées aux dangers et aux tentations de la chair. Rien n'est plus tenace qu'un a priori social. Toutefois, force est de reconnaître que cet a priori s'expliquait par les conditions de vie auxquelles nos nurses étaient confrontées. Pitoyables. Je ne vois pas d'autre qualificatif. Pitoyables et décadentes. Devant la détermination de sa fille, le père de Florence voulut en avoir le cœur net. Il consulta des amis, des médecins et s'aperçut que certaines tâches dévolues aux infirmières auraient pu être accomplies — sans trop de déshonneur — par une fille de bonne famille. Les soins obstétriques par exemple. Mais on disait que le quotidien dans les maternités anglaises était affreusement *vulgaire*. Alors,

William Nightingale envisagea d'envoyer sa fille étudier à Paris. Mais, lorsqu'il apprit que les facultés de médecine parisiennes étaient des lieux de débauche, que les étudiantes avaient la réputation d'être les maîtresses des professeurs, il se ravisa. Toujours à propos de Paris, le Dr Elizabeth Blackwell, une pionnière parmi les femmes médecins en Amérique, et qui tenait sa formation de l'École nationale d'obstétrique à Paris, révéla aux Nightingale que la seule façon pour une jeune fille d'étudier la médecine dans cette ville était d'endosser des habits d'homme !

— De quoi décourager Florence à jamais...

— Détrompez-vous. Plus elle entendait le pire, plus Florence était décidée à changer les choses pour le meilleur. Cet univers glauque qu'on lui décrivait représentait un défi à relever. Au lieu de baisser les bras, et d'abandonner son idée obsessionnelle, elle puisait dans ces descriptions une énergie sans cesse renouvelée. Impressionnant, n'est-ce pas ?

— Lady Verney est arrivée, monsieur le comte.

La réponse de Jonathan attendrait.

Robert Crewe s'était précipité à la rencontre de son invitée.

La chevelure blonde, bouclée, lumineuse. L'allure gracieuse et la peau blanche, la taille élégante, il se dégageait d'elle un charme indéniable.

Le comte fit les présentations. Brink se lança dans un baisemain un peu gauche.

— Quel temps exécrable pour un mois d'août, furent les premiers mots de Lady Verney.

Et elle ajouta à l'intention de Jonathan :

— Vous êtes citoyen américain, m'a-t-on dit ?

— Oui. Enfin. Plus tellement. Voilà si longtemps que je vis à Londres.

— Allons, allons ! Nos racines demeurent nos racines. J'admire votre pays. Mon père avait coutume de dire : « Un Anglais fait les choses parce qu'elles ont déjà été faites, un Américain parce qu'elles n'ont pas été faites. » Toute la différence est là.

Gracieusement, elle se laissa glisser dans un fauteuil.

— N'ai-je point raison ?

— Très chère, rétorqua le comte de Crewe en souriant, vous avez *toujours* raison.

— Moquez-vous. Il n'en demeure pas moins que l'Amérique est une grande nation. Et, puisque le sujet qui m'amène ici concerne Miss Nightingale, dites-moi dans quel pays on verrait qu'un esclave a pu acheter sa liberté en faisant profession d'infirmier ?

— Vous voulez parler de ce Noir, James Derham, originaire de La Nouvelle-Orléans ?

— Parfaitement.

— Une fois libre, il a même poursuivi des études de médecine et s'est taillé une réputation de praticien exemplaire. Un bel exemple de volonté.

Lady Verney prit Robert Crewe à témoin.

— Vous voyez ! Une grande nation...

— Je vous l'ai dit, mon amie : vous avez *toujours* raison.

Et il ajouta avec un petit sourire :

— *Bienheureuse Margaret.*

— Ah ! non ! Seule Florence avait le droit de m'appeler ainsi. Admirable femme.

Elle se pencha vers Jonathan Brink.

— L'avez-vous connue, monsieur ?

— Je n'ai fait que la croiser. Il y a une vingtaine d'années.

Margaret répéta :

— Admirable femme. Néanmoins, si je devais être tout à fait franche, je ne lui ferais qu'un reproche, et je le lui ai fait d'ailleurs : elle admirait trop les catholiques. J'ai même cru à un moment donné qu'elle se convertirait. Vous imaginez ? Abandonner sa foi ?

— D'où venait cette attirance ?

— Je n'en sais rien. Ou plutôt si. Elle avait coutume d'affirmer que ce sont les catholiques qui, les premiers, lui ont offert la possibilité de travailler. Une faveur qu'elle aurait cherchée en vain chez les anglicans. En guise de réponse à ses requêtes, ceux-ci lui suggéraient de faire du crochet et lui conseillaient, même si cela ne lui plaisait pas, de se marier et de s'occuper de son foyer. Ce qui explique — peut-être — que le seul clergé qui méritait à ses yeux le nom de *pasteur* était l'Église catholique romaine. Elle clamait à qui voulait l'entendre que les femmes n'étaient pas du tout éduquées par l'Église anglicane, au contraire des hommes. Elle jugeait que leur formation n'était en rien comparable avec celle que procuraient les religieuses catholiques. Rien n'égalait l'enseignement prodigué par les sœurs du Sacré-Cœur ou l'ordre de Saint-Vincent-de-Paul. Inutile de vous dire que je ne suis évidemment pas d'accord avec ce jugement.

Robert Crewe resta silencieux. Mais, à son expression, il ne faisait pas de doute qu'il partageait l'opinion de son amie.

Jonathan, lui, n'avait aucun avis sur l'affaire. La seule religion qu'il pratiquait assidûment était l'athéisme. Il avait toujours pensé que la foi se résumait à la vanité de croire que nous sommes les créatures d'un dieu.

Il changea de sujet.

— J'ai lu quelque part qu'une certaine Selina Bracebridge* ne fut pas étrangère à l'accomplissement des rêves de Miss Nightingale.

— Oh oui ! s'exclama la Bienheureuse Margaret. Elle tint une place essentielle. Cela s'est passé en 1847. La santé de Florence vacillait. Elle était épuisée de lutter contre sa famille. Les Bracebridge, grands voyageurs devant l'Éternel, étaient des proches de Clarkey.

— Clarkey ?

— Je veux dire, Mrs Clarke. Mary Clarke. Vous voyez de qui il s'agit ?

Le comte crut bon de rappeler :

— C'était une amie intime de Florence.

Jonathan s'empressa d'acquiescer.

— Je me souviens. Mr Carter m'en a longuement parlé. C'est grâce à elle que Miss Nightingale fut introduite dans la société intellectuelle parisienne.

— C'est exact. Or, Clarkey... pardonnez-moi, Mrs Clarke, était au courant de la situation tragique que vivait la pauvre Florence. Ce fut elle qui suggéra aux Bracebridge d'emmener Florence passer quelque temps à Rome. Elle pensait qu'un voyage, loin de l'emprise familiale, lui ferait le plus grand bien. Elle avait raison. Notez que les Bracebridge n'étaient pas des inconnus pour les Nightingale. William et Fanny les appréciaient énormément. Selina était l'épouse heureuse de Charles Holte Bracebridge * et tous deux passaient pour de grands défenseurs de la liberté des nations. Charles avait participé à la révolte des Grecs contre les Turcs. Et figurez-vous qu'il a eu la chance extraordinaire de rencontrer Goethe lors d'un séjour en Allemagne [1].

« Florence accepta immédiatement leur invitation. Elle considérait ce voyage à l'étranger

1. En 1826, à Weimar. Ce fut surtout grâce à Selina, qui s'était liée d'amitié avec la belle-sœur du poète, que cette rencontre eut lieu.

comme une bénédiction, un moyen inespéré de se régénérer. Quant à ses parents, ils estimèrent que ce changement permettrait à leur fille de ranger aux oubliettes ses pensées morbides, et qu'elle rencontrerait, qui sait ? le compagnon idéal qui saurait la convertir à des pensées moins absurdes. Florence et les Bracebridge se retrouvèrent à Marseille, d'où ils prirent le bateau pour Civitavecchia. Puis ce fut Rome. Une fois dans la Ville éternelle, croyez-vous que notre amie en oublia son idée fixe ? Ce serait mal la connaître ! Ni la chapelle Sixtine, ni la colonnade du Bernin, ni les fontaines ne firent vaciller son désir : infirmière. Un jour, elle serait infirmière. Selina m'a raconté qu'un matin, alors qu'elles se promenaient dans je ne sais quel quartier de Rome, Florence tomba en arrêt devant un couvent-orphelinat dont j'ai oublié le nom [1]. Que pensez-vous qu'elle fit ? Elle entra, et en quelques minutes se lia d'amitié avec la mère supérieure [2], catholique bien évidemment. Elle revint le lendemain, et le surlendemain, et consacra le plus clair de son temps à étudier l'organisation, les règlements et les méthodes employées dans cet établissement. Et, comme si cela ne suffisait pas, elle abandonna les Bracebridge et fit retraite pendant dix jours. Il semble que sa relation spirituelle avec la mère supérieure lui laissa une

1. Trinita dei Monti, La Trinité-des-Monts.
2. Elle s'appelait madre Colomba.

trace indélébile. Mais il y eut un autre événement qui marqua profondément Florence au cours de ce séjour à Rome[1].

Lady Verney fit une pause, comme pour se concentrer.

— Sidney Herbert.

— Bien sûr. Une personnalité majeure, reconnut Jonathan. Toutes les informations que je possède à son sujet le confirment.

Robert Crewe intervint.

— J'ai bien connu Sidney. C'était le plus jeune frère du comte de Pembroke. Grand fidèle de l'Église d'Angleterre et très soucieux du bien-être de ses propriétés. Un homme de noble prestance, avec toutes les qualités d'un Anglais de haute naissance. C'était aussi un remarquable sportif, un homme spirituel et avisé. Il était extrêmement riche de surcroît. Ce qui ajoutait à son charme. Il possédait une magnifique demeure à Belgrave Square, des propriétés en Irlande et un château dans le Wiltshire dont il avait hérité. Par nature, l'homme était un réformateur, profondément préoccupé, à l'instar de Florence, par la condition des pauvres et, quand

1. Ce que Lady Verney ne dit pas, sans doute parce qu'elle l'ignorait, c'est que Florence avait aperçu dans une église, au moment où elle assistait à la messe, une pauvre fillette du nom de Felicita Sensi. Renseignements pris, la fillette vivait dans un taudis en compagnie de sa tante. Florence réussit à convaincre cette dernière de confier l'enfant au couvent de Trinita dei Monti, et versa une somme importante à la mère supérieure pour que celle-ci prît en charge l'éducation de la fillette.

elle le rencontra à Rome, il avait déjà envisagé la construction d'une maison pour convalescents de modeste condition à Charworth. Lui et son épouse, Elizabeth, étaient très amis des Bracebridge. Il fut — ne l'oublions pas — ministre de la Guerre dans le gouvernement Aberdeen et eut à subir le feu d'âpres critiques lors de la guerre de Crimée. C'est lui qui prit la décision d'envoyer Florence au front. Mais c'est une autre histoire...

— En tout cas, reprit Lady Verney, de cette rencontre naquit une très longue amitié. Mr Herbert et son épouse Liz passaient leur lune de miel à Rome lorsque Florence leur fut présentée. Sidney fut tout de suite impressionné par la personnalité de Florence, quant à Mrs Herbert, elle jugea que Florence était la gentillesse même, dotée d'une âme incroyablement généreuse. Plus tard, Sidney devint secrétaire de l'Appel pour le Fonds Nightingale et l'acteur essentiel de son organisation. Après sa mort, c'est son fils qui prit la relève.

Jonathan vida son verre de sherry.

— Je suppose, observa-t-il, que le séjour romain ne se prolongea pas à l'infini. Florence a dû réintégrer la demeure familiale...

— Hélas ! Au bout de cinq mois, je pense que c'était aux alentours de l'automne 1848, elle s'est retrouvée prisonnière dans sa cage. Ce fut encore plus douloureux qu'avant son périple romain. Elle se mit à vivre des heures d'agonie, consumée par les remords et par le sentiment de culpabilité. On crut même qu'elle n'était pas loin de perdre la raison. C'est étonnant, n'est-ce pas ?

L'Américain garda le silence. Un passage de la discussion qu'il avait eue avec Henry Carter était revenu à sa mémoire. Lorsque Jonathan lui avait demandé : « Pourrait-on dire que Miss Nightingale était une personnalité tourmentée ? », son interlocuteur avait mis un moment avant de répondre et, sur son visage, s'était inscrit comme une gêne, un malaise. Et si la question avait été posée plus crûment : « Pourrait-on dire que Miss Nightingale était une personnalité... déséquilibrée ? », comment Carter eût-il réagi ?

Il leva les yeux vers le comte de Crewe :

— Connaissez-vous le nom du dernier médecin qui a soigné Miss Nightingale ?

Lady Verney et Robert Crewe échangèrent un coup d'œil interrogatif.

— Non, répliqua le comte. Je n'en ai aucune idée.

Lady Verney fit la même réponse et s'enquit :

— Pourquoi cette question ?

— Rien de très important. Une simple curiosité...

Il se hâta d'ajouter :

— Après l'automne 1848, comment la situation a-t-elle évolué ?

— L'antagonisme entre la mère et la fille s'accrut de plus belle, répondit Lady Verney. La sœur aînée ne manquait pas une occasion d'y ajouter son grain de sel. Tant Fanny que Parthe vivaient très mal le fait que l'escapade romaine (sur laquelle elles avaient fondé tant d'espérances) n'avait en rien altéré les désirs de Florence. Pour preuve, à peine de retour à Embley, elle s'empressa de se lier d'amitié avec une certaine Mrs Mary Stanley, qui n'était autre que la sœur du célèbre chanoine de Canterbury Arthur Penrhyn. Cette amitié était somme toute bien naturelle puisque Mrs Stanley partageait la même passion que Florence : soigner, soutenir les miséreux. Ce fut grâce à elle que Florence eut l'occasion, lors d'un séjour à Londres, d'enseigner pendant quelques mois à des enfants pauvres — « mes petits voleurs », comme elle les appelait —, dans l'enceinte de la Ragged School de Westminster. Mais, vous vous en doutez, très vite sa famille mit le holà à son expérience. Revenue au bercail, elle me confia un soir, les larmes aux yeux : « Si seulement on pouvait éduquer sans se préoccuper de ce que les gens pensent ou ne pensent pas, et en faisant abstraction de ces notions subjectives que sont le bien ou le mal, comme tout serait mieux ! »

— À bien réfléchir, murmura Robert Crewe, c'est à se demander par quel miracle Miss Nightingale est parvenue à ses fins. Notre admiration pour le personnage ne peut qu'en être sublimée.

— C'est une évidence, approuva Lady Verney. Don Quichotte a livré bataille à des moulins à vent. Florence dut affronter de véritables ennemis, bien plus périlleux, parce que faits de chair et de sang. Heureusement qu'il y a eu ce voyage en Égypte, sinon je crois qu'elle serait morte de chagrin et de frustration.

— C'était bien à l'automne de 1849 ? questionna Jonathan. Et toujours à l'instigation des Bracebridge ?

— Absolument. Le couple proposa à Florence de les suivre dans la vallée du Nil, puis en Grèce, où Charles Bracebridge possédait une propriété, et retour par l'Allemagne. Vous devinez la joie de notre amie. Quant aux parents, ils furent tout aussi enchantés : le voyage à Rome n'ayant pas apporté le changement espéré pour leur fille, voici qu'une seconde chance se présenta. Évidemment, l'entourage ne vit pas d'un très bon œil ce déplacement à l'étranger. Les grands-parents surtout. Ils adoraient Flo et craignaient qu'il lui arrivât quelque chose si loin de l'Angleterre. Selon la presse britannique l'Europe n'était qu'un grand foyer révolutionnaire, donc dangereux, et l'Égypte, un endroit peuplé de barbares.

Robert Crewe crut utile de préciser :

— À propos de l'Égypte, je sais que Miss Nightingale a laissé de nombreuses notes sur ce voyage. Vous devriez y jeter un coup d'œil.

— J'en serais ravi. Mais où pourrais-je les consulter ?

— Charles et Selina ne sont plus[1]. Mais j'ai le souvenir qu'ils ont confié certains documents à l'un de leurs cousins féru d'orientalisme et artiste peintre à ses heures. Un dénommé Richard Anderton.

— Anderton ? s'exclama Margaret. Le fils de Polly ?

— Lui-même.

— Doux Jésus. Mais l'homme n'a plus d'âge. Il est encore de ce monde ?

— Il l'était encore il y a une semaine. Je l'ai croisé à un concert à l'Albert Hall. Il n'avait pas l'air trop mal en point.

— Auriez-vous son adresse ? risqua Jonathan.

— Non. Mais, si vous m'accordez quelques jours, je me ferai un plaisir de vous la communiquer.

— Vous avez toute ma gratitude, monsieur.

Jonathan estima que l'heure était venue de prendre congé de son hôte. Il salua le couple et se fit raccompagner par le comte jusqu'à la porte d'entrée.

Une fois dans la rue, lui revint cette pensée qui lui avait traversé l'esprit par deux fois, toujours la même :

Et si la question avait été posée plus crûment : « Pourrait-on dire que Miss Nightingale était une personnalité... déséquilibrée ? », comment Carter eût-il réagi ?

1. Charles est décédé en 1872. Selina, deux ans plus tard.

5

> « Les réglementations pour les femmes sont en général établies par des hommes qui sont incapables de définir des réglementations adaptées aux femmes. »

Lady Verney avait raison. Richard Anderton n'avait pas d'âge.

La tête renversée sur le grand dossier d'un fauteuil, il semblait plongé dans on ne sait quelle rêverie. Sa longue figure maigre, creusée de plis, était ornée d'une moustache blanche.

Il se redressa lentement :

— J'avais à peine trente ans à l'époque de ce voyage en Égypte. Je me trouvais au Caire depuis deux ans lorsque Miss Nightingale et les Bracebridge ont débarqué. C'était à l'automne 1849. Le lion qui avait régné près d'un demi-siècle sur l'Égypte était mort trois mois plus tôt, et son petit-fils, dont le nom m'échappe, lui avait succédé [1].

— Le lion ?

— Méhémet Ali. Un grand homme que nous, les Anglais, avons mis à genoux en le dépossédant de toutes ses conquêtes et en dépeçant l'empire qu'il avait érigé. Vous n'êtes pas sans savoir que c'est un art où l'Angleterre excelle. J'ai fait la connaissance de Miss Nightingale au cours d'un dîner organisé par des amis communs. Nous étions à la veille de Noël. Elle rentrait d'un périple en Haute-Égypte au cours duquel ils avaient visité Louxor et Abou-Simbel. Nous avons longuement parlé de peinture et d'art en général. Elle était envoûtée par Michel-Ange dont elle avait admiré les œuvres à Rome. Il était, selon elle, « le plus grand fils de l'homme qui, ayant reçu le souffle de Dieu, lui donna forme pour le communiquer aux humains ».

Anderton jugea utile de préciser :

— Je suis peintre. Enfin, je l'ai été.

— Orientaliste, c'est bien cela ?

— Oui. Dans une autre vie... Je me prenais pour David Roberts [2], ou Marilhat [3]. Je n'ai

1. Il s'agit d'Abbas Hilmi Ier, souverain rétrograde dont la seule action fut de briser tous les acquis dont l'Égypte avait bénéficié grâce à son grand-père.

2. Roberts a publié des albums de lithographies qui ont fait sa réputation et son succès. L'utilisation de la couleur et la précision de son dessin firent de lui un témoin remarquable de son époque. Il a fait partie des premiers Occidentaux qui ont dépeint la terre des pharaons.

3. Prosper Marilhat. Mort fou à trente-six ans, sa courte carrière fut néanmoins couronnée de succès. Vers 1831, il

jamais eu le sens du commerce du premier, et du second je n'ai hérité que la folie.

Jonathan se voulut réconfortant.

— Vous confondez, j'en suis persuadé, folie et modestie, monsieur. Ce que je vois ici (il pointa son index sur les tableaux qui recouvraient les murs) dénote un vrai talent.

— Mon cher, sachez que le talent sans génie est bien peu de chose. Faire aisément ce qui est difficile aux autres, voilà le talent; faire ce qui est impossible, voilà le génie. Mais ne parlons pas de moi. Vous êtes ici pour la Dame à la lampe.

— Vous me disiez l'avoir rencontrée à un dîner.

— C'était quelqu'un de charmant. Assez spirituelle, douée d'une vraie sensibilité. Mais il émanait d'elle quelque chose qui n'était pas sans éveiller un certain malaise chez son interlocuteur, chez moi en tout cas. Exaltation ou tendance excessive à gémir sur la misère de l'humanité, je ne sais plus. Très vite, elle a évoqué le sort d'esclaves qu'elle avait vu se vendre aux enchères entre 2 et 9 livres, la conscription obligatoire qui contraignait les jeunes enfants à servir dans l'armée, et se lança dans un discours très critique à l'égard du gouvernement de

---

a séjourné au Caire, où il a fait quelques portraits, dont celui de Méhémet Ali. En 1833, de retour à Paris, il fut acclamé comme un des meilleurs peintres de son temps.

l'Égypte qui permettait de tels abus. C'était faire abstraction du contexte, du lieu, des mentalités, des traditions. Elle résidait alors sur une *dahabieh*, sorte de maison flottante sur le Nil qu'elle avait baptisée « Parthenope ». Elle me déclara qu'elle n'aspirait qu'à la quitter pour se fondre dans les villages et partager la vie du petit peuple. Mrs Bracebridge confirma et, sur un éclat de rire, nous déclara qu'elle avait surnommé Miss Nightingale « L'âne du désert qui renifle le vent ».

Jonathan laissa échapper un petit rire.

— Curieuse métaphore. Ne s'est-elle pas rendue aussi à Alexandrie ?

— Parfaitement. Dans une école tenue par des religieuses. L'école de la Miséricorde[1]. Elle ne cachait pas son admiration pour ces femmes qui n'étaient guère plus d'une vingtaine, mais qui accomplissaient un travail si considérable qu'on eût dit qu'elles étaient cent.

— Le comte de Crewe m'a laissé entendre que vous seriez détenteur de certaines notes prises par Florence lors de ce voyage en Égypte. Les avez-vous conservées ?

Le vieillard fit une moue désabusée.

— Oui. Mais je m'empresse de vous préciser qu'elles ne sont guère nombreuses. Juste des mots écrits ici et là qu'elle m'envoyait de temps

1. Il s'agissait d'un internat fondé par les sœurs de Saint-Vincent-de-Paul qui étaient venues s'installer en Égypte à partir de 1844, à l'instigation de Méhémet Ali.

à autre. L'essentiel est ailleurs. Entre les mains d'autres correspondants, et Dieu sait qu'ils étaient légion.

— M'accorderiez-vous la faveur de me les confier pendant quelques jours ?

— Je vais vous décevoir, monsieur. C'est impossible. Ces notes me sont très précieuses. Ce n'est pas tant la valeur historique qu'elles pourraient connaître un jour qui m'intéresse que leur valeur sentimentale. Je n'ai jamais été un admirateur inconditionnel de la Dame à la lampe. J'ai toujours pensé que l'on a une fâcheuse tendance, une fois les êtres partis, à les sublimer et à les couvrir de qualités qu'ils n'ont jamais eues. Miss Nightingale n'était pas exempte de défauts. Si j'osais, je vous dirais qu'elle pouvait se révéler insupportable. Extrêmement changeante. Contradictoire. Contradictoire étant un euphémisme. À titre d'exemple, savez-vous qu'après s'être posée en championne de l'émancipation féminine, elle refusa obstinément de soutenir le droit de vote pour les femmes ? Je n'appréciais guère la confusion entre ses déclarations publiques et ses commentaires privés. Et ses constantes références à Dieu exaspéraient au plus haut point l'agnostique que je suis. Mon attachement à ces notes est donc uniquement affectif. Elles me rappellent mon autre vie. Celle du temps où je me croyais artiste. Celui de l'insouciance. Je suis désolé.

L'Américain fit un effort pour masquer sa déception.

— Je m'incline, monsieur. Mais puis-je au moins les consulter ? Ici, chez vous ? Sous votre surveillance.

Anderton ferma les yeux comme s'il avait l'intention de s'assoupir.

— Pourquoi pas ? soupira-t-il au bout d'un moment. Mais vous risquez d'être déçu. Ainsi que je vous le disais il y a un instant, mon trésor est bien modeste.

Il se leva lentement et invita Jonathan à le suivre le long d'un étroit corridor à peine éclairé, qui sentait la poussière et le tabac froid.

Une porte se découpait tout au bout. Anderton écarta le battant dévoilant une pièce tout aussi sombre que le corridor.

Il se dirigea vers un secrétaire, le déverrouilla à l'aide d'une petite clé qu'il extirpa de la poche de sa veste, et ouvrit l'un des tiroirs.

— Voici, annonça-t-il en retirant quelques enveloppes liées par un petit ruban de soie.

Et, désignant le siège posé devant le meuble, il proposa à Jonathan de s'y installer.

— Serait-ce trop vous demander de faire un peu de lumière ?

Comme à contrecœur, le vieillard alluma un abat-jour rose en verre cannelé.

— Je vous laisse, dit-il, je vais aller m'allonger. Quand vous aurez terminé, frappez à la porte de ma chambre. Rassurez-vous, vous ne me réveillerez pas. Je fais partie de ces insomniaques qui sont convaincus que le sommeil n'est pas un lieu sûr.

Il se retira.

Abou-Simbel, 17 janvier 1850

J'ai longé de nombreuses parois jusqu'au moment où je me suis retrouvée sur le seuil d'une chambre creusée dans le rocher. Je me suis assise à même le sol dans ce silence de nuit éternelle. J'étais plongée dans l'obscurité, seule, et, pourtant, je n'ai pas éprouvé cette crainte que j'avais connue à Karnak. Je sentais se poser sur moi le regard de ces dieux, de ces déesses, tels qu'Osiris dut les percevoir. Neph, Nephta, Amon. Amon le créateur du monde invisible, et Râ, le soleil, à qui le temple était dédié. Je suis ressortie et j'ai vu l'éclat du sable doré. J'en fus presque aveuglée. J'ai eu une pensée pour ces adorateurs millénaires qui sont parvenus à atteindre leur but et qui accomplirent leur ambition spirituelle : servir les dieux et les déesses. Nous voilà, aujourd'hui, poursuivant la même quête, une quête aussi hors de portée que l'étoile la plus proche. Une quête qui consiste uniquement à accomplir les volontés du Seigneur. Ce qui est le comble du bonheur. J'ai imaginé que, d'ici trois mille ans, d'autres se trouveraient là où je me tiens, et s'interrogeraient à leur tour sous l'embrasement des astres.

Dans ce pays, rien ne rit ni ne joue. Tout a grandi « grand et vieux », je me sens tel un esprit qui scrute son monde antérieur et je me dis que l'on ne devrait visiter l'Égypte que dans la nuit et dans la solitude. Cette contrée où ce qui est vivant semble mort et ce qui est mort, si vivant. Dans le temple d'Osiris, je me suis sentie si proche du Christ. Partout, j'ai l'impression qu'il a vécu.

22 janvier

Regardant s'approcher lentement le temple de Philae, me préparant pour cela… le clair de lune sur les îles. Près du temple d'Isis, avec le grondement de la cataracte, je pense que je pourrais Le *voir. Voir* Son *ombre dans le froid clair de lune.*

26 janvier

Hier, j'ai tout gâché en rêvant. Déçue de moi-même et des influences que l'Égypte exerce sur moi. Rome était mieux.

Jonathan fronça les sourcils et relut la conclusion : « Rome était mieux. » Extrêmement changeante. Contradictoire, avait déclaré le vieillard quelques instants auparavant. Comment lui donner tort ?

Thèbes, 10 février

La Vallée des Rois semble, cependant, en deçà d'un mile de Thèbes, comme si on était arrivé aux montagnes de Kaf[1]*, au-delà desquelles vivent des créatures seulement connues de Dieu, si profonds sont les ravins,*

1. Dans la tradition musulmane, le mont Kaf domine le monde terrestre. Une région obscure le sépare de la terre et il faut la traverser pour atteindre le sommet où réside le plus fabuleux des oiseaux, le Simorgh, qui symbolise la connaissance pure.

si haut est le bleu du ciel, tellement solitaire et sublime, tellement inhospitalier est l'endroit. Un regard sur cette vallée vous donnerait plus d'idée du surnaturel que toutes les descriptions, sacrées ou profanes. Quel moment que l'arrivée dans cette vallée, dans ces cavernes rocheuses ! Quel étrange sentiment de vastitude, face à ces ténèbres terrifiantes où reposent les rois de la terre, chacun dans son sarcophage entouré des dépouilles de ses chefs, chacun dans sa chambre, épuré par ses trois mille années d'épreuves, mais dans une condition spirituelle plus élevée et plus noble. J'ai cru les apercevoir à chaque détour, dans ces galeries souterraines, j'ai cru voir leurs ombres se lever, se hisser hors de leurs sarcophages brisés, et avancer vers la lumière du jour. Si je devais me réincarner sur-le-champ, je choisirais l'incarnation arabe afin de venir en aide à ces pauvres malheureux qui peuplent la vallée du Nil. Demain, je dois me rendre au tombeau de Ramsès (1150 av. J.-C.)[1] *et, quand je le verrai, je lui ferai part de mon désir.*

Date inconnue

J'ai emporté dans mes bagages de nombreux ouvrages de référence qui concernent cette antique civilisation. Je me suis lancée dans l'apprentissage de l'hébreu afin d'être capable de lire, dans la magie des clairs de lune, l'Ancien Testament dans le texte.

Je me suis rendue dans le sanctuaire de Karnak, où se trouvent les ruines les plus impressionnantes de la nécropole thébaine et, debout, immobile, j'ai passé

1. Florence sous-entend Ramsès II, troisième pharaon de la XIXe dynastie, et dans ce cas elle se trompe de date. Ce pharaon, que l'on a surnommé « le Grand », a régné entre 1305 et 1236 avant notre ère.

de longs moments, silencieuse et terrifiée, à contempler ces monuments pour qui des milliers d'années semblèrent un jour. J'ai médité à l'ombre des temples, visité des villages et observé comment vivait le pauvre fellah, dans la crasse et dans la misère, tourmenté par les mouches, réduit en servitude par les pachas, les maladies et l'opium[1]. *J'aperçus un jour un chat allongé à la proue d'une barque voguant sur le Nil. Cet animal, pour les Arabes, est vraiment un dieu, il fait partie intégrante de leur mythologie ; et l'on dit que Mahomet lui-même serait resté assis durant des heures plutôt que de déranger un chat couché dans les plis de sa robe.*

21 février

Louxor, avant le petit déjeuner. J'ai passé un long moment toute seule à Gourna. Je me suis assise sous un portique, et ai contemplé cette vue sublime. Dieu m'a parlé à nouveau.

28 février

Dieu m'a appelée. Dieu m'a parlé avec les mots de madre Colomba.

1er mars

Oh ! ma madre, qu'il était doux le temps où je faisais une retraite avec vous ! Deux ans déjà !

7 mars

Des rafales de vent la nuit et toute la journée d'hier. Dieu m'a appelée ce matin et m'a demandé :

1. Non pas l'opium, mais le hachich.

Ferai-je le bien pour Lui seul, sans que cela ne se sache ?

9 mars

Dimanche, j'étais dans ma cabine méditant sur la question de Dieu...

10 mars

Tous les jours pendant un quart d'heure, je me suis réfugiée dans ma cabine après le petit déjeuner et le dîner pour relire les mots de ma madre. Ces mots : « Pourriez-vous accepter de souffrir beaucoup et de vous plaindre peu[1] ? »

J'ai une nature intellectuelle qui exige satisfaction, et la trouverai en Lui. J'ai une nature passionnée qui exige une réponse, et je la trouverai en Lui. J'ai une nature morale, active, qui exige d'être comblée, et cela, je ne le trouverai pas dans la vie de tout le monde. Parfois, il me semble que je veux satisfaire ma nature passionnée dans toutes ses exigences...

Les pensées et les sentiments que je ressens aujourd'hui, je les ai eus depuis l'âge de six ans. Une profession, un métier, une occupation nécessaire, quelque chose pour remplir ma vie et employer toutes mes facultés, c'est la seule chose que j'ai toujours trouvée essentielle, ce que j'ai toujours désiré. La première pensée dont je me souvienne, et la dernière, être infirmière, sinon accomplir une œuvre éducative — de rééducation surtout — au bénéfice des pauvres,

1. Florence avait fait à sa mère spirituelle le vœu d'accomplir la volonté de Dieu.

des délinquants... J'ai tout essayé, voyager à l'étranger, visiter des amis charmants, tout. Mon Dieu! qu'adviendra-t-il de moi?

Le Caire, 12 mai

Aujourd'hui, j'ai trente ans. L'âge où le Christ commença Sa mission. Maintenant, plus d'enfantillages. Plus d'amour. Plus de mariage. Maintenant que le Seigneur me fasse connaître seulement Sa volonté, ce qu'Il attend de moi. Oh! Dieu, Ta volonté, Ta volonté[1] *!*

Date inconnue, temple de Ptah

Ô feu merveilleux du ciel, purifie-moi, libère-moi de cet esclavage[2] *!*

Lorsque Jonathan acheva sa lecture, l'horloge de Big Ben sonnait dix-sept heures. Entre sainteté et pragmatisme, entre morbidité et amour de la vie. Rien n'était simple chez Miss Nightingale. Il se demanda si un médecin, un aliéniste[3], ne pourrait pas mieux l'éclairer sur la personnalité de la Dame à la lampe. Mais, au fond, ne sommes-nous pas tous un peu fous?

1. En 1874, Miss Nightingale notera que Dieu lui a parlé à quatre reprises.
2. Florence Nightingale, *Letters from Egypt*, «Journey on the Nile», *1849-1850*, édité par Anthony Sattin, New York, Weidenfeld and Nicholson, 1987.
3. Le mot «psychiatrie» date de 1808 (Johann Christian Reil, 1759-1813) et est enregistré en 1842. Néanmoins, il reste très peu utilisé jusqu'au début du XXe siècle; on parlait alors de «médecine des aliénés».

Lui, Brink, le premier. Sinon comment expliquer cette entreprise dans laquelle il s'était lancé ? Tenter de décrypter la vraie personnalité d'un être à travers ceux qui l'ont connu, n'était-ce pas la démarche d'un caractère déraisonnable ? Et pourquoi ? Pour qui ? Dans quel but ? Que cherchait-il à prouver ou à *se* prouver ?

Brillante étoile ! Que n'a-t-il ta constance ?

Combien de fois le père de Brink avait-il soupiré ce vers de Keats en l'adaptant pour qu'il s'appliquât à son fils ? Cent ? Mille fois ?

De la constance, Jonathan ! De la constance avant toute chose !

Un pâle sourire éclaira les traits de Jonathan. Après tout, elle était peut-être là, l'explication de cette démarche : démontrer à son père que, pour la première fois, l'enfant inconstant était capable d'achever ce qu'il avait commencé d'entreprendre. Seulement voilà : les morts voient-ils ?

Il se dressa et chercha la chambre d'Anderton. Mais il n'alla pas loin. À peine eut-il fait quelques pas le long du corridor que la voix du vieillard l'apostropha. Elle provenait du salon.

— Alors ? Avez-vous trouvé votre bonheur ?

Anderton était assis dans le fauteuil qu'il avait occupé deux heures plus tôt. L'avait-il jamais quitté ?

— Quelques notes ne sont pas dépourvues d'intérêt, répliqua Brink. Mais, à vrai dire, elles ne révèlent rien de nouveau. Elles recoupent et confirment les propos tenus par ceux qui ont côtoyé Miss Nightingale.

— Je vous avais prévenu. Si vous cherchiez la surprise, ce n'est pas dans ces écrits que vous l'auriez trouvée. Et à présent ? Quels sont vos projets ?

— Je suis en relation avec Mr Henry Carter, je pense qu'il a encore beaucoup de choses à me dire.

Anderton eut un léger sourire.

— Ce cher Henry. Il est donc toujours de ce monde. Nous devons avoir sensiblement le même âge ?

— Il a un peu plus de quatre-vingts ans.

— Un jeunot ! J'en ai dix de plus. Saviez-vous que nous avons fait nos études dans le même établissement ? À Cambridge. Au Trinity College. Nous nous sommes quelque peu fréquentés des années plus tard, alors qu'il était devenu directeur de la société Guardian Life and Fire Insurance et que, dans le même temps, il s'occupait du Fonds Nightingale. Il en était le secrétaire.

— Il l'est toujours, précisa Brink.

Le vieillard afficha une moue admirative.

— Quelle énergie ! À se demander comment il a eu le loisir de faire une douzaine d'enfants.

— Douze ? Vous êtes sérieux ?

— Onze fils et une fille.

— Surprenant. (Jonathan enchaîna très vite comme si l'idée n'avait cessé de préoccuper ses pensées :) Vous faisiez remarquer tout à l'heure que Miss Nightingale s'était montrée opposée au droit de vote pour les femmes. Comment expliquez-vous cette attitude ? N'est-ce pas paradoxal ?

— Ne vous ai-je pas dit à son propos qu'elle était extrêmement changeante et contradictoire ? Vous imaginez bien que, surpris tout autant que vous l'êtes, je l'ai interrogée à ce sujet. Sa réponse ne fit qu'accroître mon étonnement. Elle s'irritait de celles qu'elle appelait ces « femmes criardes » et de leur volonté d'envahir les domaines réservés aux hommes, comme la médecine ou le droit. Elle clamait à qui voulait l'entendre qu'il y avait bien assez à faire pour occuper les femmes. Qu'elles pouvaient opter pour les carrières d'enseignantes, de sages-femmes, ou d'infirmières, sans chercher à devenir des « hommes de troisième rang ». Selon elle, l'absence du droit de vote était le moindre des manques dont souffraient les femmes. Que pouvait bien leur apporter ce droit ?

Il s'arrêta net pour s'enquérir :

— Avez-vous entendu parler de John Stuart Mill ?

— L'économiste ?

— C'est exact. Mais il était surtout un fervent défenseur de la cause féminine. Un grand libéral.

— Quel est le lien avec Miss Nightingale ?

— Ils se connaissaient. Je fus témoin d'un dîner au cours duquel Florence lui a lancé : « Au cours des années que j'ai passées dans des fonctions administratives, jamais je n'ai éprouvé le besoin d'un droit de vote car, si j'appartenais à une circonscription où j'aurais été élue, seule ou avec une autre femme, j'aurais eu beaucoup moins d'influence auprès du gouvernement ! » N'est-ce pas un raisonnement absurde ?

Anderton marqua une pause, tout à coup songeur, et conclut :

— Finalement, à bien y réfléchir, je me demande aujourd'hui si Miss Nightingale n'avait pas raison.

— Vous n'êtes pas sérieux. L'égalité des hommes et des femmes me semble pour le moins légitime.

— Les avez-vous vues défiler il y a deux ans dans les rues de Londres ? Elles étaient plus de deux cent cinquante mille à manifester [1]. Et, quand elles obtiendront gain de cause, croyez-vous que leur condition économique s'améliorera pour autant ? Que cesseront les discriminations à leur égard ? Qu'elles recevront le même salaire qu'un homme qui accomplirait la même tâche ? Permettez-moi d'en douter.

Jonathan haussa les épaules.

1. À l'appel du WSPU (Women Social's and Political Union), mouvement féministe. En Angleterre, c'est en 1919 que les femmes de plus de trente ans ont obtenu le droit de voter. Il faudra attendre 1938 pour que ce même droit soit accordé en pleine égalité avec les hommes, et 1945 (date à laquelle l'ONU proclame par sa charte l'égalité des droits des hommes et des femmes) pour que les Françaises accèdent aux urnes.

— Il faut un début à tout, me semble-t-il. Je ne comprends pas que Miss Nightingale n'ait pas vu cela.

— En revanche, je ne peux que m'incliner devant l'esprit visionnaire dont elle a su faire preuve en 1834, au moment de l'amendement de la loi dite « des Pauvres ». Admirable.

— J'avoue ne pas avoir très bien saisi tout le sens de cette affaire ni les méandres de cette loi.

Anderton eut un sourire compassé.

— C'est vrai. Vous êtes américain.

— Je vis tout de même dans ce pays depuis des lunes, jugea utile de rappeler Brink une fois de plus. Voudriez-vous avoir la bonté de m'éclairer ?

— Volontiers. Mais asseyez-vous, mon exposé risque d'être long.

Jonathan s'exécuta.

— En fait, il n'y a pas eu une loi, mais une série de *Poor Laws*. Dans un premier temps, elles sont nées de la volonté des Tudors de contrôler les populations pauvres, tout en les préservant d'une trop forte emprise des élites sur elles. En 1547, un édit, peu appliqué, autorisa à marquer au fer rouge les vagabonds et à les asservir pendant deux ans. En 1572 puis en 1576, de nouvelles directives imposèrent aux paroissiens aisés de payer une somme hebdomadaire dans le but d'aider les plus démunis. Avec cette obligation légale, se sont développées peu à peu des *workhouses*, des « maisons de travail » où les indigents étaient employés et hébergés. Effroyables ! Ce n'étaient ni plus ni moins que de véritables centres de mendicité, de véritables asiles où étaient enfermés les indésirables.

« En 1795, ces dispositions ont été remplacées par le "système de Speenhamland" qui, né d'une volonté plus philanthropique, prévoyait l'octroi de subsides aux personnes percevant un salaire inférieur au minimum vital. Très onéreux, ce système s'est révélé également pervers puisque les employeurs, comme les gros propriétaires fonciers, abusèrent allègrement de ce complément financier pour rémunérer le plus faiblement possible leurs salariés. C'est alors que certains économistes, et non des moindres, décidèrent de partir en guerre contre cette politique sociale, l'accusant de freiner le développement de notre industrie. En 1834, ils obtinrent la quasi-abrogation des *Poor Laws* par un amendement les privant de toute substance. Cette *New Poor Law* révoqua l'ensemble des aides allouées aux personnes valides — épargnant toutefois les personnes en hospices — afin de les inciter à s'enquérir d'un travail rémunéré au lieu d'avoir recours à la charité publique. C'est à ce moment que Miss Nightingale et quelques-uns, dont John Stuart Mill, se dressèrent pour exprimer leur désaccord, voire leur fureur à l'égard de ce qu'ils considéraient comme une terrible injustice.

— Comment ne pas leur donner raison ?

Toutefois, je ne vois dans cette désapprobation aucun esprit visionnaire...

— Vous allez comprendre. Le camp des protestataires était divisé : certains, à l'instar de John Mill, voulaient alléger le sort des malades pauvres dans le cadre d'une nouvelle loi. D'autres estimaient que l'on devait fixer des limites, un cadre précis dans lequel seraient définis ceux qui étaient aptes à recevoir des soins et ceux qui ne l'étaient pas. L'attitude de Miss Nightingale fut diamétralement différente. Elle rejeta les uns et les autres. C'est tout le système que, selon elle, il fallait changer. À ses yeux, la seule solution eût été de créer un organisme social, structuré et organisé, géré par l'État et qui prendrait en charge tous les pauvres, *tous*, sans exception. La plupart estimaient et estiment encore que les maux de notre société ne peuvent être guéris que grâce à l'effort personnel et à la charité. Miss Nightingale affirmait avec force que la philanthropie est une fumisterie. Qu'à travers elle on se contente de dissimuler les fractures. On soigne les symptômes sans s'attaquer à la source du mal, qui est le chômage massif, conséquence de la révolution industrielle que nous sommes en train de vivre. Pour elle, c'est à la société de trouver du travail pour les chômeurs. C'est son devoir absolu. Quant aux indigents malades, au contraire de la plupart des autres réformateurs elle pensait que l'on devait cesser de les traiter en miséreux, de les considérer comme moins dignes de soins que l'ouvrier le plus mal payé, et au contraire s'efforcer par tous les moyens de les réintégrer dans la vie sociale. C'est là, évidemment, un blasphème aux yeux des législateurs [1].

À aucun moment Jonathan n'avait jugé utile d'interrompre le vieillard. À mesure qu'il parlait, une certitude prenait corps : la Dame à la lampe était certainement digne d'être traitée par un aliéniste. Mais par un aliéniste hautement qualifié. À la hauteur de sa patiente.

Il prit une courte inspiration avant de déclarer :

— Votre aide m'a été très précieuse, monsieur. Je vous en sais gré.

Anderton balaya l'air dans un geste qui se voulait désinvolte.

— Ce n'est rien.

Et il questionna très vite :

— Avez-vous l'intention de rencontrer d'autres personnes ?

1. Ce qu'Anderton ne précise pas, et pour cause, nous sommes au XXe siècle lorsqu'il s'exprime, c'est que la vision de Florence Nightingale préfigure la pensée socialiste, et celle de William Beveridge (économiste et homme politique) qui, dans un rapport publié en 1942, *Social Insurance and Allied Services* (connu sous le nom de « Premier Rapport Beveridge »), instaurera les bases de réflexion à la création du Welfare State, ou Sécurité sociale, par le gouvernement travailliste d'après guerre. En vérité, la grande novation consista dans la mise en place dès 1911 d'un système d'assurances maladie et chômage. Cette assurance était obligatoire et s'appliquait aux seuls ouvriers gagnant moins de trois cent vingt livres par an. Gérée par l'État, elle couvrait également le risque d'invalidité.

— Autant que possible.

— Avez-vous essayé de joindre Frederick Verney ?

— Un parent de Lady Verney ?

— Son beau-frère. Issu du premier mariage de Sir Harry Verney, lui-même époux de Parthenope, la sœur de Miss Nightingale. Je pense qu'il doit avoir un peu plus de la soixantaine. Il fut pendant un certain temps président du Conseil du comté de North Buckingham et c'est grâce à lui que Florence put organiser les premiers cours pour infirmières visiteuses dans un collège technique. Florence était très attachée à lui et à sa famille. Il pourrait peut-être vous transmettre certaines informations. Il y a aussi quelqu'un qui devrait vous être très utile.

Jonathan extirpa un petit calepin et s'apprêta à noter.

— Lucile Pringle *. Elle aussi fait partie du petit groupe de survivants.

— Une collaboratrice ?

— Non. Mieux que cela. Elle était entrée comme stagiaire à l'école Nightingale de St. Thomas. De toutes les disciples de la Dame à la lampe, ce fut certainement celle qui contribua le plus à l'évolution du métier d'infirmière. Florence l'avait surnommée « La Perle ». Et lorsque l'on sait combien Miss Nightingale pouvait se révéler impitoyable, on peut en déduire combien elle la respectait et l'admirait.

— Savez-vous comment il serait possible de la joindre ?

— Aucune idée. Allez donc au St. Thomas Hospital, quelqu'un pourra peut-être vous renseigner.

L'Américain réfléchit un moment, yeux mi-clos. Une image lui était revenue en mémoire. Celle de ce vieux militaire qui était apparu sur le seuil de St. Margaret Church, le jour de l'enterrement...

6

> « Les patients souffrent parfois de bien d'autres choses que ce qui figure sur leur feuille de maladie. Si l'on s'en préoccupait, une bonne part de leurs souffrances pourrait être soulagée. »

Brink jeta un coup d'œil sur sa montre. Les aiguilles indiquaient 9 h 58. Il avait largement le temps de gagner Lambeth Palace Road. Il remonta le col de son trench-coat, quitta Trafalgar Square dominé par la statue de Horatio Nelson, l'amiral borgne et manchot, et s'engouffra dans Northumberland Avenue. Sur la gauche, apparaissait la masse aux reflets rouges et cuivrés de Westminster Hall, vénérable édifice accueillant la non moins vénérable Chambre des lords.

Chaque fois qu'il passait devant le bâtiment, Brink ne pouvait s'empêcher de méditer sur la toute-puissance britannique et sur son Empire. Près de quatre cents millions d'humains, répartis sur le quart des terres émergées de la planète, allant de Chypre aux Indes, de la Rhodésie à l'Égypte, de Hong-Kong à Gibraltar. Une expansion qui avait connu un rythme particulièrement effréné sous le règne de la défunte grand-mère de l'Europe : la reine Victoria, décédée neuf ans plus tôt après une gouvernance de plus d'un demi-siècle.

L'Angleterre. Terre de toutes les immigrations, de toutes les pauvretés aussi. L'Angleterre et son nombril : Londres. Forêt de briques traversée par un fleuve agité de figures humaines. Qui donc avait écrit : « Envoyez un philosophe à Londres, mais n'y envoyez pas un poète ? » Un philosophe, campé au coin d'une avenue, y apprendrait bien plus sur le genre humain que dans tous les livres. Londres qui fume et crie, où le gaz flambe par-dessus les enseignes vermeilles. Londres, main droite du monde. Capitale confrontée à un développement hallucinant. Cinq cent soixante-quinze mille habitants en 1700. Elle avait atteint plus d'un million d'âmes lorsque Brink y avait débarqué, un matin de février 1885. La révolution industrielle continuait d'embraser le pays, fournissant un grand nombre d'emplois, mais jamais suffisamment pour satisfaire les espoirs de tous les déshérités qui affluaient chaque jour un peu plus, transformant l'East End en ventre affamé.

Brink pressa le pas, comme soudainement écrasé par le poids de l'Union Jack. Il longea la Tamise le long de Victoria Embankment et bifurqua pour emprunter Westminster Bridge. Une fois sur l'autre versant du fleuve, il ne fut plus qu'à quelques mètres de la façade du St. Thomas Hospital. Un édifice chargé d'une histoire mouvementée, à l'image de l'Angleterre.

Fondé au XIIe siècle, il avait fait partie du prieuré de St. Mary Overie, à Southwark, et fut baptisé Saint-Thomas-le-Martyr en mémoire de Thomas Becket. Cent ans plus tard, le bâtiment avait été transféré sur Burough High Street. Lors de la dissolution des couvents en 1540, Henry VIII, brouillé avec l'Église, fit fermer l'hôpital. Édouard VI le rouvrit en 1551 et le rebaptisa Saint-Thomas-l'Apôtre. La compagnie ferroviaire de Charing Cross racheta le terrain afin d'étendre son réseau, ce qui provoqua un nouveau déménagement, cette fois sur Lambeth Road. C'est là que, le 13 mai 1868, la reine Victoria avait posé la première pierre. Trois ans plus tard, les travaux étaient achevés.

Brink s'arrêta devant le bureau d'accueil et demanda le chemin de la Nightingale Training School[1].

1. Aujourd'hui Florence Nightingale School of Nursing and Midwifery (École d'infirmières et de sages-femmes). Elle fait partie du King's College de Londres.

La préposée, une femme dans la cinquantaine, leva vers lui une mine renfrognée.

— Qui cherchez-vous ?

— Mrs Lucile Pringle.

— Ce nom ne me dit rien. Est-ce une élève ? Une infirmière enseignante ?

— Ni l'une ni l'autre. Mrs Pringle et moi avons rendez-vous dans le bureau du directeur, Mr Rathbone.

Sans se départir de son air maussade, la préposée pointa son index en direction d'un couloir.

— Tout au fond. Deuxième étage.

Jonathan remercia d'un hochement de tête, espérant que « La Perle », ainsi que l'avait baptisée Miss Nightingale, se montrerait plus avenante. C'est qu'il n'avait pas été aisé de la convaincre d'accepter cette rencontre. Un long échange de courriers avait été nécessaire avant qu'elle ne plie. Sans doute par lassitude. Aujourd'hui, presque septuagénaire, elle sortait de moins en moins et semblait avoir tiré un trait sur son passé d'infirmière. Dans le même temps, lorsque Brink, par courtoisie, lui avait proposé de se déplacer jusqu'à son domicile, elle avait opposé une fin de non-recevoir. « Non. Je préfère que nous nous rencontrions à l'extérieur, à la Nightingale Training School, mercredi treize heures. »

Arrivé devant le bureau de Mr Rathbone, il n'eut pas à frapper. Une femme le guettait sur le seuil. Cheveux gris, ramenés vers la nuque. Visage diaphane. Yeux émeraude. Jonathan se dit qu'elle avait dû être belle dans sa jeunesse.

— Monsieur Brink? s'enquit la femme.

— Et vous êtes Mrs Pringle.

Elle lui tendit une main timide.

— Nous sommes à l'heure. C'est bien.

Contre toute attente, la voix était douce, la mine chaleureuse.

— Suivez-moi, proposa-t-elle, les classes sont vides à cette heure. Les élèves sont à la cantine.

Il se laissa entraîner vers une pièce meublée de pupitres et de bancs et ornée d'un tableau noir.

— Prenez place, invita Mrs Pringle. Vous avez le choix.

Elle ajouta très vite :

— C'est ici que j'ai fait mes études. Troisième banc près de la fenêtre.

C'est là que tout naturellement elle décida de s'asseoir.

Brink ôta son trench-coat, hésita un instant, et opta pour une place voisine.

— Avant tout, commença-t-il, laissez-moi vous remercier d'avoir accepté. Au ton de vos lettres, j'ai cru comprendre que vous éprouviez quelque réticence à rencontrer les gens.

Une lueur chagrine voila les prunelles émeraude.

— Spondylarthropathie, murmura-t-elle en

esquissant un vague sourire. C'est une maladie usante.

Jonathan fronça les sourcils.

— Spondylar... ?

— C'est une affection qui touche principalement la colonne vertébrale au niveau des ligaments. Point de remède, hélas. Mais nous ne sommes pas ci pour évoquer mes soucis de santé. Dites-moi plutôt, pourquoi cette idée de biographie ?

— Votre question me surprend, Mrs Pringle.

— *Miss*, corrigea la femme. Vous savez bien que, lorsqu'une figure légendaire disparaît, tout le monde se précipite pour décrire son existence et les hauts faits qu'elle a pu accomplir. Vous serez peut-être le premier, mais certainement pas le dernier.

Elle se hâta d'ajouter :

— D'ailleurs, je doute même que vous soyez le premier. Quelques mois avant la mort de Miss Nightingale, j'ai été abordée par un certain Edward Cook. Le connaissez-vous ?

Brink fit non de la tête.

— Lui aussi souhaitait me poser des questions. Il était à la veille d'achever un livre sur Miss Nightingale. J'imagine qu'à cette heure il doit s'apprêter à le publier[1].

1. En effet, Sir Edward Cook publia une *Vie de Florence Nightingale* en 1913, en deux volumes, aux éditions MacMillan and Co. Bien que quelque peu hagiographique, c'est sans doute l'œuvre de référence absolue.

L'Américain fit un geste fataliste.

— Tant mieux. Nous ne serons pas trop de deux pour dire au monde quel être rare fut la Dame à la lampe, n'est-ce pas ? À présent, parlez-moi donc un peu de votre parcours. Comment vous êtes-vous retrouvée auprès de Miss Nightingale ?

Lucile Pringle croisa ses mains torturées sur la surface du pupitre.

— Je suis d'une famille écossaise, le saviez-vous ? Née à Glasgow il y a soixante-huit ans.

— Je connais mal l'Écosse, hélas. Et vous y avez fait vos études ?

— De bien modestes études. Je n'avais pas l'esprit à ce genre d'exercice. Je trouvais ce que l'on m'enseignait beaucoup trop abstrait. Toute jeune, enfant déjà, j'avais du mal à éprouver l'exaltation que procurent les contes de fées. J'ai toujours préféré le réel et le palpable à l'imaginaire.

— L'opposée de Miss Nightingale...

— Oh que non ! Bien qu'elle eût tendance à la rêverie, Miss Nightingale était l'une des personnes les plus concrètes qu'il m'ait été donné de croiser. C'était une pragmatique. Une pure et dure. D'ailleurs, le métier d'infirmière laisse peu de place à la fantaisie.

— C'est pourtant le rêve qui vous a conduite vers Miss Nightingale, je suppose ? Il y a quelques années, vouloir devenir infirmière était une démarche peu ordinaire et bien mal vue.

Il conclut en souriant :

— Voire... fantaisiste.

— Je ne vous contredirai pas. Si l'on n'était pas d'une famille de miséreux, égarée dans l'East End, un peu chapardeuse, et de préférence alcoolique, aucune chance d'espérer accéder à cette fonction, pourtant si noble. Néanmoins, à partir de septembre 1855 — je n'avais alors que quatorze ans —, beaucoup de choses avaient commencé à changer et, tout à coup, ce qui la veille encore était impensable devenait possible.

— 1855?

— La fin de la guerre de Crimée. Elle avait duré deux ans. Deux années terribles. Deux années d'horreur, à ne plus savoir qui du vainqueur ou du vaincu tira le plus de gloire. C'est dans ce coin du monde, si loin de l'Angleterre, que notre sort s'est joué. Dans la fange et le sang des champs balkaniques. Lorsque je dis «notre sort», c'est à celui de toutes les infirmières présentes et à venir que je pense. S'il n'y avait eu ce conflit et, bien entendu, le courage dont fit preuve Florence, il me semble que rien n'eût été pareil. À son retour du front, Miss Nightingale était devenue une légende vivante. Vous auriez dû voir l'accueil triomphal dont elle fut l'objet. Oui. Une légende vivante était née en Angleterre; celle de l'odyssée de la Dame à la lampe. De toute part on réclamait son portrait et, devant son refus de poser, on en inventa. On rédigea des poèmes en son honneur, on composa des chansons. Chez Mme Tussaud à Baker Street[1], on se hâta d'installer son effigie entre celles de Nelson et de Walter Scott. Un Comité se forma, créé par son ancien prétendant, Mr Milnes, et par Sidney Herbert, l'ancien ministre de la Guerre, afin que Florence bénéficiât d'une reconnaissance officielle de la nation. La reine Victoria elle-même la décora de la George Cross ! Et le fondateur de la Croix-Rouge, Mr Dunant, n'eut de cesse de lui rendre hommage, affirmant que c'est le travail de Miss Nightingale qui influença sa démarche[2].

Brink s'autorisa à émettre une objection.

— Je vous demande pardon, Miss Pringle, mais ce n'est pas la croix de Saint-Georges qui fut attribuée à Florence, mais la Royal Red Cross.

— Vous en êtes sûr ?

— Absolument. J'en ai vu une reproduction dans un vieux numéro du *Morning Post.* Sur chacune des branches de la croix, surmontées d'un

1. C'est à Marie Tussaud, Strasbourgeoise née en 1761, femme de ménage à l'origine, que les Anglais doivent la création du célèbre musée de cire qui porte son nom. Érigé dans un premier temps à Baker Street, il fut ensuite déplacé, en 1884, à Marylebone Road.

2. Ce fut en 1864, à Genève, que les délégués de seize États établirent l'organisation de la Croix-Rouge internationale et, à partir de 1907, cette même organisation décida de décerner la médaille Florence Nightingale aux personnes se distinguant par leurs actions dans le domaine des soins infirmiers.

ruban rouge et bleu, on pouvait lire ces mots : « Foi, charité et espérance. » Ce qui correspond bien à la Royal Red Cross. Elle lui fut décernée en juillet 1883. Je suis d'ailleurs persuadé que cette décoration n'a vu le jour que pour récompenser l'œuvre de Miss Nightingale.

Miss Pringle concéda, mais à contrecœur :

— Mettons que vous ayez raison. Il n'en demeure pas moins que, par la suite, le roi Édouard VII la décora de la croix de l'ordre du Mérite. Elle était la première femme dans l'Histoire à qui l'on accordait un tel honneur.

— Comment réagissait-elle devant toutes ces marques de reconnaissance ? J'imagine qu'elle devait être prise de vertige ?

— J'ai l'impression que tout ce charivari la laissait de glace. Ce qu'elle désirait par-dessus tout, c'était la réforme. La réforme des hôpitaux, mais aussi celle des soins apportés aux soldats blessés. Ses yeux étaient pleins des atrocités dont elle avait été témoin en Crimée. Vous allez trouver que j'exagère, mais je suis convaincue que ce sont ces visions d'horreur qui lui ont fait perdre la vue. Car elle ne voyait presque plus dans les dernières années de sa vie.

— Déjà en 1890, lorsque je l'ai rencontrée, elle avait du mal à distinguer les visages. Comment l'avez-vous connue ?

— Ainsi que je vous le disais, après la guerre de Crimée, le métier d'infirmière commençait d'acquérir ses lettres de noblesse. Il n'était plus méprisable que des filles — je parle bien entendu des filles de bonne famille — s'engagent dans cette voie. Comme toute l'Angleterre, j'avais entendu parler de Miss Nightingale et de ses exploits, et lorsque j'ai su qu'elle avait décidé de créer la Nightingale Training School, j'ai souhaité m'y inscrire. Hélas, mes parents, bien que consentants, exigèrent que je patiente jusqu'à ma majorité. Inutile de vous dire que jamais le temps ne me parut si long !

— J'imagine que vous avez gardé un souvenir précis de votre première entrevue ?

Les traits de Miss Pringle s'illuminèrent.

— Évidemment. Pour moi, c'était hier. Elle m'a accueillie là même où je vous ai reçu tout à l'heure. Elle n'était pas seule. Un médecin était assis à ses côtés.

— Son nom ?

— William Bowman *. J'appris par la suite que c'était le chirurgien ophtalmologiste le plus distingué de cette époque et un anatomiste de renom.

Brink fit mine de comprendre. Ces termes médicaux lui échappaient totalement.

Lucile poursuivit :

— Il n'était pas étonnant que le Dr Bowman se trouvât présent ce jour-là. Quelques années auparavant, il avait été nommé au King's College Hospital qui venait d'ouvrir ses portes et, par la suite, il joua un rôle de premier plan dans la fondation de l'institution

St. John's House pour les infirmières. C'est à Harley Street qu'il a fait la connaissance de la Dame à la lampe. Elle occupait alors la fonction de surintendante de l'institution des Dames invalides. Le docteur était venu la convaincre d'accepter le poste de surveillante chef au King's College.

— Offre qu'elle a déclinée.

— Nous étions en 1854. La guerre de Crimée venait d'éclater. En tout cas, leur rencontre fut des plus propices, puisque par la suite le Dr Bowman fut l'un des premiers membres du Conseil Nightingale. Conseil qu'il servit toujours avec un grand dévouement.

— Vous arrivez donc dans ce bureau, face à ces deux personnalités. Quelle impression avez-vous conservée de Miss Nightingale ?

— Je ne saurais vous dire, tant j'étais émue. Il me souvient seulement d'une femme affable aux yeux verts, l'expression pensive, dotée d'un certain humour. Un humour que je qualifierais de... tranchant.

Brink récupéra un calepin dans la poche intérieure de son veston et griffonna quelques mots.

— Aurais-je dit quelque chose d'essentiel ? s'étonna Miss Tringle.

— Non. Enfin... il m'arrive de prendre des notes de temps à autre. Mais poursuivez, je vous en prie.

— Après l'entretien d'usage, Miss Nightingale et le Dr Bowman se sont concertés, et m'ont signifié que j'étais admise à l'école. Imaginez ma joie ! Deux jours plus tard, j'entrais ici, le cœur battant. Un an d'études m'attendait. Nous vivions dans des chambres particulières. Ce qui était un véritable luxe. Mais il est vrai que nous n'étions guère plus d'une vingtaine. Une vingtaine... face à une immense tâche.

— Et vous avez fait partie des plus brillantes, à ce qu'on m'a dit. Elle vous surnommait « La Perle ».

— C'est exact. S'il faut en croire les appréciations de Miss Nightingale, j'étais assez douée [1]. En vérité, j'adorais tout simplement mon métier.

— Ne soyez pas modeste. Je me suis renseigné (il jeta un œil sur son calepin), en 1872, vous avez été choisie pour ouvrir, à l'Infirmerie royale d'Édimbourg, une école Nightingale, à l'image de celle où nous nous trouvons.

Lucile confirma.

— J'ai dû remplacer la surveillante qui était en place. Mrs Barclay.

— Parce qu'elle était opiomane et alcoolique...

— Vous êtes au courant ?

— Je sais aussi que, selon Miss Nightingale, l'école que vous avez dirigée fut jugée supérieure à la Training School.

1. En 1871, Miss Nightingale écrit dans ses notes : « J'ai le sentiment que la seule bonne infirmière de St. Thomas est Miss Pringle. »

— Décidément, monsieur Brink, vous savez beaucoup de choses. Toutefois, modestie mise à part, il ne me fut pas très difficile d'améliorer le niveau de l'établissement d'Édimbourg, car force est de reconnaître...

Lucile Pringle se tut d'un seul coup, comme si elle regrettait ses derniers mots.

— Oui ?

— Non, non... rien d'important.

— Pourtant vous sembliez émettre une réserve. Serait-ce à propos de Miss Nightingale ?

— Doux Jésus ! Certainement pas. Ce fut une sainte.

— Mais alors ?

Miss Pringle répondit avec une pointe de regret :

— Je ne sais pas si j'ai le droit... Je fus très déçue. Cette école, dans laquelle j'avais placé tous mes espoirs, ne nous conférait qu'un apprentissage des plus rudimentaires, avec fort peu d'instruction et pas la moindre notion de culture générale. Elle était par ailleurs dirigée par un véritable cerbère, une femme sans âme, dépourvue de tout sens pédagogique. Quant au seul enseignant, un médecin, il était la plupart du temps éméché, réputé pour sa moralité pour le moins discutable. Néanmoins, je m'empresse de vous alerter sur ce point : Florence ne fut en rien responsable de cette situation. Ce n'est pas sa faute si le concept qu'elle avait imaginé ne fut jamais réellement mis en pratique. En revanche, ce qui est plus fâcheux...

Miss Pringle s'arrêta une nouvelle fois.

— N'ayez crainte, la rassura Brink, je vous promets que cette partie de notre discussion demeurera, comme disent les journalistes, *off record*.

— Je vous fais confiance. De toute façon, les années ont passé. Pendant longtemps Miss Nightingale ne fut pas tenue au courant de ce qui se passait à la Training School. Et, lorsqu'elle en fut informée, elle adopta une attitude que l'on pourrait juger condamnable. Elle essaya par de timides rafistolages de remettre de l'ordre, tandis que, parallèlement, elle donnait des instructions pour que le grand public n'en sache rien. C'est ainsi que l'on continua de diffuser des comptes rendus dithyrambiques sur les qualités de l'école. Sur le moment, j'avoue avoir été assez choquée. J'étais jeune. Je n'avais pas une grande expérience des choses de la vie. Il m'a fallu un certain temps avant de comprendre. Si la vérité s'était répandue à ce moment-là, c'eût été une catastrophe. Tout le travail entrepris, tous les efforts pour rendre honorable la profession d'infirmière eussent été brisés. Miss Nightingale avait réussi l'impossible jusque-là : convaincre les gens que ce métier était un métier tout à fait convenable, merveilleux, altruiste et sans danger pour les filles de bonne famille. Si la réputation de la Training School avait été entachée, c'est tout l'édifice qui se serait écroulé. À bien y réfléchir, les choses auraient pu être différentes si Miss Nightingale avait joué un rôle plus actif dans la surveillance de l'établissement et de l'enseignement, au moins dans les premiers temps. Hélas, c'est à partir de ce moment-là qu'elle est devenue invalide et qu'elle s'est alitée.

Jonathan referma son calepin.

— *Devenue*, ou bien a-t-elle décidé *sciemment* de se comporter comme telle ?

Miss Pringle sursauta, choquée :

— Monsieur Brink ! Insinueriez-vous qu'elle a joué la comédie ? Qu'elle l'aurait jouée pendant plus de quarante ans ?

— Au risque de vous choquer, je me suis souvent posé la question. Je n'ai toujours pas la réponse.

La femme insista :

— Quarante ans ? Alitée ? Volontairement ?

Brink fit un geste apaisant de la main.

— Ce n'est pas important. Juste une interrogation sans intérêt.

Les traits de Miss Pringle s'empourprèrent.

— Je vous préviens, monsieur Brink, si vous avez l'intention de médire sur Miss Nightingale, ne comptez pas sur moi pour vous soutenir ! Elle avait des défauts, j'en conviens, mais ils étaient dérisoires, une pacotille, comparés à ses qualités. Êtes-vous seulement au courant de ce qu'était le milieu hospitalier lorsque j'ai débarqué ici ? En avez-vous une idée ?

L'Américain bredouilla :

— Heu... j'imagine... Je...

— Non, monsieur ! Vous ne pouvez l'imaginer !

Elle se leva d'un seul coup, le regard furibond.

— Les commodités les plus simples faisaient défaut ! Les planchers, faits de bois blanc, rarement nettoyés, s'imprégnaient de matières organiques. Lorsqu'on les récurait, ils dégageaient des relents pestilentiels. Murs et plafonds de plâtre grossier étaient saturés de crasse. Un unique poêle, placé au fond de chaque salle, en assurait le chauffage. Pour retenir la chaleur, on laissait les fenêtres fermées pendant des mois ! Dans certains hôpitaux, la plupart des fenêtres étaient aveuglées de planches pendant l'hiver. Au bout d'un certain temps, l'odeur devenait nauséeuse ! On introduisait en fraude dans les salles du gin et de l'eau-de-vie. Des scènes d'horreur se déroulaient. Des malheureux, à demi morts, roulaient ensemble sur le sol ou se tordaient en proie au delirium tremens. Dans certains hôpitaux, il n'était pas rare de faire appel à la police pour rétablir l'ordre.

Elle reprit son souffle pour demander :

— Vous me suivez, monsieur Brink ?

Il n'eut pas le temps de répondre. Elle poursuivait :

— Les infirmières ne nettoyaient que partiellement les malades. Elles ne leur lavaient jamais les pieds. Ce n'est qu'avec peine, et en grande hâte, qu'elles pouvaient se procurer un peu d'eau, de quoi leur humecter le visage et les mains. Les lits mêmes étaient maculés. Il était d'usage courant de mettre un nouveau malade dans les draps qui avaient servi au dernier occupant. Les matelas bourrés de laine n'étaient jamais nettoyés. Les infirmières dormaient dans des cages de bois situées sur les paliers, à la porte des salles. Seules les femmes de mauvaise vie pouvaient accepter une chose pareille. Les gardes de nuit se reposaient durant le jour dans ces trous sans air ni lumière, si bruyants qu'elles ne pouvaient trouver le sommeil. C'est compter sans le véritable fléau qu'était l'alcool. Une surveillante me disait que, au cours de sa longue carrière, elle n'avait pas connu d'infirmière qui ne fût alcoolique, et que la plus grande licence régnait jusque dans les salles[1] !

Elle marqua une pause et fixa Brink avec gravité.

— Vous comprenez maintenant quelle bataille surhumaine a dû livrer Miss Nightingale ? Alors ses défauts, ses faiblesses... Avec tout le respect que je vous dois, monsieur, *I don't give a hoot*[2] !

Déstabilisé, Jonathan garda le silence.

— *I don't give a hoot !* répéta, avec plus d'insistance, Miss Pringle.

1. Miss Pringle tient ici les mêmes propos, mot pour mot, que Florence Nightingale dans ses notes.

2. « Je n'en ai rien à faire. »

— Miss Pringle, si je vous ai laissé croire que je doutais de la sincérité de Miss Nightingale quant à sa maladie, je vous fais mes excuses. Acceptez-les, je vous en prie.

La vieille dame conserva une mine renfrognée avant de se décider à répondre :

— Je les accepte. À présent, je pense qu'il est l'heure de nous séparer.

Brink se leva prestement.

— Juste une dernière question. En 1887, vous étiez surveillante générale, ici même. Pourquoi avez-vous donné votre démission ?

— Dois-je vraiment vous répondre ?

— Vous n'y êtes nullement obligée.

Elle se dirigea lentement vers la porte et, au moment de franchir le seuil, elle pivota.

— Après une longue période d'hésitation, j'avais décidé de rejoindre l'Église de Rome et de me convertir au catholicisme. Ma place était donc ailleurs [1].

Brink voulut ajouter quelque chose, mais elle partait déjà vers le couloir, le pas nerveux.

1. Miss Pringle continua néanmoins de correspondre avec Florence et ses lettres font partie de la Collection Nightingale.

7

«Je ne ferai rien et je suis moins que poussière, moins que rien du tout.»

Un rai de soleil s'était faufilé dans le salon, pour venir se poser sur les feuillets que Henry Bonham Carter avait mis à la disposition de Brink. Il s'agissait de notes disparates qu'il avait rédigées au fil des années, au gré de son humeur et d'informations récoltées ici et là.

Bien qu'incomplètes, elles avaient le mérite de jeter un éclairage sur certains aspects de la personnalité, si complexe, du «Rossignol[1]».

Brink jeta un regard en coin vers Henry Carter. Installé dans un fauteuil, il avait l'air de somnoler. Mais sans doute, à l'instar des chats, ne dormait-il que d'un œil, pour s'assurer que l'Américain ne le déposséderait pas, ne fût-ce que d'une seule ligne...

1. Nightingale signifie «rossignol» en français.

Après l'Égypte, voilà les Bracebridge et Florence partis pour Athènes. Ils y sont arrivés un matin d'hiver 1850. Florence ne démontra qu'un vague intérêt pour les vestiges qui attirent habituellement les touristes, et préféra porter son attention sur l'âme du peuple grec.

Ce qui ne l'empêcha pas d'écrire : « J'aime le dorique pour sa sévérité, sa simplicité, sa perfection des proportions, son image de la république idéale. Je l'aime comme si c'était une personne. » À propos du Parthénon, illuminé par un clair de lune, elle fait observer : « Il est impossible que la terre ou le paradis puissent produire quelque chose de plus beau. »

Un matin, aux alentours de ce même Parthénon, elle aperçoit des enfants en train de torturer un bébé hibou tombé de son nid. Elle l'achète. Le baptise Athéna. Il voyagera avec elle. Elle réussit à l'apprivoiser et elle l'emmènera jusqu'en Angleterre, en le logeant la plupart du temps dans la poche de son vêtement.

L'un de ses plus grands plaisirs à Athènes consistera à rendre régulièrement visite à un couple de missionnaires américains qui dirigent une école et un orphelinat : Mr et Mrs Hill. À propos de Mrs Hill, elle écrit : « Elle vient du ciel et vit dans le ciel. »

Le 7 juin 1850 elle écrit : « Ce vendredi, installée devant le petit déjeuner, j'ai repensé à mon jour de désespoir, c'était douze mois auparavant, le 7 juin 1849, ce jour où j'ai fait cet effort désespéré, j'ai crucifié le péché en espérant que j'en sortirais purifiée. Ô Père ! À quelle crucifixion ne serai-je pas prête à me soumettre, le cœur joyeux, pour être débarrassée de cela ? Mais cette longue mort morale, cet échec de toute tentative de traitement... Je suis exactement dans le même état qu'il y a un an. Je pense que je ne me suis jamais sentie aussi mal que cette dernière semaine. J'espérais que le jour de mes trente ans je connaîtrais enfin la guérison. Huit mois depuis la dernière incitation à pécher, pas un jour passé sans que je ne continue à le commettre. »

Brink interrompit sa lecture, intrigué, mais n'osa pas interroger Henry Carter, assis non loin de lui. Il examina à nouveau le passage : « le 7 juin 1849, ce jour où j'ai fait cet effort désespéré, crucifié le péché en espérant que j'en sortirais purifiée ».

Cette date correspondait très probablement à sa rupture avec Milnes. Mais alors, que voulait-elle dire ensuite par « huit mois depuis la dernière incitation à pécher, pas un jour passé sans que je ne continue à le commettre » ?

En octobre 1849 ? À quel péché faisait-elle allusion qui méritait une fois encore d'être « crucifiée » ?

Nul, sans doute, ne saurait la réponse.

Il se replongea dans les feuillets.

Le 17 juin, départ pour l'île de Corfou : « Une île féerique où chaque fleur grandit deux fois plus vite qu'ailleurs au monde, et où les oliviers et les grenadiers ne gèlent pas ! »

Corfou est depuis 1830 protectorat britannique. Florence est témoin des mesures répressives entreprises par Sir Henry Ward alors Lord High Commissionner *des îles Ioniennes à l'encontre des patriotes grecs. Florence ne cache pas sa désapprobation devant cette attitude « barbare » et critique ouvertement l'occupation anglaise. Ward les invite pourtant, elle et ses amis, à dîner dans sa résidence. Elle s'y rend et rapporte : « Il est sorti en disant que je l'avais traité de tyran et m'a prise dans ses bras comme un père. » Placée à la droite du haut-commissaire, elle a essayé de le convaincre que les exécutions et les arrestations arbitraires dont il s'est rendu coupable étaient un « péché ».*

Fin juin 1850

Départ pour Trieste, puis pour Dresde d'où elle écrit : « Je vais mal, si mal. L'habitude de ne vouloir vivre que dans le futur est en train de consumer ma vie et je glisse lentement vers un état de folie où seuls les rêves deviennent réalité. »

Elle plonge effectivement dans un état incroyablement dépressif.

Mrs Selina Bracebridge perçoit le tourment qui a pris possession de son amie. Elle convainc son époux de rentrer en Angleterre. Charles accepte, mais ne change rien au plan prévu. Le retour se fera par l'Allemagne. Dès cet instant, Florence a du mal à maîtriser sa joie. Berlin est à environ quatre cents miles de la ville de tous ses rêves : Kaiserswerth.

Kaiserswerth ! Le cœur battant du bonheur absolu.

C'est en 1846 qu'un ami lui avait fait parvenir une brochure intitulée : The Institution of Kaiserswerth on the Rhine. *Depuis, l'image de ce lieu est restée gravée dans sa mémoire. Elle sait ce qui l'attend là-bas.*

Jonathan leva un regard interrogatif vers Henry Carter.

— Kaiserswerth ? J'ignorais que Miss Nightingale espérait tant s'y rendre.

— Oh ! C'était plus qu'une espérance. C'était une obsession. Depuis qu'elle avait pris connaissance de cette brochure, l'institution avait hanté ses nuits. Mais — vous vous en doutez — elle ne s'en était ouverte à personne. Entre-temps, à peine arrivée à Berlin, Florence s'est précipitée pour visiter un hôpital dont elle avait entendu parler : le Bethanien, tenu par des diaconesses [1], puis elle s'est rendue dans un institut pour sourds-muets. Dans la foulée, elle a sauté dans une berline pour Hambourg afin de rencontrer Amalie Sieveking, une évangéliste qui avait fondé une école pour filles défavorisées et travaillé dans les hôpitaux pendant l'épidémie de choléra qui avait sévi en Allemagne en 1831 [2].

— Kaiserswerth ?

— À six miles au sud de Düsseldorf. C'est une vieille ville bâtie sur le Rhin. Elle n'a rien de particulièrement intéressant, si ce n'est, dans une

1. Le souci d'œuvre sociale et de piété, le désir aussi de créer un ministère féminin à une époque où les femmes n'avaient pas encore accès au ministère pastoral, sont à l'origine de la création de diaconats et du ministère des diaconesses au sein du protestantisme.

2. Amalie Sieveking (1794-1859), fille d'un sénateur de Hambourg. Elle fut aussi la fondatrice de la Société des amies des pauvres de Hambourg.

église du XIIe siècle, un reliquaire qui contient les os d'un moine du nom de Suitbertus. Un saint homme qui serait venu d'Irlande aux alentours du VIIIe siècle pour prêcher la Bonne Nouvelle. Onze siècles plus tard, un pasteur protestant, Theodor Fliedner, lui-même natif de Kaiserswerth, décida de payer sa dette envers les îles Britanniques en fondant cette fameuse institution essentiellement servie par des diaconesses.

— Sachant les réticences des parents de Florence, les Bracebridge ont tout de même accepté de l'y conduire ?

— Ce fut Selina qui prit sur elle de céder aux prières de son amie. Florence était dans un tel état dépressif que la question ne se posait pas. Elle pressentait bien que ce geste serait certainement vu comme une trahison par Fanny et William Nightingale, mais elle passa outre. Lorsque Florence débarque vers la fin du mois de juillet, c'est une humble institution, composée d'un hôpital d'une cinquantaine de lits, d'une école pour enfants, d'un orphelinat. Le tout supervisé par une centaine de diaconesses, dont la majorité est ordonnée, les autres s'apprêtant à l'être. La consécration consistant en un désir solennel de servir l'Église, sans vœu d'aucune sorte. Parmi la centaine de diaconesses, environ soixante étaient en service en Allemagne ou à l'étranger. Après six mois d'essai, elles percevaient un modeste salaire, juste assez pour pouvoir s'habiller. Il n'existait pas d'autres récompenses excepté le fait que la maison mère demeurait ouverte pour celles qui tombaient malades ou qui devenaient infirmes. Tout est propre, bien ordonné, mais sans luxe. Florence y restera deux semaines. Elle dort à l'orphelinat, prend ses repas avec les diaconesses dans un climat spartiate. Elle aura tout observé, mais sans jamais participer. Elle a écrit quelque part : « Je n'ai jamais trouvé plus grande harmonie, aussi pure dévotion qu'à Kaiserswerth. Il n'existait pas de négligence et c'était remarquable, car les diaconesses étaient des paysannes et non des femmes de la société. » Quant au pasteur Fliedner, il dira plus tard : « Personne n'a jamais passé des examens avec autant de brio, ni ne maîtrisa son enseignement aussi diligemment que Miss Nightingale ! »

Brink fit observer :

— Ce qui sous-entend qu'elle a suivi des cours...

— Non. Plus tard. Lors d'un second voyage. Nous y reviendrons. Mais ce bref passage n'a fait que l'enraciner dans son désir d'être infirmière. N'être que cela. Dans une lettre écrite de Kaiserswerth à ses parents elle les adjure de l'aider à réaliser son rêve. Je ne me souviens plus des termes exacts, mais elle exprime en substance quel merveilleux bonheur serait le sien si elle pouvait espérer gagner leur sourire, obtenir leur bénédiction et leur approbation. Elle admet qu'elle ne peut se résoudre à les faire souffrir et conclut en promettant qu'elle saurait leur montrer une infinie gratitude s'ils voulaient bien lui accorder aide et soutien.

— Je présume qu'il n'y a pas eu de réaction.

— Aucune. Ou plutôt si. Fanny et William, de même que Parthenope, virent d'un très mauvais œil cette escapade. Lorsque Florence fut de retour à Embley, elle ne put que constater combien on réprouvait son attitude. Sa mère était terrorisée à l'idée que son entourage soit mis au courant. Florence lui rétorqua, non sans tristesse : « Rassurez-vous, mère, je n'ai dit à personne où j'étais. Et, de tous ceux dont vous craignez l'opinion, ceux-là mêmes sont ceux qui désiraient plus que tout me voir là où je fus. »

Henry Carter prit une profonde inspiration.

— Et puis l'étau s'est refermé. Parthenope tomba malade. Elle l'était d'ailleurs depuis un certain temps déjà. Dès son plus jeune âge elle avait souffert de fièvre rhumatismale [1], et aucun remède ne parvenait à l'apaiser. La malheureuse vouait aux gémonies tous les mandarins de Harley Street qui se montraient si impuissants devant cette terrible affection. Florence consacra donc les six mois qui suivirent son retour au bercail à veiller sa sœur et à lui prodiguer toute son attention. Mais, finalement, il doit exister un

1. C'est une maladie de l'enfance et de l'adolescence qui survient à la suite d'une angine due à un streptocoque, qui n'a pas été soignée par des antibiotiques.

Dieu pour ceux qui savent Le prier. La maladie de Parthenope fut d'une certaine manière un bienfait pour la Dame à la lampe.

Brink s'étonna.

— Parfaitement. En désespoir de cause, les médecins conseillèrent à la jeune femme d'aller prendre les eaux à Karlsbad pour au moins six mois. L'Allemagne donc. Et, entre Karlsbad et Kaiserswerth, il n'y a guère plus de deux cents miles. Vous me suivez?

— Bien sûr. Mais j'imagine que, pour Miss Nightingale, convaincre ses parents ne fut pas une tâche facile?

— Passe encore ses parents... C'est Parthenope qui se montra la plus récalcitrante. Dès qu'elle eut vent du projet de sa sœur de se rendre dans l'institution du pasteur Fliedner, elle piqua une véritable crise. Quelque chose lui soufflait sans doute que ce nouveau séjour dans cette institution marquerait un tournant dans leur existence. Une rupture. Un carrefour qui verrait Florence prendre son envol. Elle hurla, gémit et finalement imposa des conditions : le séjour ne durerait pas six, mais trois mois. Personne ne devrait savoir que Florence et elle ne seraient pas ensemble. Miss Nightingale accepta que la durée du séjour fût écourtée, tout en faisant remarquer, à juste titre, qu'il eût été absurde de garder la chose secrète à l'égard de ceux qui encourageaient sa démarche. Elle parlait des Bracebridge, de Mary Clarke, de la tante Mai* ou des Herbert. Une fois n'est pas coutume. Les parents résistèrent aux exigences de leur fille aînée et accédèrent au désir de Florence. À mon humble avis, cette capitulation n'en fut pas une. Je pense que William et Fanny espéraient que cette parenthèse allemande permettrait à Miss Nightingale d'exorciser ses démons et que plus jamais on ne prononcerait sous leur toit le mot honni : « infirmière ». Ce fut donc au cours de l'été 1851 que les deux femmes prirent la route de l'Allemagne. Je vous précise au passage qu'elles ne voyagèrent pas seules : Athéna, le hibou grec sauvé par Florence, leur servait de chaperon.

— Vous êtes sérieux ?

— Oui, monsieur Brink. Et Parthenope s'était même prise d'affection pour ce rapace.

— Un hibou voyageant à travers l'Europe... Incroyable.

Henry poursuivit :

— Parthenope s'arrêta comme convenu à Karlsbad. On aurait pu croire qu'elle s'était fait une raison. Non. La veille du départ de Florence pour l'institution, elle se livra à l'une de ses crises dont elle avait le secret. Pour la calmer, Florence eut l'idée de lui offrir ses bracelets. Mais Parthe les lui jeta au visage, pleurant et criant au point que sa sœur manqua de s'évanouir.

Brink paraissait dépassé.

— Finalement, Miss Nightingale réussit à

faire entendre raison à Parthenope et à s'échapper pour Kaiserswerth. Vous dire le nombre incalculable de notes qu'elle a prises au cours des trois mois passés là-bas serait impossible. Sachez seulement que tout ce qu'elle mettra en pratique sur le front de Crimée, c'est à Kaiserswerth qu'elle l'a puisé. Ce qui ne l'empêchera pas, bien des années après, alors qu'elle approchait de ses soixante-dix-sept ans, de nous expliquer : «Les soins à Kaiserswerth étaient nuls. L'hygiène insuffisante. J'ai pris tout ce qu'il y avait à prendre en matière de formation — il n'en existait aucune en Angleterre —, mais Kaiserswerth est loin de m'avoir formée!»

Brink se mit à rire.

— Décidément. C'est bien Miss Nightingale : changeante. Contradictoire.

— D'autant plus contradictoire qu'il suffit de jeter un œil sur l'une des lettres envoyées de là-bas à ses parents...

Il saisit une feuille de son dossier. On pouvait y lire :

Ma vie ici est pleine d'intérêt et fortifie mon corps et mon esprit. Je passe directement d'une fonction à une autre, si bien que, depuis hier, je n'ai même pas eu le temps d'envoyer laver mon linge. Nous avons quatre repas par jour et dix minutes pour chacun d'eux. Voici quel est l'horaire de nos journées. Nous nous levons à 5 heures, le petit déjeuner est à 5 h 45. Les malades déjeunent à 11 heures et les sœurs à midi. Nous nous réunissons plusieurs soirs de la semaine dans le grand hall pour une leçon biblique. Le pasteur me fit venir une fois pour me communiquer quelques-unes de ses remarquables instructions. La sagesse de cet homme et sa connaissance de la nature humaine sont exceptionnelles. Il a une approche instinctive de chaque caractère, quel qu'il soit. Excepté que je ne l'ai vu qu'une fois dans ses tournées. Je trouve un intérêt profond à tout ce qui se passe ici, et je me sens bien, dans mon corps et dans mon esprit. C'est cela, vivre. Je sais maintenant ce que veut dire vivre *et* aimer la vie, *et, réellement je serais désolée, maintenant, d'avoir à me séparer de cet état. Je sais que vous serez heureuse de savoir cela, chère maman. Dieu a vraiment fait la vie riche d'intérêts et de bénédictions, et je ne désire aucune autre terre, aucun autre monde que celui-ci*[1].

— Quoi qu'il en soit, reprit Carter, il est indiscutable que Kaiserswerth lui a procuré ce qui lui avait le plus manqué : le sentiment de liberté et d'indépendance.

Brink observa :

— Trois mois. N'est-ce pas un peu bref après toutes ces années passées à lutter ?

— Ce fut quand même suffisant pour rendre Miss Nightingale plus forte, plus sûre d'elle. Revenue à Lea Hurst au début de l'automne, elle se montra plus déterminée que jamais. Elle m'a raconté qu'il lui arrivait même de s'inventer des

1. *Lettres et Correspondances*, The Nightingale Collection, British Library. Se reporter aux sources en fin d'ouvrage.

dialogues imaginaires avec sa mère au cours desquels elle lui lançait : « Ma chère, comment pouvez-vous supposer qu'avec mes talents, ma réputation européenne et mes belles-lettres je resterai à végéter dans votre salon durant toute ma vie ? Non ! Je partirai certainement pour trouver du travail ! Vous devriez me regarder comme votre fils, vagabond, sans le sou ! Je ne vous coûterai jamais autant que si vous aviez eu un fils. D'ailleurs, je ne vous ai pas beaucoup coûté à part mon voyage en Égypte et à Rome. Dites-vous bien que je vous aurais coûté bien plus si j'avais été mariée ou si j'avais été un garçon ! » À partir de ce moment, nous voyons qu'une personne se met à jouer auprès de Florence un rôle non négligeable. Il s'agit de sa tante : Mary Samuel, qui avait épousé le frère cadet de Fanny Nightingale et que Florence, mais aussi Parthenope, surnommaient « *aunt* Mai ». Tante Mai. Par le passé, elle avait déjà réussi à persuader les Nightingale de laisser leur fille apprendre les mathématiques. Non seulement elle se montra le meilleur défenseur de la Dame à la lampe auprès de ses parents, mais elle n'hésita pas à la rejoindre à Scutari, pour l'aider à venir à bout des énormes tâches bureaucratiques qu'elle devait affronter. Et pourtant, à partir de 1857, Miss Nightingale s'est brouillée avec Mai et ne lui a plus adressé la parole pendant près de vingt ans.

L'Américain réprima un sursaut.

— Vingt ans ?

— Jusqu'en 1877. Il était temps. Car *aunt* Mai devait décéder une dizaine d'années plus tard.

— Mais qu'est-ce qui a bien pu motiver une telle fâcherie ?

— Si j'osais, je répondrais : un caprice.

— Un caprice ?

— Avez-vous gardé en mémoire le portrait que j'ai dressé de Miss Nightingale lors de notre première entrevue ?

— Bien sûr. J'ai noté vos mots : « Il n'existait pas de souffrance comme la sienne, pas de chagrin comme le sien, pas de travail aussi écrasant que celui qu'elle accomplissait. »

— C'est exact. Lorsqu'elle est revenue de Crimée, Miss Nightingale fut contrainte de s'aliter. Je serais incapable de vous dire de quoi elle souffrait. On a parlé d'une fièvre qu'elle aurait contractée là-bas [1]. *Aunt* Mai emmena Florence à Malvern Hills [2], dans les Midlands, puis revint

1. Il s'agissait de la « fièvre hémorragique de Crimée », mais elle ne fut décrite cliniquement et répertoriée qu'en 1944. C'est une infection provoquée le plus souvent par des tiques elles-mêmes infectées et qui se manifeste par un syndrome grippal : maux de tête, douleurs musculaires, fièvre. Vers le troisième ou quatrième jour apparaissent des vomissements, de la diarrhée, puis une éruption comportant des vésicules situées au niveau du palais. Cette maladie peut s'avérer mortelle dans près de 30 % des cas, la mort survenant au bout de la deuxième semaine. Par conséquent, deux années après avoir été affectée, Miss Nightingale se trouvait en principe hors de danger.

2. À environ 200 kilomètres au nord-ouest de Londres. On y trouvait une maison de cure.

avec elle à Londres pour continuer à la veiller. Elle la veilla, deux années durant. Deux années au terme desquelles son époux, Samuel, l'oncle Sam, commença à manifester son impatience.

— À juste titre, me semble-t-il...

— Finalement, Mai dut renoncer à jouer les gardes-malades et réintégra le domicile conjugal. Un abandon que Florence jugea impardonnable.

— Impardonnable ? Alors que cette brave Mai était restée deux ans à son chevet ?

Carter afficha une moue désabusée.

— Souvenez-vous : « Il n'existait pas de souffrance comme la sienne, pas de chagrin comme le sien. »

— Vous laissiez entendre qu'à son retour de Kaiserswerth Miss Nightingale était devenue plus forte et plus déterminée. Pourtant, d'après mes informations, elle n'est pas revenue à la charge pour essayer de faire plier ses parents.

— Détrompez-vous. Il ne s'est pas passé un seul jour sans qu'elle ne tente de convaincre sa mère. C'était Fanny le vrai problème. William, lui, aurait bien voulu céder, ne fût-ce que pour en finir avec les disputes incessantes qui empoisonnaient l'atmosphère familiale et qui l'exaspéraient à un point que vous n'imaginez pas. Mais Fanny, si elle avait fini par se faire à l'idée de voir Florence se consacrer à quelques œuvres philanthropiques, n'admettait toujours pas que sa fille s'obstinât à refuser le mariage. Selon elle, un mari aurait pu la soutenir tant financièrement que moralement. N'était-ce pas précisément ce que Florence recherchait ? D'autre part, il y avait Parthenope. Parthenope liée à sa sœur comme le lierre à un muret. Si Florence venait à quitter la maison, Parthe mourrait ou, au mieux, sombrerait dans une dépression irréversible.

— Situation sans issue... Ce fut peut-être ce qui déclencha la rougeole de Florence. Une rougeole à trente et un ans !

— Une rechute du corps vers l'enfance, ironisa Carter. C'était, je crois, en décembre 1851 ?

— Ou à l'automne, je ne sais plus. Il me souvient que c'était quelques mois avant que Florence n'envisage — ce n'était pas la première fois — de se convertir au catholicisme.

Carter consulta un dossier et annonça :

— Juin 1852. Lisez.

C'était une lettre, très brève, adressée à un prêtre, le père Henry Manning *, et datée effectivement du mois de juin 1852 : « Mon père, pensez-vous que ce serait un choix terrible si je rejoignais l'Église catholique ? Une tentation qui demeure. Si vous pouviez imaginer ce que l'Église catholique serait pour moi ! »

L'Américain afficha sa surprise :

— Poser cette question à un prêtre protestant ?

Carter prit le temps de rallumer sa pipe avant de répondre.

— Henry Manning n'était pas protestant. Du

moins, il ne l'était plus depuis un an. Son parcours n'est d'ailleurs pas sans intérêt. Ayant achevé brillamment ses études, il avait obtenu en 1831 un poste d'employé au Colonial Office. Cependant, sous l'influence des idées protestantes évangéliques, il démissionna dès l'année suivante, optant pour la carrière ecclésiastique. Il se maria, mais, malheureusement, cette union fut de courte durée. Quatre ans seulement. Son épouse, Caroline, de santé fragile, mourut en 1837. Dans les années qui suivirent, il fut nommé archidiacre. Il écrivit un traité sur l'unité de l'Église, et ses talents d'orateur lui firent obtenir un poste de prédicateur à l'université d'Oxford[1]. Jusqu'à cette date, point de doute que Manning était encore fidèle à l'Église protestante. C'est en 1850 que sa foi anglicane fut brisée.

— Sait-on la raison?

— Le Conseil privé avait obtenu la nomination d'un ecclésiastique que beaucoup, dont Manning, considéraient comme un hérétique. C'est à ce moment-là que, furieux, outré, il décida de se tourner vers l'Église de Rome. Étant donné ses qualités et sa réputation, il s'éleva rapidement à une position influente et fut nommé archevêque catholique de Westminster, puis cardinal.

1. Quatre volumes de ses sermons furent publiés entre 1842 et 1850.

Carter exhala une bouffée de tabac avant de conclure :

— Il était donc normal que Miss Nightingale s'adressât à lui. Nous ignorons quelle fut la réponse de Manning. De toute façon, il y avait peu de chances que Florence se convertisse au catholicisme. Elle n'a jamais apprécié le décorum des églises, non plus que les rituels. Elle trouvait Dieu aussi bien dans les mosquées que dans les églises ou ailleurs.

— Elle n'est donc plus jamais revenue sur cette... tentation.

— Pas à ma connaissance. Et puis, cette année-là d'autres préoccupations envahirent son esprit. Son père fut contraint de subir une opération des yeux. Et Florence l'accompagna dans le Wiltshire, où devait se dérouler l'intervention. À cette occasion, elle fit montre d'une dévotion exemplaire à l'égard de William. Mais, dès son retour à Embley, voilà que sa sœur retombe malade. Ce fut une période très éprouvante pour toute la famille.

Carter suggéra à brûle-pourpoint :

— À ce propos, vous devriez rencontrer le Dr Harry Clark. Je suis persuadé qu'il a dû conserver certains écrits qui seraient susceptibles de vous éclairer bien mieux que moi sur les maladies de Parthenope.

— Harry Clark?

— Lorsque Parthe est retombée malade, la famille a fait appel à une sommité : Sir James

Clark, l'un des médecins attitrés de la reine Victoria[1]. Il était aussi celui de l'époux de la souveraine, le prince Albert, qui le tenait en très haute estime. Clark s'est rendu au chevet de Parthenope, l'a examinée et je sais qu'il a prononcé un diagnostic assez singulier. Il est mort il y a bien longtemps. En 1870, je crois. Son fils unique est décédé lui aussi. Reste son petit-fils : Harry Clark. Il consulte au 2 Harley Street, non loin de l'Institution for Gentlewomen dont s'est occupée Florence. Vous devriez lui rendre visite. Je lui ferai un mot. Voilà plus de quinze ans qu'il est mon médecin personnel. Entre nous, je n'aime pas les médecins. Vous connaissez le vieil adage : *An apple a day keeps the doctor away*[2]. J'ajouterai : à condition de bien viser !

1. Malheureusement, la notoriété de James Clark fut gravement entachée lorsqu'il fut confronté au cas de Lady Flora Hastings. En janvier 1839, elle commença de se plaindre de douleurs abdominales et fit appel à lui. Clark — et c'est à peine croyable — décréta qu'elle était enceinte. La nouvelle se répandit à la Cour et provoqua un scandale. En réalité, Flora Hastings était victime d'une tumeur cancéreuse abdominale et décéda dans le courant du mois de juillet. À la suite de ce diagnostic erroné, il devint très impopulaire auprès du public et perdit la presque totalité de ses patients. Seule la reine continua à lui accorder sa confiance. Notons que Victoria détestait Flora Hastings. Bien des années furent nécessaires avant que l'affaire fût oubliée et que l'on acceptât l'idée que, de toute façon, Lady Hastings était condamnée.

2. « Une pomme par jour garde le médecin à distance. »

8

«Je ne sais pas si Hamlet était fou,
mais il m'aurait rendue folle.»

Les huit grenadiers de l'armée britannique qui portaient le cercueil n'avaient pas cillé et avaient poursuivi leur marche jusqu'au porche de l'église. Là, tous purent apercevoir le vieil homme qui se tenait sur le seuil et qui luttait pour rester droit dans son uniforme râpé ; un uniforme plein des relents de poudre, et de l'odeur du sang ; réminiscences d'une lointaine guerre de Crimée.

Tout en patientant dans le salon qui jouxtait le cabinet du Dr Harry Clark, Jonathan ressassait l'image de ce militaire entrevu lors des funérailles de la Dame à la lampe. Il avait écrit au responsable de la paroisse de St. Margaret, à East Wellow, dans l'espoir qu'il pourrait l'aider à retrouver la trace de cet homme. En vain. On ne l'avait jamais vu auparavant et il avait disparu tout de suite après la cérémonie. Il ne restait plus qu'à attendre la réponse du Comité de soutien des vétérans de Crimée.

Il jeta un coup d'œil distrait vers la fenêtre qui ouvrait sur Harley Street, la « rue aux cent médecins », et se demanda si celui qui avait inspiré à Conan Doyle le personnage de Sherlock Holmes habitait toujours dans le coin : le Dr Joseph Bell. À l'époque où Doyle faisait ses études de médecine, il avait été frappé par l'extraordinaire minutie avec laquelle ce praticien examinait ses patients. Le plus petit détail avait son importance, le plus infime. C'est ainsi qu'il avait acquis la réputation de « maître du diagnostic ».

— Monsieur Brink ? Le Dr Clark vous attend.

L'Américain emboîta le pas de la secrétaire.

Clark était déjà debout, prêt à l'accueillir.

— Heureux de vous rencontrer, monsieur Brink. Prenez place, je vous prie.

La poignée de main était courtoise et ferme.

— Comment va ce cher Mr Carter ? Voilà un certain temps que je ne l'ai vu. Remarquez, c'est bon signe. Cette absence prouve qu'il se porte bien. Encore que... j'ai rarement rencontré une personnalité comme la sienne. Il fait partie de ces gens qui ont tellement peur d'être malades qu'ils attendent, pour venir nous voir, d'être guéris.

Ravi de son bon mot, Harry Clark partit d'un éclat de rire et se laissa choir dans son fauteuil.

— Ainsi, reprit-il en croisant les mains sur la surface du bureau, vous menez une enquête sur la maladie de Mrs Parthenope Nightingale, ou devrais-je dire Lady Verney ?

— Je suis surtout intéressé par Miss Nightingale. Mais, en discutant avec Mr Carter, nous en sommes venus à évoquer les maux dont souffrait Parthenope. Il m'a indiqué que ses parents avaient fait appel aux services de feu votre grand-père, Sir James Clark. Est-ce bien exact ?

Le médecin confirma.

— Qu'aimeriez-vous savoir au juste ?

— D'après Mr Carter, votre grand-père connaissait mieux que quiconque la maladie qui frappait Parthenope. Et...

Une lueur traversa les prunelles de Harry Clark.

— Le secret professionnel, monsieur Brink. Le secret professionnel, qu'en faites-vous ?

L'Américain s'attendait à cette objection.

— Vous avez raison. Mais Parthenope est décédée voilà plus de vingt ans. Votre grand-père, depuis quarante ans. La plupart des protagonistes ont quitté la scène. Et puis, n'estimez-vous pas qu'il serait logique de transmettre à l'Histoire ce qui devrait lui revenir ?

— Tout de même...

— Je pensais aussi, mais peut-être à tort, qu'il serait bien de rappeler aux gens la place que tenait votre grand-père au sein de la société. Son rôle auprès de la reine Victoria et du prince Albert.

Harry Clark médita, puis :

— Je vais être sincère avec vous, monsieur Brink. En toute logique, et par déontologie, je devrais opposer une fin de non-recevoir à votre requête. Toutefois, je sais que Miss Nightingale était une passionnée de l'écriture et des échanges épistolaires. Je sais aussi que, tôt ou tard, tout cela sera publié. D'ailleurs, Parthenope n'a-t-elle pas commencé en faisant éditer du vivant de sa sœur les lettres qui relatent son voyage en Égypte[1] ? Par conséquent, tout finira par se savoir.

Il se tut une nouvelle fois et, dans une attitude déterminée, il reprit :

— Posez-moi des questions, je tâcherai d'y répondre dans la mesure de mes connaissances.

— Elles se résument à quelques mots : quelles furent les conclusions de votre grand-père après avoir examiné Parthenope ?

— Elles sont très claires : maux de tête rhumatismaux. Ceux-ci affectent généralement les personnes qui ont été sujettes à des crises de rhumatisme. Ce qui était le cas de Parthenope.

1. Au cours de ce voyage, Florence Nightingale écrivit environ quarante lettres à l'intention de sa famille. Lorsqu'elle revint de son périple, elle constata que Parthenope avait trié ces lettres et s'apprêtait à les faire publier. Dans un premier temps, Florence s'opposa à cette démarche, puis elle finit par donner son accord.

La douleur se situe vers le front, les tempes, ou encore la nuque. La douleur est intense, et la partie douloureuse est excessivement sensible à la pression.

Brink ne put cacher sa déception.

— C'est tout?

Le médecin se racla la gorge.

— Mon grand-père avait conclu aussi que la jeune femme était instable, nerveuse et... fantasque.

Il marqua un temps de silence avant de laisser tomber :

— Hystérique.

Il se hâta d'expliquer :

— Rien de bien original. Cette maladie frappait et frappe encore une très grande majorité de femmes à travers toute l'Europe. Essentiellement les femmes qui appartiennent à la classe moyenne.

— Parthenope n'en faisait pas partie. Sa famille était plus qu'aisée.

— Certainement. Mais connaissez-vous les causes de l'hystérie?

— Vaguement.

— Elle touche surtout les femmes, non parce que les femmes y seraient plus sensibles que les hommes, mais parce que, dans des sociétés où la femme est opprimée et où la féminité est réprimée, les femmes l'utilisent comme moyen d'exprimer leur malaise psychologique profond. L'influence de la société et leur quotidien orientent leur peine vers une expression de type hystérique[1]. Il est fort probable que Parthenope se sentait brimée par sa sœur. Elle la considérait à la fois comme sa rivale et comme sa propriété. C'est la raison pour laquelle mon grand-père a estimé qu'il était urgent de séparer les deux femmes. Il proposa que Parthenope vienne s'installer quelque temps chez lui, dans sa propriété de Birk Hall, voisine du château de Balmoral[2]. Cette séparation lui ferait le plus grand bien. Il avait observé — sans l'exprimer aux Nightingale — combien Parthenope était gâtée par sa mère, choyée jusqu'à l'outrance, oisive, passant le plus clair de son temps allongée sur un sofa. Il avait conclu que le plus bénéfique pour elle serait d'être placée dans un autre milieu, un milieu étranger, moins douillet, auprès de gens qui seraient moins disposés à répondre à ses caprices. Il estimait aussi qu'un peu d'exercice physique était souhaitable.

1. Cette hypothèse n'a jamais été démontrée. Le terme d'« hystérie » vient du médecin grec Hippocrate qui inventa ce mot pour décrire un concept, qu'il apprit des Égyptiens, dérivé du mot grec *hustera* qui signifie « utérus ». C'est ainsi que l'hystérie fut — jusqu'aux travaux du neurologue Charcot — considérée comme intimement liée à l'utérus. La théorie admise étant que celui-ci se déplaçait dans le corps, créant les symptômes.

2. Dans la région d'Aberdeenshire, en Écosse, le château de Balmoral est aussi connu sous le nom de Royal Deeside. La propriété avait été achetée par le prince Albert, époux de la reine Victoria, et elle reste une des résidences d'été de la famille royale.

Tout cela pour éviter une intervention chirurgicale.

Brink fit de grands yeux.

— Quel type d'intervention ?

Clark répliqua sur un ton placide :

— Clitoridectomie ou éventuellement ovariectomie.

— Pour guérir de l'hystérie ? Pardonnez mon ignorance, mais j'ai toujours cru que l'excision, en particulier, faisait partie des rituels africains.

Un sourire apparut sur les lèvres du médecin.

— Faux. La clitoridectomie fait partie intégrante de la médecine européenne. Nombreux sont les médecins qui soignent ainsi les cas d'hystérie, de migraines et d'épilepsie. En 1854, Isaac Baker Brown, gynécologue de renom, a réussi pour la première fois à opérer une patiente — sa propre sœur — en lui enlevant les ovaires et devint ainsi une célébrité dans le monde médical[1]. Il y a eu aussi le cas de cette jeune fille de vingt et un ans qui souffrait depuis des mois de douleurs dans le dos. Les médecins qui la soi-

1. En 1865, il fut nommé président de la Medical Society of London et membre de plusieurs sociétés savantes nationales et internationales. Au sommet de sa carrière, il publia l'ouvrage *On the Curability of Certain Forms of Insanity, Epilepsy, Catalepsy and Hysteria in Females* où il recommandait la clitoridectomie comme intervention chirurgicale afin de soigner les maladies mentionnées dans son essai. Baker était convaincu que l'origine de toutes maladies nerveuses prenait sa source dans la masturbation.

gnaient avaient diagnostiqué une malformation de la matrice et ont fait appel au Dr Brown. Ce dernier a aussitôt constaté que les organes génitaux internes étaient en bon état, mais diagnostiqua que la patiente présentait des signes de masturbation sur la partie externe des organes génitaux et avait un polype sur le col de l'utérus. Il lui extirpa le clitoris et la jeune fille n'eut plus jamais de douleurs dans le dos. Une prouesse !

L'Américain eut la sensation désagréable d'être plongé en plein Moyen Âge. Il préféra revenir au sujet principal.

— Parthenope a-t-elle accepté de quitter Lea Hurst pour l'Écosse ?

— Ce ne fut pas simple, j'imagine, mais mon grand-père savait se montrer très persuasif lorsqu'il le fallait.

— Combien de temps a duré cet... exil ?

— Je ne m'en souviens plus. Un mois, deux peut-être. Hélas, rien ne se déroula comme prévu. Très vite, Parthenope sombra dans une sorte de léthargie. Ce fut une véritable descente aux abysses. Mon grand-père nota divers symptômes tels que l'apparition d'illusions, de délire et de signes d'extrême irritabilité. Miss Nightingale qui entretenait une correspondance régulière avec sa sœur fut complètement terrifiée de lire combien Parthenope se sentait au bord du suicide. Elle se trouvait alors en Irlande, où elle passait ses vacances avec une servante, dont j'ai oublié le nom[1]. Parthenope exigea qu'elle mît fin à son séjour et que, toutes affaires cessantes, elle vole à son secours.

— Et Miss Nightingale s'est inclinée ?

— Absolument. Elle adorait sa sœur. Inutile de vous dire que, dans les jours qui suivirent son arrivée, que dis-je ! les heures, Parthenope commença à se porter comme un charme. Florence s'est empressée de rassurer ses parents qui étaient morts d'inquiétude[2]. Mais, lorsqu'elle fut revenue à Embley, je sais par mon grand-père qu'elle écrivit une note dans laquelle elle disait : « Pour la première fois, un brillant médecin a expliqué sérieusement à une sœur qui était en train d'être dévorée qu'elle devait absolument quitter le domicile familial de manière à ce que la dévoreuse recouvre la santé et l'équilibre. Deux vertus qu'elle avait perdues pendant qu'elle se consacrait à dévorer. La *dévorée*, c'était moi. » Et elle a clairement affirmé à Sir Clark : « Vous m'avez enseigné une terrible leçon. Vous m'avez ouvert les yeux comme personne auparavant. »

Un moment de silence succéda à l'exposé de

1. Une Française, Mariette.

2. Elle leur écrit : « Je vous annonce que nous venons de faire notre première sortie sous un ciel bleu admirable. Je ne vois pas la raison pour laquelle nous ne rentrerions pas tout de suite à Embley, chez nous. Mais malheureusement la période [elle fait allusion aux menstruations de Parthenope] se termine à la *fin* de la semaine prochaine, et Sir James est hésitant à nous laisser partir *avant* ou *après*. »

Harry Clark. Non sans trouble, Brink tentait d'assimiler les propos du médecin. Tout compte fait, la Dame à la lampe était une miraculée. Quelle force lui avait-il fallu pour réussir à se dégager de toutes ces entraves, de ces pressions, de cet énorme poids que son entourage faisait peser sur ses épaules... Où avait-elle puisé l'énergie ? Comment ne pas se dire que la seule explication plausible était le mot « foi ». Voilà bien longtemps déjà que Brink avait rangé ce terme dans un placard. Au terme de longues heures de réflexions, il avait abouti à la conclusion que l'espèce humaine n'est qu'une machine à fabriquer des dieux et que les religions n'ont de raison d'être que pour aider les hommes à supporter l'absurdité de l'existence. Mais, dans le cas de Miss Nightingale, la foi qui était la sienne s'incarnait bien au-delà des religions et des dieux : *elle savait*. Aveuglément, obstinément, *elle savait*. Dès l'âge de six ans, elle avait compris qu'elle n'était pas venue sur cette terre pour vivre mais pour vivre *la* vie. Cet « appel de Dieu », c'était celui de l'univers. Ce cri qu'il est donné à un homme ou à une femme d'entendre une fois dans un siècle.

Il se leva lentement, salua Harry Clark et se retira.

Décidément il lui restait encore beaucoup de choses à apprendre de Miss Nightingale.

Il ne rentra pas directement chez lui. Il n'avait

pas le cœur à se retrouver seul dans cet appartement vide de Fulham Road. Bizarrement, cette enquête qu'il avait commencée avec le détachement de l'historien était en train de chahuter son esprit. Une invisible araignée avait tissé ses fils à son insu et, peu à peu, contre toute attente, établissait des liens avec sa propre existence. Qui était Jonathan Brink? Qui était-il *vraiment*?

Il avait quitté Harley Street et remontait à présent le long des grilles qui entouraient Regent's Park. De la verdure à perte de vue. Certes, l'immense espace de deux cents hectares, terrain de chasse du roi Henri VIII, n'était plus. Mais ce qu'il en restait suffisait largement à combler de bien-être les promeneurs. Ici, miraculeusement, régnait le silence. Ni berlines, ni coches, et encore moins le roulement des automobiles.

Il franchit la grille du parc et s'allongea, tête tournée vers le ciel, sur un coin de pelouse.

Qui était Jonathan Brink? Quel sens avait sa vie? En avait-elle un d'ailleurs? Cinquante ans. Né en 1860 d'un père industriel passionné par l'argent et d'une mère d'origine irlandaise. Un père absent, même lorsqu'il lui arrivait d'être présent. Il a dix ans lorsque sa famille emménage dans un quartier huppé de Los Angeles. Après des études médiocres, il entre en 1883, à vingt-trois ans, à la General Electric que vient de fonder Thomas Edison. Sept ans plus tard, il est nommé directeur de la branche londonienne.

Puis un amour. Une Irlandaise, comme sa mère. Le hasard sans doute. Un amour. Un seul. Et tout au bout : l'abandon. Quitté pour un autre. Quoi de plus banal ? Pas de quoi sangloter. Pourtant la plaie ne s'était jamais refermée. Entretenue à souhait avec une morbidité exemplaire. Et depuis ? Quel aboutissement ? Où allait-il ? Jamais marié. Pas d'enfants. Rien après lui.

Il me semble que ce soit une idée reçue parmi les hommes et même parmi les femmes qu'il suffit d'une déception amoureuse, d'une désillusion, d'un dégoût général ou d'une incapacité à faire autre chose pour transformer une femme en infirmière.

Les mots de Florence auraient pu tout aussi bien s'appliquer à d'autres domaines. À tous les échecs. À tous les rendez-vous manqués.

Maintenant, Miss Nightingale était ancrée dans son quotidien. Et, grâce à elle, il retrouvait progressivement le goût à la vie. Grâce à une morte. Une femme à peine entrevue. Pourquoi elle ?

Le soleil glissait derrière les arbres lorsqu'il se décida à regagner son domicile.

En passant le seuil du 12 Fulham Road, il glissa un œil machinal vers sa boîte à lettres. Une enveloppe s'y trouvait. L'écriture était gauche. On eût dit celle d'un enfant. Il sut tout de suite que l'expéditeur ne pouvait être que ce vieux soldat aperçu à St. Margaret Church.

Il prit le temps de se servir un verre de brandy avant de décacheter l'enveloppe.

L'en-tête indiquait : *Caernarfon, Gwynedd LL55 2YE.*

Brink sourcilla. Caernarfon ? Au nord du pays de Galles ? Il revit la silhouette chancelante du pauvre bougre. Fallait-il que sa gratitude pour la Dame à la lampe fût brûlante pour qu'il trouvât la force de parcourir les trois cents miles qui séparaient Caernarfon d'East Wellow.

Cher Monsieur,

J'ai bien reçu votre courrier qui m'a été transmis par le Comité de soutien des vétérans de Crimée. Je suis disposé à répondre aux questions que vous souhaiteriez me poser sur cette période si cruelle et sur le rôle tenu par la sainte femme que fut la regrettée Miss Nightingale. La jeunesse veut l'espace ; la vieillesse, le temps. Il ne me reste plus beaucoup de temps. Alité depuis mon retour de St. Margaret, je suis actuellement hospitalisé au Eryri Hospital. Je vous y attends.

Bien à vous.

JOHN KNELLER

P.-S. : Vous devriez essayer de joindre Mrs Helen Clarke, si elle est toujours de ce monde. Elle fut la gouvernante de Miss Nightingale et l'a servie avant et pendant son séjour en Crimée. Nous étions très proches. J'ai longtemps correspondu avec elle. Mais voilà près de six ans que mon courrier demeure sans réponse. À toutes fins utiles, voici son adresse : 122 Greyhound Street, NG5 8PP Nottingham.

Jonathan replaça la lettre dans l'enveloppe.

Mrs Clarke ? Une homonyme de Mary Clarke Mohl, la très chère amie parisienne de Florence. Il y avait de grands risques qu'elle fût décédée. Mais si ce n'était pas le cas... ?

L'Américain se laissa choir dans un fauteuil et alluma une cigarette. Nottingham ? ou Caernarfon ? D'un côté cent trente-deux miles ; de l'autre, près de trois cents. La phrase de Kneller « il ne me reste plus beaucoup de temps » le décida. Il opta pour le pays de Galles.

9

> « Si je pouvais seulement l'emporter sur un point qui puisse éviter une partie de la récurrence de cette calamité colossale, alors je serais digne de nos braves morts. »

Voilà plus de quatre heures que le train avait quitté Londres. On avait traversé tour à tour Dunstable, Banbury et Birmingham, et l'on n'était plus loin de Shrewsberry. Trois heures encore avant d'arriver à destination. Le ciel était bas et rasait la crête des arbres, tandis que de fines gouttelettes de pluie venaient se fracasser sur la vitre du compartiment avant d'aller mourir lamentablement sur le macadam.

Quel âge pouvait avoir Kneller ? En imaginant qu'il avait été expédié en Crimée à vingt ans, ce devait être presque un octogénaire.

La Crimée. Pouvait-on croire que tout était

parti d'une stupide querelle de moines ? Un conflit né à Bethléem autour de la protection des Lieux saints (alors sous tutelle ottomane) entre chrétiens latins, protégés par la France, et orthodoxes, protégés par la Russie ? Bien que l'incident fût réglé par les Turcs en faveur du clergé orthodoxe, la Russie exigea quand même du sultan des garanties en faveur de *tous* les chrétiens orthodoxes de l'Empire.

En réalité, l'intransigeance russe n'était qu'un prétexte. Les véritables raisons étaient masquées derrière les ambitions que ce pays entretenait depuis des lustres : annexer Constantinople, c'est-à-dire accéder enfin à la Méditerranée, et, du même coup, contrôler la navigation dans les détroits du Bosphore et des Dardanelles.

Suite au refus des Ottomans, le tsar Nicolas Ier fit occuper les principautés moldo-valaques [1]. En réponse, le 4 octobre 1853, le sultan Abdül-Medjid lui déclara la guerre.

Le 30 novembre 1853, l'escadre russe défit la flotte turque dans le port de Sinope et prit le contrôle de la mer Noire. Les choses auraient pu se limiter à l'affrontement de ces deux nations. Mais il n'en fut rien. Français et Britanniques s'engouffrèrent dans le conflit en s'alliant aux Ottomans, chacun d'entre eux pour satisfaire des ambitions qui lui étaient propres

1. Moldavie et Valachie, au nord du Danube. Elles furent les deux principautés médiévales à l'origine de la Roumanie.

et qui, paradoxalement, étaient bien loin de converger.

Côté français, Napoléon III cherchait à rompre l'isolement diplomatique dans lequel la France était confinée depuis le congrès de Vienne et souhaitait poursuivre la politique de rapprochement avec l'Angleterre, entamée sous Louis-Philippe, en jouant sur la rivalité anglo-russe. Son objectif ultime étant de parvenir à une conférence internationale annihilant le congrès de Vienne, et dont les résultats permettraient à la France de retrouver un rôle de premier plan dans le « Concert européen ». De surcroît, une victoire française contre la Russie restituerait un peu de la gloire ternie de l'armée française après la défaite de Waterloo.

Côté anglais, les raisons étaient moins tranchées. La récente coalition entre les Tories et les Whigs brillait par ses atermoiements. Lord Aberdeen, le Premier ministre, septuagénaire quelque peu russophile, estimait que la crise pouvait parfaitement se résoudre par la voie diplomatique. C'était avant tout un farouche défenseur de la paix. Le vieux lord gardait en mémoire la défaite de Napoléon devant les murs de Moscou et l'hécatombe qui s'en était suivie lorsque la Grande Armée avait dû battre en retraite. Il avait aussi perdu de nombreux amis sur le champ de bataille de Waterloo. À ses yeux, tout valait mieux que la guerre. Lord Clarendon, le ministre des Affaires étrangères, partageait cet avis. Mais c'était sans compter avec la très grande influence exercée par Lord Palmerston, alors secrétaire du Home Office. Il comptait parmi les personnalités politiques les plus populaires du Royaume-Uni. L'une de ses obsessions majeures avait toujours été d'empêcher la Russie de s'établir sur le Bosphore et la France sur les rives du Nil. Par conséquent, il considérait que le soutien à l'Empire ottoman était le meilleur moyen de contrecarrer les visées de ces deux nations. Lorsque la flotte turque fut vaincue à Sinope, Palmerston estima qu'« un gant venait d'être jeté à la face de l'Angleterre ». Il n'en fallut pas plus pour que la guerre fût déclarée. Toute stratégie politique mise à part, les premiers à applaudir furent les aristocrates anglais. La guerre, enfin ! On s'ennuyait tant jusque-là dans les cottages ! La guerre, n'était-ce pas comme aller à la chasse ?

Hélas, ces gentlemen ignoraient tout de l'état dans lequel se trouvait l'armée. C'était une armée puissante, certes, mais elle était totalement éparpillée à travers la planète, contrainte de maintenir l'ordre dans les vastes colonies de Sa Majesté et non préparée à vivre une telle aventure. Ses supérieurs étaient issus précisément de ces milieux aristocratiques va-t-en-guerre dont les mérites se mesuraient à l'aune de leurs appuis politiques et de leur capacité à jouer des coudes pour accéder aux hautes sphères. Une fois ce but atteint, ces messieurs bénéficiaient d'avantages proprement outrageux. Vêtements, nourritures, serviteurs attitrés, rien que le meilleur. Et s'il venait à l'un d'entre eux l'envie d'emmener son épouse lors de ses déplacements, celle-ci jouissait des mêmes avantages. Il n'en était pas de même pour le simple soldat qui, lui, était issu de la lie du peuple. S'il s'était enrôlé, c'était soit pour l'alcool, soit parce qu'il était au chômage, soit pour se remettre d'un chagrin d'amour : «L'écume de la terre, juste bonne à s'enivrer», comme le disait Wellington à la veille de la bataille de Waterloo. Qu'importe ! *Rule, Britannia ! Britannia, rule the waves : Britons never will be slaves.*

Un matin radieux du mois de septembre 1854, le 14 très précisément, les régiments anglais débarquèrent à Eupatoria, dans la baie de Calamita. L'ensemble de l'opération était placé sous le commandement anglais de Lord Raglan. Les Français, commandés par le maréchal de Saint-Arnaud [1], ravis de montrer la supériorité de leurs transports de troupes, les avaient devancés. Les deux officiers poursuivaient la même mission : coordonner leurs plans pour s'emparer du port de Sébastopol et détruire ainsi la seule base navale russe en mer Noire.

Aucun doute : on ne ferait qu'une bouchée de

1. Avant de se stabiliser lors de sa carrière en Algérie, il mena une vie de bohème digne des meilleurs romans d'aventures.

l'adversaire et cette affaire serait réglée en six mois tout au plus.

Brink sursauta.

Tout à ses pensées, il ne s'était pas rendu compte que le train venait d'entrer en gare de Caernarfon. Il récupéra son sac de voyage, remonta le quai jusqu'à la sortie.

Caernarfon présentait un aspect saisissant : sise au bord d'une large baie, la ville, entourée de montagnes, semblait comme blottie derrière son immense château et ses murailles moyenâgeuses.

Il héla un taxi et lui donna l'adresse du Eryri Hospital. Le bâtiment, tout blanc, surmonté d'un toit d'ardoises, de taille modeste, faisait plus penser à l'une de ces *workhouses* pour indigents qu'à un hôpital digne de ce nom.

Une jeune femme à l'accueil lui indiqua la chambre de John Kneller.

L'homme, à moins que ce fût l'ombre d'un homme, était assis devant une fenêtre qui ouvrait sur la mer. Il n'avait pas dû entendre Brink, car il n'eut aucune réaction.

— Monsieur Kneller ?

La tête du soldat pivota légèrement.

L'Américain s'approcha et contourna le fauteuil.

— Bonjour. Je suis Jonathan Brink. Vous m'avez écrit.

Alors, seulement, Kneller eut l'air de sortir de son rêve.

— Monsieur Brink... en effet. Soyez le bienvenu. Pardonnez-moi si je ne me lève pas.

Il désigna sa jambe manquante.

Son index se déplaça vers le lit. Il ajouta :

— Je n'ai hélas que ce siège à vous offrir.

Brink s'installa. Pour la première fois depuis qu'il rencontrait des personnages qui avaient été proches de la Dame à la lampe, il se sentait gêné. Voire intimidé. Sans doute parce que, à la différence des autres, l'être qui était devant lui avait frayé avec la mort, il l'avait approchée de près et il lui avait échappé. Ce n'était pas peu de chose.

Ce fut Kneller qui brisa le silence.

— Ainsi, vous écrivez une biographie du « Rossignol » ?

— Oui. Je ne sais pas si j'irai jusqu'au bout. C'est un travail compliqué. Et surtout je tiens à être objectif. Écrire une hagiographie ne m'intéresse pas vraiment. Mais peut-être ai-je tort ?

— Vous me posez la question ?

— Mettons que je me la pose.

Kneller passa sa main dans ses cheveux gris.

— L'objectivité... dit-il avec lassitude. Peut-on vraiment être objectif lorsque l'on traite de la guerre ?

Ne sachant que répondre, Brink se contenta d'une formule de politesse.

— Je vous sais gré de m'avoir reçu.

Et il s'en voulut aussitôt pour ce lieu commun.

— Aucune gratitude à avoir, monsieur. Il est probable que vous soyez déçu. Ce n'est pas tant pour évoquer l'œuvre de Miss Nightingale que j'ai accepté de vous voir. C'est pour vous transmettre un message, afin que vous le transmettiez à votre tour. Savez-vous qui sont les vrais vaincus de la guerre ? Ce sont les morts, monsieur. Uniquement les morts ! Vous me comprenez ?

L'Américain ne put qu'acquiescer, tandis que le soldat ajoutait :

— Mais rassurez-vous. Nous parlerons *aussi* du Rossignol.

Brink extirpa un petit calepin de sa veste.

— Vous permettez que je prenne des notes ?

— Faites... Faites...

Et, sans attendre d'y être invité, Kneller déclara :

— 1854. Nous étions beaux, nous étions jeunes et fringants dans nos uniformes sur les quais de Waterloo Station. Nous ne savions pas alors que nous prenions le train pour vivre la fin du monde. Nous ne savions pas combien notre armée manquait de préparation et encore moins combien de Russes nous attendaient en Crimée. Certains mentionnaient le chiffre de quarante mille, d'autres de cent cinquante mille. Les cartes de la région étaient non seulement incomplètes, mais elles dataient du Déluge ! Aurions-nous assez de nourriture pour les chevaux ? De l'eau potable ? Les seules informations que nous possédions sur la topographie des lieux avaient été récoltées dans des souvenirs de livres de voyage ! Difficile à croire, n'est-ce pas ? Les renseignements sur les défenses de Sébastopol se résumaient à quelques croquis hâtifs dessinés par un officier naval à bord du *HMS Resolution*, lorsque ce navire s'était présenté dans le port pour délivrer un ultimatum aux Russes. Dieu merci, notre infanterie disposait de la toute nouvelle arme secrète inventée par les Français et...

— Une arme secrète ?

— Oui, une balle particulièrement performante et révolutionnaire. Nous l'appelions la balle Minié[1]. C'était une balle cylindrique avec un point conique, qui se dilatait sous le seul effet de l'explosion de la charge de poudre, ce qui lui permettait de franchir une distance plus importante en accomplissant une trajectoire extrêmement précise, près de cent yards[2]. Avantage non négligeable, qui nous a permis de compenser le manque de préparation dont nous étions vic-

1. L'inventeur s'appelait Claude-Étienne Minié. Après avoir servi dans les chasseurs, il avait fait cette trouvaille en 1849. La balle « Minié » fut adoptée par les Américains lors de la guerre civile. Le gouvernement français attribua à l'officier une récompense de vingt mille francs et un poste d'instructeur à l'École militaire de Vincennes. Plus tard, il occupa la fonction de directeur de la fabrique d'armes Remington, aux États-Unis.

2. Un peu moins de 100 mètres.

times. Quarante années de paix avaient apporté apathie et stagnation. Nos uniformes étaient devenus somptueux, mais nous avions perdu l'expérience des batailles[1]. Il existait également un autre ennemi, presque aussi dangereux que les Russes...

Kneller fit une pause avant d'annoncer :

— Le choléra. En septembre, lorsque nous avons débarqué dans la baie de Calamita pour y installer notre base et avant même d'avoir tiré un seul coup de fusil, savez-vous combien d'entre nous étaient déjà morts ? Un millier, monsieur ! Un millier de jeunes gens tués par ce fléau ! D'ailleurs, ce débarquement fut épique. Soixante mille hommes livrés à la plus grande confusion. La majeure partie des provisions, y compris les tentes et le fourrage, était restée en rade sur les vaisseaux. On ne pouvait en dire autant des Français.

— Parce qu'ils étaient mieux organisés ?

— Oh ! oui. Bien mieux. Déjà, dans l'édition du *Times* du 9 octobre, un article de son correspondant, William Russell, dénonçait la pauvreté des soins infirmiers du côté anglais. Il écrivait entre autres : « Non seulement il n'y a pas suffisamment de chirurgiens et d'infirmiers, mais même pas assez de pansements pour bander les

1. Le correspondant du *Times*, William Howard Russell, écrira à ce propos : « Rarement une armée partit au combat si mal préparée, ignorant presque tout des forces ennemies et de la situation de son adversaire. »

blessés ! » Et le lendemain, dans un autre éditorial, il comparait notre système médical à celui des Français : « Leur organisation est excellente, expliquait-il, leurs chirurgiens nombreux. De surcroît, ils ont l'aide des sœurs de la Charité qui ont accompagné l'expédition et ces femmes dévouées font d'excellentes infirmières ! » Il concluait en posant la question : « Pourquoi n'avons-nous pas nos propres sœurs de la Charité ? Il existe bien des femmes en Angleterre susceptibles d'accomplir le même travail avec le même dévouement et la même compétence ? »

Le soldat secoua la tête d'un air affligé :

— On voyait bien que nous avions affaire à des vétérans endurcis et habitués aux campagnes [1]. La manière dont les Français avaient tout prévu était remarquable. Figurez-vous qu'ils avaient même apporté des machines à moudre et à griller le café !

Brink fit remarquer avec un sourire :

— Que voulez-vous ? les Français ont toujours été de bons vivants.

— Peut-être. Mais ce détail n'explique pas tout. Non. Tous nos maux provenaient du commandement. Des incapables ! De maudits snobs ! Lord Raglan avait passé les trente-cinq années précédentes derrière un bureau, au quartier général des Horse Guards.

1. La conquête de l'Algérie, commencée en 1830 et qui se poursuivait au moment de la guerre de Crimée, avait en effet maintenu l'armée française en « bon état de marche ».

— Vous oubliez qu'il avait servi auprès de Wellington au Portugal et en Espagne.

Kneller balaya l'air avec dédain.

— Il n'avait que vingt ans ! Quand nous avons pris pied en Crimée, il en avait quarante-six de plus !

— Néanmoins, son courage ne saurait être remis en cause. J'ai lu qu'après s'être fait amputer d'un bras à Waterloo, sans anesthésique [1], il était resté impassible, puis avait ordonné au chirurgien de lui rapporter son membre parce que sur l'un des doigts se trouvait sa bague de mariage !

Kneller eut un geste d'agacement.

— Oui, oui. Pourtant, j'insiste : quarante années d'immobilité, cela vous tue un militaire. Écoutez donc la suite, et vous comprendrez. Nous étions le 20 septembre, au lieu appelé Old Fort (« Vieux Fort ») près d'Eupatoria, à une quarantaine de kilomètres de Sébastopol. C'est là que le général russe, Menchikov, avait décidé

1. La première anesthésie au monde ne fut pratiquée que le 16 octobre 1846, par un chirurgien-dentiste américain, William Green Norton, à Boston. Il administra de l'éther sulfurique à un patient, permettant ainsi l'ablation sans douleur d'une tuméfaction du cou. Ce n'est qu'à partir de 1847 que Sir James Young Simpson exploita pour la première fois le chloroforme. Mais cette forme d'anesthésie ne fut connue du grand public qu'après avoir été utilisée pour la reine Victoria lors de son accouchement de la princesse Béatrice en 1857. En règle générale, et pendant très longtemps, les chirurgiens estimaient que la souffrance était chose naturelle.

d'arrêter notre marche. À la tête de ses quarante mille hommes et d'une centaine de pièces d'artillerie, il s'était retranché sur les hauteurs qui dominaient la petite rivière de l'Alma. Nous tenions le flanc gauche, les Français le flanc droit. Après quatre heures d'un affrontement sans merci, notre victoire fut totale. Les balles de Minié avaient fait merveille. Mais nous avions tout de même perdu deux mille hommes[1]. Je reconnais que ce succès fut dû en partie à un régiment composé, me semble-t-il, de gens de Kabylie que les Français appelaient les zouaves[2]. Ce sont eux qui ont accompli la manœuvre décisive : escaladant la falaise avec le soutien des canons de la flotte, ils s'étaient emparés de l'artillerie russe et l'avaient retournée contre les troupes de Menchikov.

— Un bel acte de bravoure, commenta Brink.

— Et nous avons cru alors que tout était joué ! Nous n'étions d'ailleurs pas les seuls à le croire. Howard Russell, toujours lui, écrivait dans le *Times* au lendemain de la bataille : « Le prince Menchikov s'est rendu. La victoire est acquise. La bataille est finie. »

1. Les Français cinq cents, et les Russes plus de cinq mille.

2. Au début (en 1831), ils étaient presque uniquement recrutés parmi les Kabyles de la confédération des Zouaouas, d'où le nom de « zouaves ». Mais Kneller fait une erreur. À partir de la création des régiments de tirailleurs indigènes en 1842, ce corps d'infanterie était entièrement composé de Français.

Kneller laissa échapper en ricanement.

— Tu parles ! Nous n'en étions qu'aux balbutiements. Dans les jours qui suivirent, le commandant des forces françaises, le maréchal de Saint-Arnaud, dut plier bagage. L'homme était déjà malade avant l'affrontement. Il subissait d'atroces souffrances. Le choléra. Neuf jours après l'Alma, on l'a embarqué dans la matinée à bord d'un navire afin de le rapatrier vers Constantinople. Il est mort en début d'après-midi. Nous aurions dû y voir un mauvais présage. Il fut remplacé par un certain Canrobert. Un militaire d'environ cinquante ans qui avait servi en Algérie. Ce changement, qui nous fit perdre quelques jours précieux, avait permis aux Russes de renforcer considérablement la défense de Sébastopol. Vingt-cinq mille hommes étaient venus se rajouter aux défenseurs déjà présents. Nous imaginions le prince Menchikov qui se frottait les mains du haut des murailles. Nous avons bombardé la ville jusqu'à l'épuisement. En vain. Nous étions en automne, l'hiver s'avançait. L'hiver, un ennemi encore plus redoutable que les Russes. Comme le disait leur tsar, sans doute en souvenir de la pitoyable défaite de Napoléon : « Mes meilleurs généraux sont janvier et février. »

L'Américain voulut interrompre le soldat. Mais c'était impossible. Ses lèvres tremblaient. Son visage était transfiguré. Il était débordé par la marée de ces images qui dévalaient du passé.

— Et voilà qu'un matin, vers cinq heures, le

25 octobre, nous avons été réveillés par une canonnade du côté de la plaine de Balaklava[1]. Sous nos yeux ébahis, l'armée russe s'étendait sur plusieurs miles. Vingt-deux mille hommes d'infanterie ! Trois mille quatre cents hussards et cosaques de l'Oural, une centaine de canons ! Rapidement, le grand camp de ravitaillement allié qui se situait à cinq kilomètres en arrière fut menacé et les redoutes tenues par les Turcs prises d'assaut. Deux divisions britanniques et deux brigades françaises furent appelées à la rescousse. Dans l'attente de leur intervention, la route de Balaklava n'était défendue que par cinq cent cinquante Highlanders[2] dirigés par le général Campbell. Ils virent arriver sur eux, tel un torrent, un raz de marée, la masse de la cavalerie russe. Imaginez ! Cinq cent cinquante Highlanders, contre trois mille cosaques !

John Kneller reprit son souffle.

— Le galop des chevaux fit trembler la plaine. N'importe quelle troupe eût sans doute pris la fuite mais les Highlanders gardèrent calmement leur position. Lorsque les cavaliers russes arrivèrent à portée de fusil, les fantassins tirèrent deux salves d'une précision si meurtrière qu'elles brisèrent net l'assaut. Encore un effet des balles Minié ! Une autre force de cavalerie

1. Port de Crimée, sur la côte méridionale, à 15 kilomètres au sud de Sébastopol.

2. Régiment d'infanterie, traditionnellement composé d'Écossais.

russe lança une nouvelle attaque sur le secteur. Elle fut contrée par une brigade de cavalerie lourde anglaise, réduite à six cents hommes du fait des maladies. Contre toute attente, nos cavaliers parvinrent à repousser l'attaque. La troisième tentative russe se dessina le long de la route de Woronzow qui joignait Balaklava à Sébastopol. Cette route constituait notre voie de ravitaillement et était défendue par les redoutes turques que les Russes avaient réussi à enlever.

Kneller se tut brusquement. Il serra les poings. Ses traits étaient devenus livides. Il y eut un long silence. Puis :

— La vallée de la Mort... Lord Raglan, inquiet de voir que l'ennemi pourrait emporter les pièces d'artillerie turques abandonnées dans les redoutes, décida d'engager la brigade légère afin de les en empêcher. Moi, John Kneller, je faisais partie de cette brigade. Elle était commandée par un autre de ces nobles généraux : James Thomas Brudenell, septième comte de Cardigan[1]. Lord Cardigan ! En avez-vous entendu parler ?

1. Pour l'anecdote, il est intéressant de rappeler que nous devons à ce militaire la fameuse veste en laine tricotée : le cardigan. La légende veut que, se sentant à l'étroit dans son pull-over réglementaire, le militaire aurait lui-même fendu son vêtement, du col à la taille, d'un coup de sabre. Par la suite, le cardigan sera perfectionné et se verra ajouter des boutons. De même devons-nous à Lord Raglan le pardessus pour hommes, droit, ample, dont les emmanchures coupées en biais se prolongent jusqu'à l'encolure, connu sous le nom de... raglan.

Brink fit oui de la tête.

— Saviez-vous que, pour éviter l'inconfort des campements, ce cher lord résidait à bord de son yacht privé, le *Dryad*, amarré dans la baie de Balaklava, et était servi par un cuisinier français ?

— Ce détail m'avait échappé.

— Les hommes l'avaient même surnommé : « *The noble Yachtman* ». Je vais vous dire, monsieur : Lord Cardigan n'était qu'un imbécile, un maniaque de la discipline, constamment terrorisé à l'idée que ses officiers auraient pu intriguer contre sa personne. Depuis qu'à l'âge de onze ans il était tombé de cheval, son cerveau n'était plus celui d'un individu normal.

— Vous n'exagérez pas un peu ?

— Oh que non ! Un homme qui commande son régiment comme s'il se fût agi de soldats de bois n'est pas un homme sain d'esprit ! Quelques années auparavant, son comportement névrotique lui avait valu d'être radié de son poste de commandant du 15e hussards. Un malade. vous dis-je ! Une fois nommé à la tête de la brigade légère, il n'a rien trouvé de mieux que de nous faire tailler des uniformes sur mesure par l'un des plus grands tailleurs de Savile Row [1]. Des pantalons collants couleur cerise, des vestes bleu roi brodées de fils d'or !

1. Savile Row, aussi connue sous le nom de « The Row », est célèbre pour la concentration de tailleurs très sélects qui cohabitent dans la rue.

Ce qui lui a coûté pas loin du quart de ses revenus annuels[1] !

Brink siffla entre ses lèvres.

— Impressionnant...

— Ce qui l'est encore plus, tenez-vous bien, c'est le nombre de cours martiales que ce gentleman a présidées au cours des six premiers mois qui ont suivi sa prise de fonction : cinquante-quatre, monsieur Brink ! Cinquante-quatre !

Kneller leva les bras vers le ciel et les laissa retomber.

— Quand je vous disais que le bonhomme était fou !

— Si nous revenions à Balaklava et au 25 octobre ?

— Comme je vous l'indiquais, Lord Raglan voulait empêcher les Russes d'emporter les pièces d'artillerie abandonnées par les Turcs. Il rédigea donc un ordre qu'il confia à son aide de camp, le capitaine Louis Nolan. Nolan remit l'ordre à Lord Lucan, le commandant en chef de la cavalerie, qui était aussi le beau-frère de Lord Cardigan.

— Et que disait cet ordre ?

— « Lord Raglan ordonne à la cavalerie d'avancer et de saisir la première occasion pour occuper les hauteurs. Elle sera soutenue par l'infanterie. »

1. Qui s'élevaient à environ vingt-quatre mille livres sterling. Une fortune.

— C'est tout?

— C'est tout, monsieur. De là où Lucan se trouvait, il ne pouvait voir ni les Russes ni les canons. Il réclama des précisions : «Attaquer? Attaquer quoi? Quels canons? Où? Et que faire?» Nolan se contenta de répondre en désignant les positions occupées par l'artillerie russe à trois miles de là : «Voilà l'ennemi, Sir, et voilà les canons.» L'artillerie était massée au fond d'une vallée encaissée, longue de deux kilomètres et demi et large d'un kilomètre. Derrière elle, vingt bataillons russes menés par le général Pavel Liprandi s'étaient amassés. L'assaut était suicidaire. Pourtant, Lucan, sans exiger d'autres précisions, a lancé son cheval au galop, s'est rendu auprès de son beau-frère, Lord Cardigan, et lui a donné l'ordre d'attaquer. Je me trouvais à un pas. J'ai tout entendu. Surpris par la directive, Cardigan a rétorqué : «Certainement, Sir. Permettez-moi néanmoins de vous faire remarquer que les Russes ont installé leurs batteries droit devant nous et que leurs tireurs sont alignés sur les flancs de la vallée.»

— Et qu'a répondu Lucan?

— Il a répondu : «Je sais. Mais ce sont les ordres de Lord Raglan. Nous n'avons pas d'autre choix que celui d'obéir.» Et il repartit en lançant à voix haute : «*Well, here goes the last of the Brudenells!*», «Ainsi disparaît le dernier des

Bradenells ! », qui était, je vous le rappelle, le patronyme de Lord Cardigan[1].

Brink écarquilla les yeux.

— Il n'a pas pu dire une telle obscénité ?

Kneller soupira.

— J'étais là, vous dis-je ! Je vous précise en passant que cela faisait un moment déjà que Lucan était brouillé avec son beau-frère. En fait, il le détestait.

— Au point de l'envoyer à la mort ?

— Je n'en sais rien ! Je ne fais que vous rapporter ce que j'ai entendu.

— Et comment a réagi Cardigan ?

— Il est resté de marbre. Il a dégainé son épée. Et, très calmement, il a lancé...

Il fit une pause, et adopta une voix glaciale.

— « Que la brigade avance ! Au pas ! » Au pas ! Vous avez bien compris ? Quand je vous disais qu'il était fou !

— Combien étiez-vous ?

— Un peu moins de sept cents. Le reste avait été dévoré par le choléra. Rangés sur une largeur de six cents yards, nous avons donc obéi et nous avons avancé comme à la parade, ainsi que l'avait exigé Cardigan. Lui ouvrait la marche. Je dois admettre qu'il avait une certaine allure, droit sur sa selle, fier, dans son uniforme, avec cette pelisse jetée sur ses épaules. Il y avait un silence de fin du monde. Pas une brise d'air.

1. Le dernier membre de la lignée des Brudenells qui remontait au XVIIe siècle.

Comme si la nature retenait son souffle. Le silence. Et nous ne savions toujours pas si nous devions récupérer les canons anglais pris par les Russes, ou anéantir ceux de leur artillerie qui nous guettaient, au bout de la vallée. Là-bas, les artilleurs ennemis n'en croyaient pas leurs yeux. Ils devaient penser que nous étions devenus fous ! Marcher au pas vers la mort ? Nous imaginions leur tête ! Les Français aussi étaient subjugués. Il paraît que l'un de leurs généraux se serait exclamé, la gorge nouée : « C'est magnifique. Mais ce n'est pas la guerre[1]. » Cardigan nous ordonna enfin de charger. Lorsque nous ne fûmes plus qu'à environ quatre-vingts yards des premiers canons, l'enfer jaillit de leurs bouches. Je ne sais par quel miracle nous avons réussi à enfoncer les lignes ennemies et à prendre les redoutes. Mais très vite nous avons été forcés de battre en retraite. Je ne me soutiens plus de tout ce qui a suivi. Je revois vaguement les chasseurs d'Afrique français venus à la rescousse pour protéger notre retraite, et Lord Cardigan qui tentait d'échapper aux cosaques qui l'avaient reconnu. Après les avoir distancés, il n'a rien trouvé de mieux que de quitter le champ de bataille au trot, seul, imperturbable, le long de cette vallée devenue dans nos mémoires la vallée de la Mort. Il considérait sa mission accomplie. Toute l'affaire avait duré moins de vingt minutes. Des sept

1. Il s'agit en effet du général Bosquet.

cents cavaliers qui avaient participé à l'assaut, cent quatre-vingt-quinze seulement rejoignirent nos lignes, présentant pour nombre d'entre eux d'horribles blessures. Je faisais partie de ces rescapés. Le capitaine Nolan avait lui aussi trouvé la mort.

— Quelle fut la réaction de Lord Cardigan devant un tel massacre ?

— Aucune. Il est rentré sur son yacht, s'est fait couler un bain. Et, après avoir dîné copieusement et vidé une bouteille de champagne, il s'est couché et a — paraît-il — dormi comme un nouveau-né.

Brink se plongea dans un silence méditatif.

Cette charge de la brigade légère avait fait grand bruit à l'époque. Elle était devenue un sujet de controverse considérable et de débats publics. Lucan rejeta vigoureusement la version de Raglan, la taxant d'allégation mensongère. Dans un échange public de correspondance imprimé dans les pages du *Times* de Londres, il n'eut de cesse de le blâmer et de critiquer son aide de camp, Nolan, messager défunt de l'ordre contesté. Non seulement il échappa au blâme, mais fut décoré de l'ordre du Bain [1]. Dire que cette boucherie avait inspiré un poème épique à Tennyson [2] !

1. Même s'il ne fut plus jamais en activité, il fut promu au rang de général en 1865, puis maréchal l'année précédant sa mort, en 1888.

2. « The Charge of the Light Brigade », contrebalancé par « *The Last of the Light Brigade* », de Rudyard Kipling.

L'Américain allait parler, mais Kneller le prit de vitesse :

— Miss Nightingale ! Je n'oublie pas. Je ne peux pas oublier. Et si je vous ai fait le récit de ces affrontements, c'est parce que les conséquences furent terrifiantes. Miss Nightingale est arrivée dans les premiers jours de novembre. Le charnier de Balaklava avait déjà vomi son flot de blessés dans les hôpitaux. Le 5 novembre s'était déroulée une autre bataille, celle d'Inkermann[1]. Nous l'avions baptisée « l'Abattoir », *no comment*. Les médecins étaient débordés. Ils opéraient à même le sol. Moi-même j'ai été amputé étendu sur un grabat et dans la pénombre car nous n'avions pas assez de lampes. Sans anesthésie. Le sol était gluant de sang et jonché de membres. Personne pour se préoccuper de nos douleurs. Atroces. De partout s'élevaient des cris et des gémissements. Le même bistouri était utilisé d'un blessé à l'autre. Toutes les opérations se déroulaient dans la salle où nous étions agglutinés.

Kneller refoula un sanglot.

Brink se pencha vers lui.

— Je pense qu'il vaudrait mieux en rester là pour aujourd'hui.

Le soldat secoua vivement la tête.

1. Village et port de Crimée, situé à l'est de Sébastopol et près de l'embouchure de la Tchernaïa. Là encore, les zouaves firent merveille. À la fin de la bataille, Lord Raglan, apercevant le général Bosquet, s'était avancé et lui avait tendu la main en déclarant : « Au nom de l'Angleterre, je vous remercie. »

— Non. Non. Je ne serai peut-être plus là demain. Non.

Et il enchaîna :

— On nous avait alignés dans des salles noyées de puanteur. On m'avait couché sur une sorte de matelas de fortune, bourré de paille. Il régnait un froid glacial, et pas de couvertures. Ceux qui étaient capables de se traîner allaient chercher les repas à la cuisine, mais la plupart d'entre nous étaient trop malades ou trop faibles pour se nourrir. La nourriture ! Parlons-en ! Une bouillie infâme, du pain sec. De la viande froide, une sorte de cuir humide, qui baignait dans une sauce figée à cause du temps que mettaient les ordonnances pour nous servir. Nous mordions dedans comme des bêtes sauvages. Le beurre, quand il y en avait, était rance. Étant donné le manque de couverts, nous mangions avec nos mains et enveloppés dans une puanteur qui nous prenait au cœur. À quelques pas des salles, les latrines étaient bouchées. Et les malheureux, comme moi, qui n'avaient personne pour les aider à s'y rendre, se laissaient aller dans leur froc. À peine l'un d'entre nous mourait, presque avant qu'il eût rendu son dernier soupir, on l'enveloppait dans une toile et on l'enterrait sans cérémonial. Il fallait faire de la place...

Kneller passa la main sur ses paupières closes, exhala un souffle puis :

— Et elle est arrivée... la Dame à la lampe. La première fois que je l'ai aperçue, il faisait nuit. Il régnait un froid glacial. Je grelottais. J'ai vu se déplacer cette silhouette de femme, partiellement éclairée, auréolée d'une lueur jaunâtre. On eût dit une apparition. Dans l'instant, j'ai pensé que je rêvais. Que pouvait faire une femme, ici, en pleine nuit? Elle tenait sa lampe à hauteur du visage et se déplaçait lentement, inspectant chaque lit ou grabat. Elle s'arrêtait de temps à autre, posait sa lampe à même le sol, et s'agenouillait auprès d'un blessé. Je ne comprenais pas. À un moment donnée, j'ai songé : C'est l'ange de la mort. Puis, je la vis qui s'approchait de l'endroit où je me trouvais et je me mis à trembler de tous mes membres. Quand elle fut toute proche, je pus distinguer ses traits : ses cheveux étaient couleur châtaigne, ses yeux étaient verts. Et, quand elle se pencha vers moi, elle m'offrit un sourire d'une telle douceur que mes craintes s'évanouirent. Je n'oublierai jamais. Elle s'est agenouillée. J'ai senti sa main qui se posait sur ma jambe valide. Elle descendit vers ma cheville, vers la plante de mon pied. Elle dut se rendre compte que mes orteils étaient gelés. Alors elle commença à me masser, lentement, puis vigoureusement. Elle fit cela pendant de longues minutes. Pour moi, de sentir une peau contre la mienne, cette douce chaleur qui m'envahissait peu à peu tout le corps, ce fut comme une renaissance. Quelqu'un, enfin, s'intéressait à John Kneller. John Kneller n'était plus un amas de chair abandonné aux rats et à la vermine. Mais elle ne s'arrêta pas là. Je devais dégager une odeur insupportable. Je ne m'étais pas lavé depuis deux semaines, peut-être trois, je me putréfiais dans mes excréments. Elle s'est relevée. Elle est repartie. J'eus envie de crier : *Don't go away! Please! Don't go away*[1] *!* Un instant plus tard, elle est réapparue. Elle tenait une cuvette emplie d'eau et un linge.

Kneller s'arrêta. Ses lèvres tremblaient.

— Vous avez compris, monsieur. Tout le temps qu'elle s'affairait sur ma crasse, je pleurais. Oui, monsieur, je pleurais. Un nouveau-né. Voilà ce que j'étais redevenu d'un seul coup. Et Miss Nightingale est revenue tous les soirs, tout le temps de mon séjour à Scutari. Un mois. Jusqu'au moment de mon départ pour Constantinople. Tout un mois, monsieur... Pas un soir elle n'a manqué à l'appel.

Le soldat se tut. On le sentait épuisé.

Dans un mouvement vif il saisit le bras de l'Américain et murmura :

— Vous direz tout cela, monsieur. Vous le direz au monde. Promettez-le-moi...

— Je vous le promets.

Brink se leva. Il avait du mal à respirer.

En quittant l'hôpital une phrase continuait de résonner dans sa tête : « Les vrais vaincus de la guerre ? Ce sont les morts, monsieur. Uniquement les morts ! »

1. « Ne partez pas ! S'il vous plaît ! Ne partez pas ! »

10

> « Soigner est un art. L'un des beaux-arts. Je dirais presque plus : le plus beau des arts. »

« Vous devriez essayer de joindre Mrs Helen Clarke, si elle est toujours de ce monde. »

Pendant la semaine qui avait suivi sa rencontre avec Kneller, Brink était resté cloîtré dans son appartement, se contentant de méditer et de recopier les notes qu'il avait récoltées jusque-là.

Le huitième jour, il s'était rendu à la rédaction du *Times* et avait consulté la presque totalité des articles consacrés à la guerre de Crimée. La plupart portaient la signature de William Howard Russell, correspondant du journal sur le terrain [1]. Ce que le journaliste racontait défiait

1. Howard Russell, né à Dublin en 1821 d'un père protestant et d'une mère catholique, est considéré comme l'un des premiers correspondants de guerre de l'histoire de la presse. Il

l'imagination. Ensuite, il avait passé plusieurs heures à la British Library à farfouiller dans les archives qui avaient trait à Miss Nightingale. Il en était ressorti quelque peu étourdi par la profusion d'informations.

Finalement, ce fut vers la fin du mois de septembre qu'il se décida à prendre le train pour Nottingham afin d'aller à la rencontre de cette femme, Mrs Helen Clarke, mentionnée par Kneller dans sa lettre et qui avait été la gouvernante de Miss Nightingale.

Le train entra en gare de Nottingham à 11 h 45.

Un clocher sonna midi lorsque Brink arriva devant le 122 Greyhound Street. C'était un de ces petits pavillons de banlieue, orné d'un jardinet à la pelouse irréprochable. Il sonna. Presque aussitôt le battant s'écarta, laissant apparaître la silhouette d'un quinquagénaire.

---

a couvert pendant vingt-deux mois la guerre de Crimée. Ses articles, d'un très grand réalisme et sans complaisance, firent la renommée de Florence Nightingale, mais ils permirent aussi au grand public de découvrir les réalités de la guerre, les incroyables lacunes des service médicaux, l'arrogance, voire l'incompétence, de certains médecins et de certains officiers. Une probité journalistique qui lui valut d'être méprisé par la plupart des protagonistes. Lord Raglan, entre autres, avait donné l'ordre à ses subalternes de ne jamais adresser la parole à Russell. Il fut promu chevalier par le roi Édouard VII qui, lors de la cérémonie, aurait ordonné au journaliste : «*Don't kneel, Billy, just stoop*», «Ne vous agenouillez pas, Billy (diminutif de William), inclinez-vous seulement». Il est mort en 1907.

L'Américain s'enquit aussitôt :

— Je suis bien chez Mrs Clarke ?

La lèvre supérieure ourlée d'une moustache soigneusement taillée, un visage allongé, le regard protégé par de petites lunettes, l'homme considéra son visiteur avec une pointe de méfiance.

— Et qui êtes-vous, monsieur ?

L'homme s'était exprimé avec un accent cockney assez prononcé.

— Mon nom ne vous dira rien. Je m'appelle Jonathan Brink.

Il jugea utile de préciser :

— C'est John Kneller, un ami de Mrs Clarke, qui m'a donné votre adresse. Je travaille sur une biographie de Florence Nightingale.

— Vous voulez dire, *Miss* Nightingale ?

Il avait appuyé sciemment sur *Miss*, comme pour s'assurer qu'il ne s'agissait pas d'une autre personne, à moins qu'il ne se fût agi d'une marque de respect.

— Parfaitement, monsieur. La Dame à la lampe.

Une voix s'éleva du fond la maison :

— Qui est-ce, *honey* ?

L'homme éluda la question et enchaîna à l'intention de Brink :

— Vous vouliez parler à Mrs Clarke, c'est cela ?

— Elle vit bien ici ?

— Elle *vivait*. C'était ma mère. Elle est morte il y a bientôt quarante ans.

L'Américain ne parut pas surpris par la nouvelle ; il s'y attendait.

— Je suis désolé. Mais peut-être vous a-t-elle confié quelques souvenirs à propos de Miss Nightingale ? Quelques informations ?

L'homme parut hésitant.

— Vous avez bien dit Kneller ? John Kneller ?

— Oui, monsieur.

— Entrez.

Alors qu'il entraînait Brink vers un salon d'apparence modeste, une femme, l'épouse de Clarke sans doute, vint à leur rencontre.

— Ce monsieur est écrivain. Il vient de la part de John Kneller.

— Kneller ?

Le visage rond de Mrs Clarke, moucheté de taches de rousseur, parut s'arrondir plus encore. Elle questionna :

— Il est toujours vivant ?

— Oui, madame. Il réside dans le pays de Galles, où il est hospitalisé. Je l'ai rencontré il y a quelques jours. Il est fatigué. C'est un vieux monsieur. Mais il a gardé toute sa lucidité et surtout une mémoire infaillible.

La femme hocha la tête à plusieurs reprises, manifestement abasourdie :

— Mon Dieu ! John Kneller. C'est incroyable.

Elle ajouta très vite :

— Asseyez-vous, je vous en prie. Vous prendrez bien un thé ? Je viens tout juste d'en préparer.

L'Américain acquiesça et s'installa dans le canapé fleuri que lui indiquait Mrs Clarke.

Tandis qu'elle s'éclipsait vers la cuisine, son époux s'enquit :

— Comment avez-vous connu Kneller ?

— Lors des funérailles de Mrs Nightingale à East Wellow. Je lui ai écrit et il a accepté de me recevoir à Caernarfon.

— Je vois. Il a été très proche de Helen lorsque tous deux étaient en Crimée. Très proche. Particulièrement lorsque le pauvre eut perdu sa jambe après la fameuse charge de la brigade légère. Et vous préparez, disiez-vous, un livre sur Miss Nightingale ?

— C'est exact. Si vous pouviez m'aider, je vous en serais très reconnaissant.

Clarke dodelina de la tête.

— C'est que nous ne savons pas grand-chose sur Miss Nightingale. Ma mère était peu diserte. Son séjour en Crimée l'avait profondément marquée.

— Selon Kneller, elle aurait occupé la fonction de gouvernante auprès de Mrs Nightingale, à Londres, avant la guerre.

— Dans les années 1852 ou 53. Cela correspondait à l'époque où Miss Nightingale avait été pressentie pour le poste de superintendante[1]

1. Le terme anglo-saxon signifie ici « recteur » ou « directrice ».

d'un établissement privé situé à Harley Street, 1 Upper Harley Street.

— Ne s'agirait-il pas de l'Institution for Gentlewomen[1] ?

Les yeux de Mr Clarke s'illuminèrent.

— Parfaitement. C'est bien le nom. C'était une clinique consacrée aux institutrices malades et indigentes. Miss Nightingale avait été appelée par Lady Canning[2] et Liz Herbert, l'épouse de feu Lord Herbert. L'ex-ministre de la Guerre. Vous voyez de qui je parle ?

— Sidney Herbert ?

Clarke confirma.

— Et elle a immédiatement donné son accord ?

— Je crois bien que oui... Je...

— Mais non, Charles ! Tu te trompes.

C'était Mrs Clarke qui venait d'interrompre son mari. Elle posa sur un guéridon un plateau orné d'un service à thé, une assiette de gâteaux secs et rectifia :

— Souviens-toi. Ta mère nous a expliqué combien les tractations furent ardues. Miss

1. La clinique — constituée de vingt-sept lits — était financée essentiellement par les dons et avait connu de nombreux déboires, tant du point de vue financier que sanitaire. Il était devenu urgent qu'une personne compétente prît les rênes.

2. Née Charles Stuart, à Paris, fille d'ambassadeur et épouse de Charles Canning, fils du Premier ministre britannique George Canning. Elle occupa pendant un certain temps la fonction de *Lady of the Bedchamber* (dame de compagnie) de la reine Victoria avant que son mari ne fût nommé (en 1856) gouverneur des Indes.

Nightingale avait posé des conditions draconiennes. Elle exigeait les pleins pouvoirs. Elle voulait être présente lors des interventions chirurgicales, présente aussi lorsque les médecins interrogeaient les patients, afin, disait-elle, de vérifier par elle-même le bon déroulement des choses. En revanche, elle n'a exigé aucun salaire et a précisé que la gouvernante qu'elle prendrait à son service — Helen en l'occurrence — serait payée sur ses propres deniers.

Charles Clarke eut un haussement d'épaules.

— Tu as sans doute raison. Tout cela est si loin.

Son épouse servit le thé en précisant :

— L'affaire provoqua même un sacré chahut.

— Chahut ? s'étonna Brink.

— Évidemment ! Deux comités géraient l'institution : l'un composé d'hommes, l'autre de femmes. La candidature de Miss Nightingale était loin de faire l'unanimité. D'aucuns la jugeaient trop jeune — elle avait trente-trois ans —, d'autres trouvaient très louche qu'une dame de son rang acceptât de quitter la maison familiale pour œuvrer, gracieusement qui plus est, dans un centre médical. Ce qui la rendait encore plus suspecte auprès des responsables. Finalement, Lord Herbert et son épouse, soutenus par Lady Canning, plaidèrent la cause de Miss Nightingale et réussirent à convaincre les sceptiques.

Mrs Clarke présenta la tasse de thé à Brink et conclut sur un ton ironique :

— Si vous voulez mon avis, monsieur, je pense que c'est le fait que Miss Nightingale refusait tout salaire et prenait ma belle-mère à sa charge qui décida ces dames.

Et, d'une voix tout à coup enjouée, elle proposa :

— Vous prendrez bien quelques cookies ? Ils sont faits maison.

Brink déclina poliment.

— J'imagine que Helen et Miss Nightingale n'ont plus été séparées jusqu'à leur retour de Crimée ?

Il y eut un silence gêné, puis :

— Disons que Helen est rentrée plus tôt que prévu.

Brink plissa le front.

— Savez-vous pourquoi ?

Nouveau silence gêné.

Mr Clarke se racla la gorge.

— Fatigue, maladie, expliqua-t-il sur un ton évasif.

L'Américain jugea plus discret de ne pas insister. Pour le moment.

Mrs Clarke intervint :

— Il y eut aussi une fois, une seule, où elles furent séparées.

La manière dont elle s'était exprimée avait quelque chose d'étrange. Comme quelqu'un qui s'apprête à révéler un secret.

— Je ne sais pas si je dois vous en parler, enchaîna-t-elle.

— Loin de moi l'idée de vous contraindre, Mrs Clarke.

La femme se pencha légèrement et, posant un index sur ses lèvres, elle murmura :

— *Hush... hush...* Vous me promettez de ne pas le répéter ?

— Promis, mentit Brink.

Elle chuchota :

— Juste avant son entrée en fonction, Miss Nightingale quitta secrètement l'Angleterre. Personne n'était au courant, personne sauf Helen. C'est d'elle que je tiens l'information.

— Ah ? Et pour quelle destination ?

— Paris, monsieur ! Elle est allée s'installer chez des bonnes sœurs. Des religieuses catholiques : les sœurs de la Charité [1].

— Elle y est restée longtemps ?

— Une, deux semaines, peut-être trois. Je ne sais plus. Je sais seulement qu'elle y est tombée malade. La rougeole, figurez-vous ! À cet âge !

1. Le 3 février 1853. Les sœurs de la Charité étaient une vingtaine à administrer une institution : la Maison de la Providence, au 5, rue Oudinot. Florence s'y rendait tous les jours avec pour seule restriction de ne pouvoir entrer dans le dortoir et le réfectoire des religieuses. Mais, alors qu'elle s'apprêtait à y être admise *officiellement*, elle reçut, aux alentours du 15 mars, une lettre l'informant que sa grand-mère paternelle (Mary Evans Shore) était mourante. Elle dut rentrer immédiatement en Angleterre. Mary décéda le 25 mars 1853.

Elle est restée alitée la plus grande partie de son séjour[1].

Brink médita un moment. *Les sœurs de la Charité*... Décidément, la Dame à la lampe avait de la suite dans les idées. Il questionna :

— Helen vous a-t-elle parlé de la vie quotidienne à Harley Street ?

Cette fois, ce fut Mr Clarke qui répondit :

— Là je peux vous dire qu'au début les choses se sont très mal passées, à cause précisément de cette affaire de religion. Miss Nightingale a tapé du poing sur la table en découvrant que seules les institutrices protestantes avaient accès aux soins. Elle a exigé qu'il en soit de même pour les catholiques, sans quoi, a-t-elle menacé, elle donnerait sa démission.

— Et le comité a cédé ?

— Oui, monsieur.

— Il n'y a pas eu que ce problème, renchérit Mr Clarke. Ma mère m'a raconté que, dans cet établissement, tout laissait à désirer. Une vraie catastrophe ! Les serviettes, les nappes, les couvre-pieds en dentelle étaient en lambeaux. Les tissus qui revêtaient les sièges étaient si repoussants qu'il était devenu impossible de

1. Aux alentours du 30 mai. Mrs Clarke ignore qu'à la grande stupéfaction des médecins français, et contre toute logique médicale, non seulement Florence attrapa la rougeole, mais elle rechuta une semaine plus tard. Dieu devait s'opposer farouchement à ce qu'elle succombe à sa tentation d'embrasser le catholicisme.

savoir quelle était leur couleur originale. La plupart des matelas étaient souillés et envahis par la vermine. Avec un courage et une détermination exemplaires, Miss Nightingale s'est attaquée à toutes ces carences. Elle a fait décrocher les rideaux et s'en est servie pour recouvrir les sièges. Elle a fait nettoyer les matelas. Pour essayer d'économiser, elle négociait elle-même avec les commerçants du coin pour qu'ils lui livrent les fruits, les légumes, la viande au meilleur prix. Estimant qu'il était proprement scandaleux — étant donné le coût que cela représentait — d'acheter des confitures, elle demanda et obtint qu'elles soient *home made*, « faites maison ». Les membres du personnel les plus incompétents furent purement et simplement licenciés.

Il fit une pause. Un sourire teinté d'ironie apparut sur ses lèvres.

— Figurez-vous que ces dames de l'institution se méfiaient des hommes comme de la peste. Helen nous racontait que lorsqu'une patiente recevait un visiteur, il devait attendre à la porte que Miss Nightingale aille le chercher, pour qu'ensuite elle le chaperonne tout le temps qu'il demeurait avec la patiente, et qu'elle le raccompagne ensuite jusqu'à la sortie[1] ! Insensé, non ?

1. Une lettre écrite à son amie, Mrs Mohl, confirme en tout point ces propos. Miss Nightingale conclut par ce cri : « Amen ! Que Dieu nous délivre des comités, de l'Église d'Angleterre et de tous les péchés mortels de la philanthropie... »

Et, comme Brink se contentait d'approuver silencieusement, Mrs Clarke en profita pour continuer :

— Helen nous expliquait aussi avec quel dévouement, la nuit venue, Miss Nightingale allait d'une chambre à l'autre, pour masser les pieds de certains malades afin de les réchauffer. À ce propos, Helen m'a raconté une anecdote que je ne peux m'empêcher de vous soumettre à mon tour. Quelques-unes des patientes vouaient une telle admiration à Miss Nightingale qu'elles posaient volontairement leurs pieds à même le sol froid, afin que Florence, au moment de sa tournée, s'arrêtât un moment à leur chevet. Vous ne pouvez imaginer à quel point elle veillait à tout. Un jour, un pharmacien livra par erreur un flacon qui contenait un produit toxique[1] et qui était mal étiqueté. Et il s'en est fallu de peu qu'on ne serve une dose à un malade. Heureusement que Miss Nightingale veillait. Je ne vous dis pas aussi les crises de lumbago dont elle a été victime à vouloir soulever les malades ! Par ailleurs, très vite, elle s'est rendu compte que nombre de ces femmes avaient besoin d'une aide financière. Elle fit tout ce qui était en son pouvoir pour les soutenir, et toujours sur ses propres deniers. En quelques mois, cette institution, qui sem-

1. Il s'agissait d'acide nitrique. Un composé chimique hautement corrosif.

blait condamnée, devint un établissement exemplaire.

— Une grande dame, murmura Mr Clarke.

Brink approuva. Mais son esprit était ailleurs, préoccupé par une question qu'il n'avait cessé de se poser depuis le début de l'entretien : comment diable Florence avait-elle réussi à convaincre ses parents et à leur arracher l'autorisation de travailler à Harley Street ? Henry Carter devait connaître la réponse. Il ne manquerait pas de l'interroger lors de leur prochaine rencontre.

— Je vous sais gré de toutes ces informations, déclara-t-il avec une chaleur non feinte, mais, au risque d'abuser de votre hospitalité, pourriez-vous me dire si Helen vous a confié quelques souvenirs de son séjour en Crimée ?

Le couple échangea un regard perplexe.

— Helen, commença Mrs Clarke, je...

Son époux la coupa.

— Helen a pris quelques notes. Mais rien de très important. Quelques descriptions. Une sorte de journal, très vite interrompu d'ailleurs. Je ne pense pas qu'elles soient d'un très grand intérêt.

— Qui sait ? Elles pourraient l'être. Tout ce qui a trait à Florence m'intéresse au plus haut point. Puis-je y jeter un coup d'œil ?

À nouveau le couple se dévisagea. On les sentait hésitants.

— Avons-nous le droit ? s'inquiéta Mrs Clarke. Après tout ce sont des notes personnelles, et...

— Croyez-moi, madame, je n'ai pas l'intention de trahir l'intimité de votre belle-mère. Rien que vous ne m'autoriseriez à exploiter. De plus, très sincèrement, je crois que ces souvenirs, à l'instar de Miss Nightlngale, appartiennent désormais à l'Histoire. S'il vous plaît...

— Montre-lui le carnet, lâcha Mr Clarke. Après tout, il s'agit de ma mère et de sa vie faite de sacrifices et de dévotion. Pourquoi le monde ne saurait-il pas ce qu'elle a accompli ? Elle le mérite.

Mrs Clarke approuva d'un hochement de la tête.

Elle quitta la pièce tandis que son époux poursuivait :

— Vous parlerez d'elle, n'est-ce pas ? Elle n'était qu'une simple gouvernante, mais elle a tout de même risqué sa vie là-bas, sous le feu.

— Bien sûr, monsieur. Je vous en fais la promesse.

Mrs Clarke était de retour. Elle tenait un petit cahier d'écolier recouvert d'un papier jauni.

— Voici. Tout est là.

Sur la couverture, on pouvait lire en grosses lettres, d'une écriture presque enfantine : « NOTES ET SOUVENIRS ».

Brink remercia.

— M'accorderiez-vous quelques instants pour le parcourir ?

— Bien sûr, répondit Mr Clarke. Prenez votre temps.

Brink ouvrit la première page, et la première chose qu'il aperçut fut une petite coupure de journal jaunie.

Qui est Miss Nightingale ? Nombre de personnes se posent la question. Nous allons donc y répondre. Miss Nightingale est la cohéritière, avec sa sœur Parthenope, de Mr William Nightingale d'Embley Park, dans le Hampshire. C'est une jeune dame qui maîtrise parfaitement les langues antiques, la littérature, les sciences. Elle parle couramment l'allemand, le français et l'italien. Elle a visité la plupart des grandes capitales européennes. Mais elle a aussi descendu le Nil. [...] Elle a fréquenté de nombreuses institutions caritatives, des écoles, des hôpitaux, des centres éducatifs, tant en Angleterre que sur le continent. [...] Elle vit dans une admirable demeure, entourée d'amis très chers et de ses parents. Alors, pour quelle raison une dame aussi choyée a-t-elle décidé de se séparer de ses amis et de sa famille, afin de se rendre au chevet des blessés, des mourants, là-bas, en Crimée, et affronter le danger et les horreurs de la guerre ? Nombre de personnes se seraient dérobées. Ce n'est pas le cas de Miss Nightingale. Elle a répondu à l'appel qui consistait à réunir un groupe d'infirmières et à partir vers le Levant. À l'heure où nous écrivons, cette jeune personne est déjà parvenue à destination.

Il y a de l'héroïsme à se précipiter ainsi vers les plaines de l'Alma pour lancer un défi à la mort et à l'immense tâche qui l'attend là-bas. Certains esprits chagrins ne manqueront pas de critiquer cette attitude, voire la condamneront ou la trouveront inconsciente. Mais, en vérité, il n'existe pas en ce moment une fille d'Angleterre qui s'élève aussi haut que le rossignol Florence[1].

Et plus bas, de la même écriture enfantine que celle qui apparaissait sur la couverture : « *Scutari, janvier 1855* ».

1. *Examiner* du 30 octobre 1854.

11

«Lasciate ogni speranza voi ch'entrate[1].»

Je me suis portée volontaire pour accompagner Miss Nightingale.

Le couple Bracebridge (Selina et Charles) fait partie de l'équipe. Quelque chose me dit que, s'ils n'avaient pas décidé d'accompagner Miss Nightingale, il est peu probable que ses parents l'eussent autorisée à accomplir un tel voyage.

Miss Nightingale avait le visage triste, ce 21 octobre 1854, sur le quai de London Bridge Station. La veille, sa sœur, Parthenope, était venue lui faire ses adieux. À notre grand étonnement, elle lui avait présenté la dépouille embaumée d'un hibou, baptisé Athéna, mort quelques semaines aupara-

1. «Vous qui entrez laissez toute espérance.» Dante, *La Divine Comédie*. Maxime qui, selon Florence Nightingale, aurait dû être inscrite au-dessus de l'entrée de l'hôpital militaire, à Scutari.

vant. Miss Nightingale a murmuré, les yeux pleins de larmes : « Pauvre petit animal. C'est curieux comme je t'aimais. »

Je me suis laissé dire qu'elle en a beaucoup voulu à sa sœur d'avoir laissé mourir Athéna. Elle ne comprenait pas (alors qu'elle-même était si débordée par la préparation de son voyage) que Parthe négligeât de veiller correctement sur l'oiseau. Je dis cela car, alors que nous montions dans le train, j'ai entendu Miss Nightingale faire ce commentaire amer : « Parthe n'est donc même pas capable de s'occuper des choses les plus simples ! »

Trouver des infirmières compétentes disposées à partir en Crimée alors que la guerre faisait rage ne fut pas tâche aisée. Leur recrutement fut dévolu à un groupe de femmes volontaires : Liz Herbert, l'épouse du ministre de la Guerre, Lady Canning et Lady Cranworth[1]*, Selina Bracebridge et Mary Stanley, une amie de Miss Nightingale. Cette dernière devait nous rejoindre plus tard en Crimée, et fut la cause de nombreux tracas. À la suite de quoi, elle et Miss Nightingale furent brouillées à vie.*

On s'aperçut assez rapidement que la plupart des candidates n'étaient pas uniquement motivées par le salaire qu'on leur proposait[2] *— ce qui eût été logique —, mais séduites à l'idée qu'elles pourraient se saouler et manger à satiété aux frais de l'État. De même rêvaient-elles secrètement de pouvoir dégoter un mari sur place, un médecin, voire un bel officier.*

Une autre difficulté s'imposait dans le choix des

1. Première épouse de Robert Thornhaagh Gurdon, baron de Cranworth, membre du Parlement. Elle décéda en 1864.
2. Entre dix et dix-huit shillings par semaine.

candidates : il était indispensable qu'elles ne fussent ni trop jeunes ni trop jolies afin de ne pas attiser la convoitise des soldats. C'est sans doute pourquoi on a affublé même les plus laides d'une robe triste de tweed gris, d'une jaquette tout aussi grise, d'un bonnet blanc, d'une cape de laine recouverte d'une affreuse écharpe sur laquelle était brodé en rouge : Scutari Hospital. On eût dit des épouvantails.

Cet accoutrement était si répulsif que Mrs Lawfield, l'une des nurses, déclara à Miss Nightingale : « M'dame, si j'avais su que nous serions attifées de la sorte, je n'aurais jamais posé ma candidature ! » Il n'en demeure pas moins que Mrs Lawfield se révéla être l'une des infirmières les plus méritantes du groupe.

Après maints et maints efforts, ces dames ont tout de même réussi à recruter trente-huit personnes. Quatorze laïques, issues d'hôpitaux publics ; six religieuses venues de St. John's House ; huit qui appartenaient à un couvent anglican géré par une certaine Miss Selon et que nous avions surnommées les « Sélonites » ; cinq autres en provenance d'un orphelinat catholique situé à Norwood et cinq dernières qui dépendaient des sœurs de la Charité de Bermondsey[1].

Je sais que Miss Nightingale dut essuyer de nombreuses critiques du fait que le quart de son équipe était constitué de catholiques. Et la seule pensée que des religieuses non anglicanes approchent des blessés protestants apparaissait aux yeux de certains comme absolument « répugnante ».

1. Neuf d'entre elles furent renvoyées pour cause d'incompétence. Quatre décédèrent en Crimée. Trois démissionnèrent. La plupart n'eurent pas la force de tenir jusqu'à la fin du conflit.

La tension était palpable au sein même du groupe. Il me souvient que, à bord du train, les sœurs anglicanes avaient refusé de s'asseoir près des catholiques. De même, lorsque nous avons fait halte à Paris, elles n'ont pas accepté de dîner avec elles. La pauvre Miss Nightingale a dû déployer des trésors de patience et de diplomatie pour apaiser ce petit monde et l'amener à cohabiter.

En mettant de l'ordre dans ses affaires, et de manière tout à fait fortuite, j'ai découvert qu'elle gardait précieusement trois lettres dans un étui. L'une était signée du révérend père Henry Manning qui venait d'être nommé archevêque catholique de Westminster; la deuxième était de Mrs Fanny Nightingale, la mère de Florence; la dernière d'un certain Richard Monckton Milnes[1].

Sam Smith, l'oncle de Miss Nightingale, faisait aussi partie du voyage. Mais il était prévu qu'il n'irait pas plus loin que Marseille.

Le train nous a emmenés jusqu'à Folkestone. De là, nous avons embarqué pour Boulogne. Une fois sur place, quelle ne fut pas notre surprise en découvrant l'extraordinaire accueil que nous avaient réservé les Français : des femmes de pêcheurs qui avaient, Dieu sait comment, entendu parler de notre équipée se précipitèrent vers nous pour porter nos bagages. Les hôteliers refusèrent d'être payés et les femmes de chambre ne voulurent pas de nos pourboires.

Nous avons passé quelques jours à Paris où Miss Nightingale espérait pouvoir recruter des religieuses. Munie de lettres du gouvernement britannique et des

1. Elle conserva les trois lettres jusqu'à sa mort. Ce qui laisse entendre — pour ce qui est du courrier de Monckton Milnes — que l'homme compta beaucoup pour elle.

autorités françaises et accompagnée du secrétaire de l'ambassadeur anglais, elle s'est rendue aux quartiers généraux de l'ordre de Saint-Vincent-de-Paul. Mais, j'ignore pourquoi, la demande fut refusée.

Le 25, nous avons pris le train pour Marseille. C'est là que l'infirmière, Mrs Wilson, nous a retrouvées. Complètement ivre morte, elle avait raté le train à London Bridge Station. Je n'ai jamais su comment elle avait réussi à nous rattraper!

Miss Nightingale profita de notre séjour à Marseille pour acheter des tas de boîtes de conserve, des toiles de lits, des réchauds à pétrole et d'autres choses encore qu'elle estimait utiles en prévision de ce qui nous attendait en Crimée. Je précise qu'elle régla le montant de tous ces achats avec ses fonds personnels. Elle fit cela, bien que Lord Herbert lui ait assuré que nous trouverions à Scutari tout ce dont nous aurions besoin.

Partout où elle se rendait, elle suscitait l'admiration. Son calme, sa dignité surprenaient tout son entourage. Elle a reçu dans sa petite chambre d'hôtel l'inspecteur général, le consul britannique, un messager de la reine, les correspondants du Times *avec la même sérénité que si elle était assise, désœuvrée, dans son salon. À son contact, les nurses les plus rustres commençaient à se civiliser. Elles reconnaissaient qu'elles n'avaient jamais fait l'objet de tant de gentillesse, et jamais imaginé qu'une dame du monde serait aussi avenante.*

27 octobre

Le Vectis *est le nom du cargo — ou, devrais-je dire, de la coquille de noix — sur lequel nous avons embarqué. Je n'avais jamais pris le bateau avant ce jour, mais Dieu m'est témoin, et aux dires de tous, aucun navire digne de ce nom n'aurait pu rouler et tanguer autant. Pour notre malchance, il faisait un temps exécrable. La mer était déchaînée. Régulièrement, les ponts étaient submergés par des vagues. Très vite, nous fûmes toutes malades à crever. Miss Clara Sharpe en particulier qui passa le plus clair de la traversée à vomir. À un moment donnée, elle sombra dans un état proche du coma. Pauvre fille ! Ce fut si terrible qu'elle ne recouvra jamais pleinement sa santé et dut être rapatriée dès le lendemain de notre arrivée en Crimée.*

Miss Nightingale n'en menait pas large non plus. Mais, heureusement, elle bénéficiait d'une cabine privée et du réconfort de Mrs Bracebridge qui ignorait ce que signifiait l'expression « mal de mer ».

Comme si tout cela ne suffisait pas, voilà qu'au beau milieu du voyage, et en pleine tourmente, les moteurs du Vectis *tombèrent en panne. Le navire donna l'impression de se fendre en deux. Dès lors, nous fûmes toutes convaincues que notre dernière heure avait sonné. Dieu merci, la machine repartit aussi mystérieusement qu'elle s'était arrêtée, et le beau temps refit son apparition. Un jour de plus, et nous étions mortes d'épuisement.*

Finalement, vers le 1er novembre, nous avons jeté l'ancre à hauteur du cap de Seraglio[1]*, non loin de Constantinople. La vue était sublime. Tout ce bleu. Ces collines et le Bosphore au loin. Tout à coup, une vision du paradis après l'enfer.*

À peine le navire immobilisé, l'amiral Napier (qui commandait la flotte anglaise) monta à bord. Miss Nightingale n'eut pas la force d'aller à sa ren-

1. Sarayburnu.

contre et ce fut lui qui la retrouva, allongée dans sa cabine. En ressortant, il nous déclara l'avoir trouvée d'une effrayante pâleur. Ils ont parlé longuement. J'ignore de quoi. Je sais seulement qu'après le départ de l'amiral on nous annonça qu'une grande victoire anglaise avait été emportée dans un endroit appelé Balaklava.

Nous sommes arrivées le 4 novembre, à six heures du matin, à Scutari, sur la rive asiatique du Bosphore. En face, à environ quatre-vingt-dix miles, la Crimée. À peine sur le rivage, notre première vision fut celle du cadavre d'un cheval écroulé sur la grève et que dépeçaient une meute de chiens squelettiques. Nous fûmes terrorisées.

Très vite, nous nous sommes rendu compte qu'il existait non pas un, mais deux hôpitaux. Le second et le plus important était une ancienne caserne turque transformée à la hâte. C'était un imposant édifice jaunâtre avec des tours carrées à chaque angle qui avait été donné aux Anglais pour accueillir les blessés. On l'appelait le Barrack Hospital. Il se dressait sur une colline qui surplombait la mer de Marmara, Constantinople et le Bosphore. La vue était magnifique. Mais nos yeux étaient aveuglés par l'horreur que nous découvrions. Mouches et moustiques régnaient en maîtres. Les rats aussi. Un endroit, comme disait je ne sais plus laquelle d'entre nous, « à se saouler pour six pence et attraper la syphilis pour un shilling ».

Le Dr Andrew Smith, chef du département médical de l'armée, avait pourtant assuré à Miss Nightingale avant notre départ de Londres qu'elle trouverait les hôpitaux de Scutari parfaitement équipés dans tous les secteurs : « just like home *», avait-il déclaré, tout en soulignant qu'une aide féminine* *serait sans aucun doute précieuse pour le réconfort des patients. À l'instar de la très grande majorité des officiers d'état-major, le Dr Andrew Smith n'avait aucune conscience des réalités.*

Il ne nous a pas fallu longtemps pour constater que l'hôpital — conçu pour un millier de patients — était largement débordé par le nombre de blessés qui ne cessaient d'affluer. La plupart étaient allongés sur des paillasses ou à même le sol, au beau milieu des corridors. Il n'y avait pas suffisamment de latrines et celles qui existaient débordaient d'excréments. À la vue de ce spectacle, Sarah Anne Terrot, l'une des nurses parmi les plus expérimentée, déclara n'avoir jamais vu de toute son existence spectacle aussi affreux. On aurait pu contracter la dysenterie rien qu'en respirant la puanteur qui montait de partout.

Dès notre arrivée, nous avons été envoyées au Barrack Hospital, réparties dans sept pièces, éparpillées sur les trois étages de la tour nord-est. On y manquait d'espace, les pièces étaient petites et sales[1]*. On eût dit une prison. Les corridors étaient pavés de dalles cassées et sales. Il y avait peu ou pas de meubles. Pas même de table pour opérer les blessés. Les outils chirurgicaux étaient manquants ou pas encore livrés. Certains soirs d'orage, les fenêtres qui n'avaient pas de verrou s'ouvraient violemment, laissant pénétrer des flots d'eau, et nous passions la nuit à patauger.*

Nous étions horrifiées, Miss Nightingale la première, par ce spectacle de fin du monde.

Se ressaisissant très vite, elle installa tant bien que

1. Plus d'une quinzaine de nurses y étaient malgré tout logées.

mal ses quartiers dans une chambre au fond d'un corridor qu'elle partagea avec Mrs Bracebridge et me confia la charge de transformer la pièce attenante en cuisine de fortune. Ce que je me suis efforcée de faire. J'y plaçais les réchauds à pétrole que Miss Nightingale avait eu la sagesse d'acheter à Marseille. C'est là que nous préparions nos potages, le thé ainsi que d'autres nourritures succinctes. D'ailleurs se nourrir se révéla moins problématique que se désaltérer ou se laver : Nous n'avions droit qu'à une pinte d'eau par jour et pour tous nos besoins.

Je me suis cent fois interrogée sur les idées qui pouvaient bien traverser l'esprit de Miss Nightingale. Elle qui avait été élevée dans le luxe et la propreté, dans le confort, elle qui n'avait jamais connu autre chose qu'une existence protégée et bourgeoise. À quoi pensait-elle ici, dans cette fange, dans cette pourriture ?

Mais, tout compte fait, ce qui nous choqua le plus, ce fut l'animosité du personnel médical à notre égard. De toute évidence, nous n'étions pas les bienvenues. Après d'âpres négociations, Miss Nightingale a finalement obtenu du responsable, le Dr Menzies, que deux infirmières puissent accéder à la salle dans laquelle étaient hospitalisés les patients victimes du choléra. L'une d'entre elles était Sarah Anne Terrot. Elles devaient se limiter à tenir compagnie aux agonisants et leur murmurer quelques mots chaleureux avant qu'ils ne rendent l'âme.

Très vite le sentiment de frustration se transforma en une colère sourde et les premières récriminations s'élevèrent à l'encontre de Miss Nightingale. Pourquoi ne se révoltait-elle pas contre la dictature imposée par les médecins militaires ? Avaient-elles fait tout ce chemin pour se contenter d'être des femmes de ménage ? Pourquoi Miss Nightingale se montrait-elle si docile, et si insensible face à la souffrance des malades ? N'entendait-elle pas ces voix qui montaient de partout, ces gémissements ? Ces cris de douleur ? Tous ces malheureux sans aide ? Le cœur de cette dame était donc de pierre ?

Bien évidemment, elle avait tenté de défendre leur cause auprès du médecin chef le Dr Menzies. Elle avait montré les lettres de recommandation de Lord Herbert et du duc de Newcastle, ses deux soutiens. Le docteur les avait lues, avait écouté poliment, sans plus. Je crois qu'il était extrêmement vexé de n'avoir pas été prévenu de notre arrivée par le ministère de la Guerre et supportait mal qu'on le mît devant le fait accompli. À la décharge de Miss Nightingale, je dois dire que j'ai eu le loisir de lire ces lettres de créance. Elles indiquaient que les nurses étaient venues pour apporter un soutien aux médecins, mais ceux-ci avaient le droit de faire jouer leurs prérogatives et de refuser ce soutien. Ils étaient seuls maîtres à bord. C'était ainsi. Et puis, à bien y réfléchir, je crois avoir compris la raison de la passivité de Miss Nightingale et son refus de tenter un coup d'éclat : enfin, elle vivait le rêve de toute sa vie. *Enfin, elle se trouvait là où elle avait toujours souhaité être : auprès des malades, des agonisants, au cœur même de la désespérance. Son rêve, elle le vivait. Rien au monde ne devait le briser. Quel que soit le prix à payer. En outre, elle n'avait jamais eu d'enfants et voilà que tout à coup des hommes, des centaines d'hommes étaient devenus les siens. Il était impensable qu'elle puisse les abandonner. Quoi qu'il advienne, son sort était désormais lié à celui de ces malheureux. Jamais elle ne les quitterait. Elle avait pris rendez-vous le jour de ses six ans, lorsque Dieu l'avait appelée.*

C'est ainsi que nous assistions, impuissantes, à la mort de jeunes soldats, sans pouvoir leur venir en aide. Le plus paradoxal, c'est que la plupart d'entre eux mouraient des suites de maladies contractées au sein même de l'hôpital.

Je crois que le Dr Menzies espérait que nous serions très vite découragées et que nous déciderions de rentrer en Angleterre. C'était mal connaître Miss Nightingale.

Finalement, une éclaircie commença à apparaître. Une éclaircie née du malheur. Les champs de la bataille de Balaklava déversaient chaque jour leur torrent de blessés. Cette bataille s'était déroulée peu de temps avant notre arrivée. Le 25 octobre. Nous étions le 9 novembre et le flot ne tarissait pas. Au matin du 10, plus de cinq cents soldats furent amenés d'un seul coup, et rien, absolument rien n'avait été préparé pour parer à une telle situation. Le débordement des médecins fut total. Un vent de panique souffla sur l'hôpital. C'est alors que Miss Nightingale prit les choses en main, faisant fi de tous les interdits. Elle rassembla ses nurses. Les arma de seaux d'eau préalablement bouillie, de bassins, de bandages, de savon, et s'engouffra dans les salles bondées.

Sous l'œil noir des médecins, elle donna ses instructions. Calme, tranquille, mais déterminée. Les premiers soins furent prodigués aux blessés. On remonta leur moral, on soulagea leurs douleurs, on pansa leurs plaies. Le soir, Miss Nightingale ordonna que leur fût servie une soupe chaude. Un détail est à préciser qui n'est pas sans importance. Pour la première fois sans doute, on prodiguait des soins en fai-

sant abstraction du grade. Officiers et soldats étaient traités de la même manière. Et cela, c'est Miss Nightingale qui l'a voulu. Peu importe que le blessé fût un général ou un troufion, colonel ou tambour, dans la souffrance ils étaient tous égaux.

Dès ce jour, les rapports entre les nurses et les médecins commencèrent insensiblement à changer. Mais rien n'était totalement acquis.

Tous les soirs, dans le silence de Scutari, Miss Nightingale récupérait une lanterne turque et faisait sa ronde. Elle allait d'un lit à l'autre, parlait aux hommes, elle les réconfortait, elle prenait des notes pour ceux qui désiraient écrire à leurs proches et qui étaient trop faibles pour le faire. Je sais qu'il lui arrivait aussi de rédiger des lettres d'accompagnement, ou de glisser quelque argent pour les familles des morts dont elle savait qu'ils étaient dans le besoin. Dès la nuit tombée, les hommes la guettaient comme on guette la venue d'un ange et bénissaient son ombre. Un soir je l'ai accompagnée dans sa tournée. Au moment de franchir le seuil de l'une des salles, nous avons entendu un blessé qui hurlait en appelant sa mère. Nous nous sommes approchées de lui. Il n'avait guère plus de dix-sept ans. Miss Nightingale s'est penchée sur lui et lui a baisé le front en murmurant : « De la part de ta maman. »

Je ne sais comment est venue l'idée à l'un des soldats d'écrire une ballade en son honneur. Mais cela fut fait. J'en ai conservé le texte :

La nuit a fondu sur les rivages de Crimée.

Le matin avait connu le carnage et le sang versé.

Les morts et les blessés étaient là, étendus,

Certains criant à l'aide, mais aucune aide ne venait.

Mais Dieu, dans Sa Miséricorde, eut pitié de leurs plaintes.

Courage, mes amis, courage,
Vous êtes portés par un doux rossignol.
Son cœur est vaste, sa générosité sans limites,
Elle donnerait sa vie pour sauver celle des autres.
Elle prie pour les agonisants, elle apaise les braves,
Elle sait qu'un soldat a une âme à sauver.
Les blessés ne voient qu'elle,
Ils l'appellent leur reine,
Que le Seigneur lui accorde la force,
Et elle ne faiblira jamais.
L'un des plus beaux dons du Ciel
A pour nom Miss Nightingale.

Brink releva la tête.

Il restait encore des pages à parcourir. Mais l'émotion l'étreignait. Il murmura à l'intention du couple :

— Et vous disiez que ces notes étaient sans grand intérêt ?

12

> « Calamité sans pareille dans l'histoire des calamités. »

Dans un geste désarmé, Mr Clarke leva les mains et les laissa retomber sur les accoudoirs du fauteuil.

— Que vous dire, monsieur Brink ? Lorsque j'ai lu ce cahier ma première impression fut : qui cela peut bien intéresser ? Une telle critique des médecins militaires serait vue d'un très mauvais œil, vous ne croyez pas ?

— Ce que je crois, c'est que nous avons là un témoignage capital. Un tableau d'une époque qui, je l'espère, et grâce à Miss Nightingale, est désormais révolue. Ces notes nous montrent aussi quel fut le sacrifice de ces femmes anonymes, des êtres à l'image de votre mère ou de Sarah Anne Terrot, dont tout le monde a oublié le nom. Pardonnez-moi de revenir là-dessus, mais pourquoi Helen a-t-elle décidé de quitter la Crimée ? Je sais. Vous m'avez parlé de maladie, d'épuisement, ce sont vraiment les seules raisons ?

Mr Clarke baissa les yeux.

— Non.

— C'est Florence qui lui a signifié son congé ?

— Oh ! non ! s'offusqua Mrs Clarke. Jamais elle n'aurait fait pareille chose ! Elle adorait ma belle-mère et la trouvait très courageuse.

Il y eut un silence.

Mr Clarke annonça d'une voix sourde :

— L'alcool, monsieur Brink. L'alcool. Comme la très grande majorité des personnes qui vivaient dans cet enfer, l'alcool était le seul moyen d'égarer son esprit. Un dérivatif, si vous préférez. Vous connaissez cette expression stupide : « boire pour oublier ». Jamais elle ne fut aussi vraie. À un moment donné, Helen ne fut plus en mesure d'assumer sa tâche. Elle avait sombré. On a jugé plus sage de la renvoyer en Angleterre.

Il ajouta très vite :

— Vous n'écrirez pas cela dans votre livre, n'est-ce pas ?

L'Américain afficha une expression compatissante.

— Dieu sait si je n'ai jamais éprouvé d'indulgence pour les alcooliques. Cependant, qui pourrait condamner Helen ou ses compagnes ?

Personne, monsieur. Il y a des moments où l'alcool est comme le feu, il purifie tout.

Il souleva le cahier.

— Puis-je poursuivre ma lecture ? Je ne voudrais pas abuser de votre gentillesse.

— Bien sûr. Faites.

— Et moi, je vais préparer le repas. Vous dînerez bien avec nous ? proposa Mrs Clarke.

— C'est très aimable, madame. Mais je dois prendre le train de dix-huit heures.

Il me souvient d'un récit fait par l'infirmière Sarah Anne Terrot. Je ne sais plus en quelle circonstance elle s'était retrouvée au chevet d'un rescapé de la bataille de Balaklava. Le soldat s'appelait Nichols. Il était là, agonisant sur une paillasse. Il était sale, son corps n'était qu'une plaie et il était couvert de poux. Sarah l'a fait remarquer aux officiers d'ordonnance qui étaient présents. Ils lui ont répondu : « À quoi servirait-il de s'en occuper ? Il n'en a plus pour longtemps. » Sarah était outrée par cette attitude. Elle ignora la remarque des officiers et fit tout ce qu'elle put pour rendre au malheureux un peu de sa dignité.

De son côté, Miss Nightingale avait choisi de s'occuper en priorité des malades atteints de fièvre et de dysenterie. Très rapidement, une question la tourmenta : pour quelle raison ces hommes mouraient-ils si rapidement ? Souvent, quelques heures à peine après leur arrivée. Pourquoi des hommes, jeunes pour la plupart, et qui étaient en pleine forme au moment de quitter l'Angleterre, succombaient-ils si vite à la maladie ? Il devait exister une explication logique, scientifique. *Puisqu'elle n'arrivait pas à sauver ces êtres, elle se devait au moins d'essayer de comprendre la raison de leur décès. Si elle y parvenait, des milliers de vies seraient épargnées. Comprendre ? Par où commencer ? Où était la faille ? Avant de venir à Scutari, Florence avait passé de longues heures à compulser d'innombrables ouvrages médicaux. Elle en avait tiré ses propres conclusions. À moins que ce fussent des intuitions ?* Prévention *et* hygiène *devinrent les maîtres mots. Elle se lança dans une série de transformations et de réformes qui surprirent plus d'une personne de notre entourage, les médecins en premier.*

À titre d'exemple, elle ordonna que l'on ne se servît plus de la même éponge pour laver plusieurs malades avant de l'avoir trempée dans l'eau bouillante et exigea que l'on employât des linges propres. Parmi les ouvrages qu'elle avait parcourus, ceux des Drs John Snow et Edwin Chadwick[1] *l'avaient marquée plus particulièrement. Tous deux traitaient du phénomène de transmission des maladies. John Snow avait pressenti que le choléra devait être causé par un agent pathogène qui se propageait dans certaines conditions. Des quartiers de Londres étant moins touchés que d'autres, Snow en avait déduit que l'agent pathogène s'introduisait dans l'organisme par le système digestif et probablement par l'eau. Il fut frappé par le fait que l'eau distribuée par la compagnie Southwark était associée à un taux élevé de mortalité due au choléra, tandis*

1. Les deux médecins furent des pionniers dans le domaine de l'hygiène médicale. John Snow, plus particulièrement, est considéré comme l'un des fondateurs de l'épidémiologie moderne.

que, dans le cas de l'eau distribuée par la compagnie rivale Lambeth, aucun décès n'était à déplorer. L'explication était simple : la compagnie Southwark puisait son eau dans la Tamise, non loin de l'endroit où les égouts étaient déversés. En revanche, la compagnie Lambeth puisait son eau bien plus en amont. Lorsqu'elle parcourut ces pages, Miss Nightingale conclut en toute logique que la prévention était le meilleur moyen d'éviter que les affections se répandent. En un temps où parler d'hygiène était très mal vu par la société, elle fit tout à coup figure de visionnaire. N'est-ce pas anormal, s'interrogeait-elle, qu'en Angleterre deux enfants sur cinq décèdent avant l'âge de cinq ans ? Et, dans certaines familles de condition modeste, un sur deux ? S'il était urgent de créer des hôpitaux pour enfants, il l'était encore plus de changer les habitudes au sein même des foyers. *On enseignait bien la géographie, les mathématiques, l'histoire. Alors, pourquoi pas les règles d'hygiène ? On apprenait le mécanisme du corps humain, mais jamais la manière de préserver et d'entretenir ce corps. Cet enseignement ne devait pas s'appliquer uniquement aux médecins, mais à toute mère de famille, à tout individu quel qu'il soit, d'où qu'il vienne. Cela s'appelle les « lois de la vie*[1] *».*

Selon elle, tout individu vivant dans une chambre non aérée, sans soleil, ne se lavant pas, buvant une eau impure et se nourrissant mal avait toutes les chances de tomber malade[2]. *Elle disait également*

1. Cette vision se retrouve dans l'ouvrage clé publié par Florence et qui s'intitule : *Notes on Nursing.*

2. Tout cela peut apparaître comme une évidence aujourd'hui. Mais il faut se souvenir que nous étions alors très loin des découvertes de Koch ou de Pasteur. Le mot « microbe »

que le bruit était aussi nocif pour un malade que la mauvaise qualité des soins. Les conditions sanitaires qui régnaient à Scutari pouvaient expliquer le pourcentage anormalement élevé de décès. La preuve : les officiers qui avaient droit à de la bonne eau, une nourriture correcte ou qui, tel Lord Cardigan sur son yacht, vivaient confortablement, étaient bien moins affectés que les malheureux soldats entassés dans des salles nauséabondes.

Et que faisaient les médecins ? Rien. Ils observaient l'hécatombe, mains dans les poches, avec une indifférence royale. Lorsque Miss Nightingale abordait le sujet de l'hygiène, ils se gaussaient et répliquaient que la cause de mortalité n'était pas là, « que c'était ainsi et qu'il n'y avait pas grand-chose à faire ». Le plus grand responsable était certainement le Dr Menzies. J'étais présente le jour où, après avoir inspecté les hôpitaux et constaté leur état déplorable, le révérend Sidney Osborne l'avait interpellé en ces termes : « Pourriez-vous établir la liste de tout ce dont vous avez besoin ? Ainsi nous pourrons, à travers le Times, *lancer un appel à la population et récolter les fonds nécessaires. — Des fonds ? répliqua Menzies. Pourquoi donc ? Nous n'avons besoin de rien. »*

Interloqué, Osborne alla trouver Miss Nightingale. Et le tableau qu'elle lui dressa lui confirma ce qu'il pressentait. Une fois de retour à Londres, il mit

---

(littéralement « petite vie »), introduit par le chirurgien français Charles Sédillot, ne devait apparaître qu'en 1878, un mois avant que Pasteur et ses collaborateurs n'exposent à l'Académie de médecine la « théorie des germes » — dans laquelle des êtres vivants microscopiques sont déclarés responsables de maladies — et ses applications à la médecine et à la chirurgie.

tout en œuvre pour alerter les services publics sur la tragédie qui se nouait à Scutari.

Pour appliquer les principes d'hygiène que Miss Nightingale défendait, un minimum de moyens était nécessaire. Si l'on voulait laver un malade convenablement, il fallait des bassines, des linges, des serviettes, du savon. Pour faire le ménage, nous avions besoin de balais-brosses, de seaux, de produits. Autant d'objets d'une cruelle banalité que l'on trouve habituellement dans la majorité des demeures anglaises. Mais pas à Scutari. Pas dans notre hôpital.

Un matin de novembre, Miss Nightingale expédia la brave Mrs Bracebridge à Constantinople avec pour mission de nous ramener toutes ces choses qui nous faisaient défaut. Ces achats ne purent être effectués que grâce aux sommes récoltées par le Times, et aux diverses donations dont nous avions eu la chance de bénéficier avant notre départ d'Angleterre.

Mais rien n'était simple. À partir du mois de mai 1854, nous commencions enfin à recevoir les fournitures qui permettaient d'améliorer les conditions de vie des soldats, seulement voilà : il n'existait pas la moindre structure pour les accueillir. Ni département organisé ni dépôts. Les marchandises étaient systématiquement retenues par les douanes turques et Miss Nightingale devait remuer ciel et terre pour les en sortir, sans compter que, la plupart du temps, le matériel était soit détérioré soit perdu. Ainsi que le disait Florence, « les douanes turques sont un puits sans fond. Une fois un objet jeté à l'intérieur, il faut un miracle pour le récupérer ! Il est indispensable, clamait-elle à qui voulait l'entendre, que l'armée britannique possède ses propres entrepôts ! ». Sa propo-

sition ne fut pas adoptée avant mars 1855. Elle demanda aussi à la reine — avec qui elle entretenait une correspondance quasi régulière — que tout soldat blessé ou malade puisse continuer à recevoir sa solde, ce qui n'était pas le cas. Elle la pria aussi de plaider auprès du sultan pour que leur fût octroyé un terrain près de Scutari afin que les morts puissent bénéficier d'une sépulture décente. Nous ne disposions pas de cimetière et les soldats défunts étaient jetés dans une fosse commune. Le sultan accéda immédiatement à cette requête. Florence suggéra aussi qu'un obélisque fût érigé à la mémoire des soldats tombés au champ d'honneur.

Toutes ces démarches officielles ne l'empêchaient pas de continuer à se démener sur le terrain avec une passion toujours aussi vive. Elle pouvait passer huit heures à genoux à soigner les soldats, et travaillait parfois vingt heures d'affilée. Elle fit réaménager les cuisines qui, jusque-là, ressemblaient à des cagibis infâmes. Et, peu à peu, il apparut comme une évidence que tout personnel médical désireux d'obtenir quoi que ce soit, qu'il se fût agi de morphine ou de bandages, aurait une chance de le trouver auprès de Miss Nightingale. Sa chambre était devenue une vraie tour de Babel où se croisaient infirmières, médecins, aides-soignants et commerçants turcs ! Quant à la pièce avoisinante, elle avait l'allure d'un véritable souk où s'empilaient les objets les plus hétéroclites : serviettes, éponges, chemises, flanelles, thé, sucre ou pain. Mais nous étions toujours à bout de ressources et nous devions constamment faire appel au soutien de Sidney Herbert, le ministre de la Guerre.

J'ai conservé la copie de l'une des listes qui regrou-

pait les requêtes de Miss Nightingale. Elle est assez révélatrice de l'état dans lequel nous nous trouvions.

— 1 000 paires de chaussettes
— 10 000 flanelles
— 10 000 chemises
— 2 000 caleçons
— 2 000 paires de chaussures
— Du savon à volonté
— Des commodes pour ranger les objets
— Des couteaux, des fourchettes et des cuillères
— Des noix de coco
— Des coussins (100)
— Des peignes et des brosses à cheveux
— Des rasoirs
— De l'eau de Cologne
— Du gin

Parallèlement, ce fut le « Rossignol » qui finança lui-même la réfection des sols de l'hôpital. D'entre toutes les nurses, c'est elle qui, de loin, travaillait le plus. Elle avait pour habitude de surgir quand personne ne l'attendait. À ce propos, il me souvient d'une scène qui aurait pu prêter à sourire si elle n'était tragique. Un après-midi, attirée par des éclats de voix, elle déboula dans une salle. Deux médecins étaient en train de se chicaner au pied du lit d'un soldat agonisant. Florence n'a rien dit. Elle a récupéré une bouteille d'eau chaude, un linge et, sous l'œil interloqué des deux protagonistes, elle a entrepris de masser les pieds glacés du malheureux. Elle s'est ensuite assise à son chevet et lui a pris la main en lui murmurant des mots de réconfort. Elle estimait que l'accompagnement d'un mourant était chose sacrée, qu'abandonner un homme en chemin vers la mort était aussi cruel que de négliger ses souffrances.

Mais, dans l'attitude pour le moins critiquable des médecins, il y avait pire encore. Les chirurgiens avaient pour habitude de pratiquer les amputations au beau milieu des soldats alités, dans des bruits de scie couverts par les hurlements. Il y avait de quoi terroriser les hommes les plus courageux. Révoltée, Florence fit installer des rideaux de séparation. S'ils ne pouvaient empêcher les cris de résonner, ils pouvaient au moins masquer ce spectacle d'horreur.

Lorsque je repense à tous les obstacles que Florence a dû surmonter, les rapports qu'elle entretenait avec les infirmières ne faisaient pas partie des moindres. La plupart du temps, ces rapports étaient extrêmement tendus. Pour l'avoir observée, j'en étais arrivée à croire qu'au tréfonds d'elle-même Miss Nightingale n'éprouvait guère de tendresse pour la gent féminine en général, et pour les femmes de son propre milieu en particulier. Je pense qu'elle était plus apte à gérer les hommes.

Brink s'arrêta de lire. Le contenu d'une lettre écrite par la Dame à la lampe à l'intention de son amie parisienne, Mrs Clarke Mohl, lui était revenu d'un seul coup à l'esprit : *Les femmes ne sont absolument pas sympathiques. Vous, vous vous exprimez selon la tradition ; moi, forte de mon expérience. Je n'ai jamais rencontré une femme qui ait changé sa vie ne fût-ce que d'un iota pour moi ou pour suivre mes conseils. Mes préceptes n'ont jamais eu aucune prise auprès des femmes.* Des propos qui corroboraient bien l'analyse de la gouvernante.

L'un des soucis majeurs de Miss Nightingale était d'empêcher que ne s'établissent des relations intimes entre infirmières et médecins, soldats convalescents ou officiers. C'était chez elle une véritable obsession. Pour elle, le sexe était synonyme de perdition et une nurse n'était plus une nurse dès l'instant où elle se mariait. En fait, elle aurait pu paraphraser les propos de saint Paul : « Es-tu lié avec un homme, ne cherche pas à rompre ce lien ; ne l'es-tu pas, ne cherche pas un homme. » Cette rigidité — mais je n'en suis pas sûre — s'expliquerait par la manière dont Miss Nightingale a grandi. Il est probable que, dès qu'elle fut en âge d'éprouver quelques émois sexuels, elle soit parvenue à les sublimer en ne pensant qu'à sa vocation. Elle était donc persuadée qu'il devait en être de même pour toutes les femmes qui œuvraient à ses côtés. Toute relation amoureuse qui se nouerait entre deux individus travaillant dans le même milieu ne pouvait qu'être nuisible à l'ensemble.

Parmi les infirmières présentes à Scutari, je crois que seule Mrs Elizabeth Roberts, célibataire comme Florence, trouvait quelque grâce à ses yeux[1]*. Il est vrai que c'était une personnalité exceptionnelle ; peut-être la plus compétente de toutes. Il y avait aussi sœur Mary Clare Moore qui occupait une place particulière dans le cœur de Miss Nightingale. C'était une religieuse catholique qui avait appartenu au couvent de Bermondsey. Et, là, j'en arrive à un point important.*

1. Le terme de Mrs (« Madame ») s'appliquait même aux infirmières célibataires. Elizabeth Roberts figure aux côtés de Florence sur la célèbre toile de Jerry Barrett : *The Mission of Mercy, Florence Nightingale Receiving the Wounded at Scutari* (1856).

Nous pouvions tous constater que les rapports entre Miss Nightingale et les religieuses catholiques étaient généralement sereins et chaleureux alors qu'il n'en était pas de même avec les anglicanes. Loin s'en faut ! La raison en est simple. Avant notre départ pour la Crimée, de toutes les recommandations que l'on avait notifiées aux religieuses anglicanes, il en existait une qui dominait largement toutes les autres : l'interdiction formelle de faire du prosélytisme auprès des soldats catholiques. Or, la plupart des religieuses jugeaient cet interdit non seulement absurde, mais impie. Elles n'avaient pas fait tout ce voyage uniquement pour vider des bassines ! Non. Elles étaient là pour accomplir une mission sacrée : convertir ! Elles estimaient que leur rôle ne consistait pas à sauver des vies, mais des âmes. Sachant que Miss Nightingale appartenait à la même Église qu'elles, ces dames étaient persuadées qu'elle partagerait leur vision. Ce fut tout le contraire. La vue d'une religieuse en train de prêcher la bonne parole au chevet d'un homme en train d'agoniser plongeait Florence dans un état proche de l'hystérie. Elle avait toujours défendu l'idée que l'appartenance à une religion ou à une autre n'avait strictement aucune importance. Les anglicanes pensaient exactement le contraire. En observant les rapports bienveillants que Florence entretenait avec la sœur Moore, elles en conclurent qu'elle avait secrètement adhéré aux papistes[1] *et elles se hâtèrent de répandre la rumeur dans toute la communauté.*

Cette rumeur fit tache d'huile. Le Daily News

1. Terme péjoratif utilisé par les protestants pour désigner les catholiques romains.

publia un article accusant Miss Nightingale d'appartenir aux tractariens[1] *! Quelle stupidité ! L'auteur critiquait violemment la présence à Scutari de religieuses catholiques et concluait en disant qu'il n'était pas trop tard pour remédier à cette « offense », si la nation tout entière manifestait sa réprobation.*

La controverse était furieusement engagée. Même l'intervention de Lord Herbert ne put y mettre fin. Il fallut une déclaration de la reine elle-même pour que retombe la fureur des fanatiques.

En réalité, Miss Nightingale était profondément opposée à toutes les formes de prosélytisme, sans distinction. Une religieuse catholique prosélyte ne trouvait pas plus de grâce à ses yeux qu'une anglicane. Mais le pire devait survenir avec l'arrivée impromptue d'un nouveau contingent d'infirmières envoyé par Lord Herbert. Un drame. Je n'en vis que les prémices. Une semaine après l'arrivée du groupe, je fus contrainte de plier bagages et de rentrer en Angleterre...

1. Ou Mouvement d'Oxford (*Oxford Movement*). Il s'agissait d'un courant théologique anglais du XIXe siècle dont les partisans — pour la plupart des membres de l'université d'Oxford — cherchèrent à démontrer que l'Église anglicane pouvait parfaitement s'inscrire dans la succession apostolique. Ce courant théologique est également connu sous l'appellation de « tractarianisme » (*Tractarian Movement*), en référence à la publication d'une série de tracts (pamphlets) publiés entre 1833 à 1841. Dans l'un d'entre eux, il est affirmé que les doctrines de l'Église catholique, telles que le concile de Trente les avait définies, étaient tout à fait compatibles avec les Trente-neuf Articles, fondateurs de l'Église anglicane au XVIe siècle. Cette théorie, qui n'était en fait qu'une volonté de rapprochement des deux Églises, souleva un véritable tollé.

Brink leva des yeux interrogatifs vers Mr Clarke.

— Votre mère parle d'un conflit majeur qui serait survenu une semaine avant son départ. Savez-vous de quoi il est question ?

L'homme fit non de la tête.

— Vous n'en avez pas la moindre idée ?

— J'ai vaguement entendu prononcer le nom d'une personne qui était impliquée. Une certaine Mary. Mais je ne sais rien de plus.

Au moment où Brink restituait le cahier à son interlocuteur, une feuille pliée en deux s'en détacha. Il la déplia et lut :

> *J'entends dire qu'il existe une guerre religieuse à propos de ma pauvre personne dans le* Times *et que Mr Herbert a pris ma défense généreusement. Je ne sais pas ce que j'ai fait pour être ainsi traînée devant le public. Mais je suis très heureuse que mon Dieu ne soit pas le Dieu de la Haute ou de la Basse Église, qu'Il ne soit ni romain ni anglican ni unitarien. Je ne crois même pas qu'il soit russe, bien que Ses desseins soient étrangement contre nous.*

•

13

> « Il n'est pas un officiel qui ne me brûlerait comme Jeanne d'Arc s'il le pouvait, mais ils savent que le ministre de la Guerre ne peut me révoquer, car le pays est avec moi. Voilà la situation. »

J'entends dire qu'il existe une guerre religieuse à propos de ma pauvre personne...

Henry Carter but une gorgée de sherry avant de commenter :

— Oui. J'étais au courant de l'incident. Notre chère Florence a vraiment essuyé la tempête. Inutile de vous dire ce que je pense de tout cela : *nonsense*[1] !

Brink hocha la tête.

— Cela me rappelle une phrase de ce poète anglais qui refusait tout dogmatisme religieux,

1. « Balivernes ! »

William Blake : « Les prisons sont bâties avec les pierres de la Loi, les bordels avec les briques de la Religion[1]. »

— C'est peut-être excessif, objecta Carter, mais l'idée est bien là.

— Depuis que j'ai pris connaissance des notes de la gouvernante, une question m'a taraudé l'esprit : par quel sortilège Florence a-t-elle réussi à briser les résistances de ses parents et les convaincre de la laisser partir en Crimée alors qu'ils enrageaient de la voir travailler à Harley Street ?

— Vous vous en doutez, ce ne fut pas chose aisée. Pour résumer l'affaire, disons que tout est parti d'un article signé par le correspondant du *Times* de l'époque. Ce journaliste...

— Russell.

— Oui. Howard Russell. Au lendemain de la bataille de Balaklava, il a publié un compte rendu de la situation sur le terrain qui émut tout le pays. Il y décrivait l'état pitoyable de nos services médicaux, l'absence de soins efficaces, bref, il dressait un tableau sans complaisance qui faisait froid dans le dos. Bien évidemment, cet article fut lu, non seulement par Florence, mais aussi par toute la famille Nightingale et par William en particulier, farouche partisan de Palmerston. Palmerston qui, je vous le rappelle,

1. *The Marriage of Heaven and Hell*, New York, Oxford University Press, 1994.

était favorable à cette guerre. Le père de Florence estimait, à l'instar du ministre, qu'il était vital de vaincre la Russie, non seulement pour la gloire de l'Angleterre, mais pour la sauvegarde de la démocratie dans le monde. À peine Miss Nightingale eut-elle pris connaissance de l'article du *Times* qu'elle expédia un courrier à l'épouse du ministre de la Guerre, Liz Herbert, dans lequel elle lui faisait part de son désir de partir pour la Crimée à la tête d'un groupe d'infirmières. Elle précisait que le voyage et les salaires seraient subventionnés grâce à des donations. Parallèlement, elle se rendit auprès du Dr Andrew Smith, responsable du département médical de l'armée, et lui exposa son projet. La réaction du médecin fut plutôt réservée. Il imaginait mal des infirmières immergées dans un milieu hostile, à des milliers de miles de Londres. De plus, il était convaincu — comme la majorité des Britanniques — que cette guerre ne durerait pas plus de quelques semaines. De retour à Harley Street, un pli attendait Miss Nightingale. Il était signé du ministre de la Guerre. Sidney Herbert lui proposait, non, il la *suppliait* de bien vouloir accepter de partir pour la Crimée, reprenant point par point le contenu de la lettre que Florence avait envoyée quarante-huit heures auparavant à son épouse. Pour conclure, il lui proposait le titre de directrice générale du corps d'infirmières des hôpitaux généraux militaires anglais en Turquie. En fait, la lettre du ministre et celle de Miss Nightingale s'étaient croisées.

— Coïncidence...

— Non. Prise de conscience simultanée. Mais Mr Herbert avait aussi eu la sagesse d'envoyer un courrier aux parents de Florence. Il savait, mieux que quiconque, que sans leur bénédiction le projet n'aurait aucune chance d'aboutir. Il expliquait dans sa lettre qu'il n'existait pas une seule femme dans tout le pays capable d'organiser et d'accomplir cette mission. Selon lui, seule une femme de la trempe de Miss Nightingale serait en mesure de résister à toutes les pressions que le milieu médical de Scutari ne manquerait pas d'exercer sur elle. En quoi il voyait juste. Les parents de Florence, émus sans doute et transportés par un élan patriotique, donnèrent leur consentement : leur fille pouvait partir en Crimée pour la plus grande gloire de l'Empire britannique. Ils étaient aussi rassurés de savoir que le couple Bracebridge l'accompagnerait. Très vite les choses se mirent en place. Une note fut envoyée par Sidney Herbert à l'ambassadeur anglais à Constantinople, Lord Stratford, ainsi qu'à Lord Raglan et bien entendu au Dr Duncan Menzies, le responsable de l'hôpital de Scutari. Vous connaissez la suite.

Brink médita un bref instant.

— Les notes de Mrs Clarke font allusion à un drame qui serait survenu peu de temps avant qu'elle ne quitte la Crimée. Peut-être en auriez-vous entendu parler ?

Carter fronça les sourcils.

— Un drame ?

— Helen a cité le nom d'une certaine Miss Stanley et...

— Oh ! Bien sûr ! *A real mess*[1] !

— Que s'est-il passé ?

— Un matin de décembre 1854, Miss Nightingale reçoit une lettre signée de Mr Herbert, l'informant qu'un groupe de quarante-sept infirmières, mené par Miss Mary Stanley, est en route pour Scutari. Herbert, en toute bonne foi, pensait que ces femmes ne seraient pas de trop pour aider le « Rossignol ». Au passage, je m'empresse de vous faire observer que le groupe était composé uniquement de catholiques. En prenant connaissance de l'information, Florence entra dans une véritable fureur.

Brink fit des yeux ronds.

— Fureur ? Alors qu'en toute logique elle aurait dû se montrer ravie ?

— La logique, mon cher, n'est pas toujours le propre des caractères hors norme.

— Et... ?

— Elle s'est précipitée dans sa chambre et, de sa plus belle plume, elle a rédigé une missive incendiaire à l'intention de Mr Herbert.

— Incendiaire ?

1. Au figuré : « un vrai bazar ».

En guise de réponse, Henry Carter se leva, alla récupérer une chemise dans un secrétaire.

— Tenez, dit-il en brandissant une feuille manuscrite. Ce n'est qu'un extrait.

Vous avez sacrifié la cause qui était la plus chère à mon cœur! Vous m'avez sacrifiée, ce qui importe peu, mais vous avez surtout trahi vos propres engagements à mon égard. Vous me mettez au pied du mur! Les conditions de ma présence ici devenant intenables, vous me contraignez à la démission. Je ne resterai à mon poste que le temps de prendre les mesures qui s'imposent à l'endroit de ces pauvres errantes [sic].

Vous devriez réfléchir à leur devenir. Doivent-elles s'installer à Malte[1], *à Therapia*[2] *ou ailleurs? Ou doivent-elles faire demi-tour et rentrer chez elles? En attendant que vous nommiez ma remplaçante, je continuerai de remplir mes fonctions du mieux que je pourrai. Votre dévouée...*

P.-S. : Sachez que l'arrivée en surnombre de catholiques va faire enrager la majorité des infirmières présentes ici[3] *!*

Abasourdi, Brink observa :

— C'est quand même incroyable, cette réaction. Voici un homme qui cherche à voler à son

1. Au moment de la guerre de Crimée, l'île de Malte était utilisée comme un avant-poste.

2. Ou Tarabya. Sur la rive européenne du Bosphore.

3. Florence Nightingale, *Letters from the Crimea, 1854-1856*, édité par Sue M. Goldie, Manchester, New York, Mandolin, 1997.

secours et elle le rabroue comme s'il s'agissait d'un importun.

Carter haussa les épaules.

— C'est du « Rossignol » tout craché.

— Comment a réagi ce pauvre Sidney ?

— En parfait *Englishman*... Il lui a répondu sur un ton infiniment courtois qu'il était réellement désolé. Que cette affaire d'infirmières lui brisait le cœur, mais dans le même temps il l'a alertée, laissant clairement entendre qu'il serait bien dommage de renvoyer ces femmes avant même de les avoir mises à l'épreuve. En s'enfermant dans son refus, elle prenait le risque de se priver d'éléments de qualité.

— On voit là toute l'habileté du diplomate, commenta Jonathan. J'imagine qu'elle n'a pu que plier.

— Oui et non. De toute façon, entre nous, croyez-vous vraiment qu'elle eût été capable de claquer la porte et de rentrer en Angleterre pour une raison que personne n'aurait pu comprendre ? Souvenez-vous : de l'excès, toujours de l'excès. Toujours cette attitude de victime. En revanche, si Mr Herbert a réussi à se maîtriser, on ne peut pas en dire autant de Liz, son épouse. Elle a composé une lettre plutôt amère à Mrs Selina Bracebridge, qui se trouvait, rappelez-vous, toujours aux côtés de Florence, à Scutari : « Quelle mouche l'a donc piquée ! Serions-nous devenus ses ennemis ? Faisons-nous tout à coup partie de ces êtres dont elle se méfie et qu'elle méprise ? Sidney se sent tout aussi blessé que moi. Toute cette affaire est très douloureuse et totalement incompréhensible. Mais, en y réfléchissant, je me dis que finalement Miss Nightingale est à notre image : une simple mortelle. »

— *No comment...* Mais, au fond, a-t-on une explication rationnelle sur le comportement de Florence ? Existait-il un contentieux entre elle et Miss Stanley ? La jugeait-elle incompétente ?

— J'en suis convaincu. Miss Stanley n'était pas une inconnue pour Miss Nightingale. Je crois bien vous en avoir déjà parlé. C'était la sœur du chanoine de Canterbury Arthur Penrhyn. Elle avait rencontré Florence à Rome alors qu'elle s'y trouvait avec les Bracebridge et, plus tard, ce fut grâce à elle que Miss Nightingale eut l'occasion d'enseigner pendant quelques mois à des enfants pauvres dans l'enceinte de la Ragged School de Westminster.

— Effectivement. Je m'en souviens.

— Et ce fut cette même Mary Stanley qui participa ardemment au recrutement du premier contingent de religieuses et ce fut elle aussi qui dessina leurs uniformes.

— Ces horribles vêtements qui faisaient ressembler ces dames à des épouvantails ?

— Exactement. Bien que douée de certaines qualités, Mary Stanley faisait partie de ces êtres égocentriques à souhait, désorganisés, paresseux, en demande constante, indisciplinés. Bref, si vous me pardonnez l'expression : *A pain in the neck*[1].. De plus, personne n'ignorait qu'elle était à la veille de se convertir au catholicisme, ce qui ne pouvait qu'accroître les tensions déjà existantes au sein de l'effectif anglican[2]. Pour vous donner un exemple de l'incompétence de cette dame, il faut savoir que, avant son départ d'Angleterre, le gouvernement lui avait confié environ mille cinq cents livres pour subvenir aux frais de voyage. Arrivée à Constantinople, elle ne possédait plus le moindre shilling. Une fois à Scutari, elle se présenta directement au Dr Cumming, qui avait remplacé le Dr Menzies, et l'informa qu'elle était là au même titre que Miss Nightingale. *Non comme sa subordonnée, mais comme son adjointe.*

Une lueur fusa dans les yeux de l'Américain.

— J'imagine d'ici la réaction de la Dame à la lampe.

— Deux médecins accompagnaient Mary Stanley, les Drs Percy et Meyer. Ils furent reçus par Miss Nightingale. Lorsqu'ils l'interrogèrent sur la question du logement, et autres détails pratiques, elle leur rétorqua sur ce ton glacial dont elle avait le secret que, malheureusement, toutes les chambres étaient occupées, que les responsables médicaux refusaient catégorique-

1. Littéralement : « une douleur dans le cou. »... Familièrement : « une emmerdeuse ».
2. Sa conversion eut effectivement lieu en avril 1855.

ment d'accueillir un nouveau contingent d'infirmières et qu'il n'existait pas l'ombre d'une maison à louer dans les environs de Scutari. Ce qui était vrai. Affolés, les deux médecins lui révélèrent alors qu'ils n'avaient plus un sou vaillant. Une aide financière serait la bienvenue. Toujours bardée de sa belle indifférence, Florence leur répliqua qu'elle n'avait reçu aucune instruction du ministère et qu'il était hors de question qu'elle utilisât les fonds de l'État sans une autorisation écrite. Néanmoins, elle voulait bien leur avancer quatre-vingt-dix livres sur sa cassette personnelle.

— Mais alors ? Où s'est installée Miss Stanley ? Qu'est-il advenu de son équipe ? Ils ne sont tout de même pas repartis !

Henry Carter se resservit un verre de sherry.

— En deux mots. L'infortunée Miss Stanley a filé pour Therapia où résidaient l'ambassadeur anglais, Lord Stratford, et son épouse. Entre deux tasses de darjeeling, elle leur a confié son désarroi : « Que vais-je devenir ? Seigneur, c'est une catastrophe ! » Compatissant, le diplomate réussit à lui trouver une chambre au Seraglio, l'hôpital pour convalescents de Therapia. Quant à Lady Stratford, elle décréta doctement que Miss Nightingale *had really gone too far.* Qu'elle avait dépassé la mesure. Finalement, au terme d'âpres tractations, la mission Stanley se dispersa dans différentes institutions : un certain nombre d'infirmières partirent pour l'hôpital général de Balaklava. D'autres suivirent Miss Stanley, promue pour l'occasion responsable en chef de l'hôpital de Koulali, à quelques miles de Scutari. Les dernières infirmières — les plus compétentes sans doute — furent mutées aux côtés de Miss Nightingale. Tout cela ne se fit pas sans douleurs et ressentiments. Dans une nouvelle lettre à Mr Herbert, la Dame à la lampe a enfoncé le clou. Elle a protesté contre le « plan Koulali », affirmant que cela n'aboutirait qu'à « un flirt spirituel entre nurses et soldats ».

Carter marqua un temps de silence. Puis :

— Tout ce méli-mélo a l'apparence d'un insupportable caprice, d'une crise d'ego de Miss Nightingale. Il n'en est rien. En quelques semaines, la gestion de la chère Miss Stanley à Koulali se révéla désastreuse. Il n'y eut pas l'ombre d'une réforme. Les blessés affluaient et les soins qu'on leur prodiguait se limitaient au strict minimum. Elle n'eut de cesse de harceler le gouvernement pour qu'on lui expédie de nouveaux fonds, lesquels disparaissaient comme par enchantement. L'équipe d'infirmières dont elle avait la charge passait le plus clair de son temps à s'enivrer et à flirter avec les officiers et les médecins. Bientôt, Lady Stratford qui, au début, avait pris la défense de Miss Stanley, décida de la battre froid et la déclara *persona non grata*. Au début du mois d'avril 1855, la position de cette dame était devenue intenable. Critiquée, méprisée de tous, elle fut obligée de faire ses valises et de s'en retourner en Angleterre, accompagnée par une partie de ses protégées. Mortifiée, elle n'eut désormais qu'une seule idée en tête : se venger de Florence. Tout Londres retentit alors de sa vindicte. Il ne se passait pas un seul jour sans qu'elle proférât des insanités sur le travail de la Dame à la lampe. Ah ! Si vous saviez comme chez certains êtres l'hypocrisie peut atteindre des sommets...

Carter médita pendant quelques instants, le regard fixé sur un point invisible. Comme s'il se décidait tout à coup, il se leva, quitta la pièce sans un mot. Lorsqu'il revint, il tenait un pli entre ses mains. Il le confia à l'Américain.

Londres, octobre 1855

Ma très chère Florence,

J'aurais tellement aimé que vous fussiez de retour au pays cet été ! J'aurais pu vous faire partager toutes les expériences que j'ai acquises depuis que je suis revenue en Angleterre. Ainsi vous seriez repartie pour le Levant forte d'un plus grand savoir.

J'ai appris par Lady Coltman[1] *que vous commenciez à vous intéresser à la manière d'améliorer le mental des malades. La nouvelle m'a enchantée. Vous n'êtes pas sans savoir combien ce domaine me passionne, et combien je fus triste lorsque vous m'avez annoncé que le gouvernement ne souhaitait pas que vous vous dispersiez entre maladies physique et psychologique.*

1. Bertha Coltman, une cousine de Florence.

Mais trêve de propos professionnels. Revenons à ma *Florence. Comme j'eusse souhaité que nous nous retrouvions toutes les deux pour évoquer les merveilleux instants que nous avons partagés. Ma très chère Florence, si par mégarde j'ai pu vous causer du chagrin, je vous prie, du fond de mon cœur, de bien vouloir me pardonner. [...] Dans mes moments de solitude, je repense à tout ce que vous représentez à mes yeux, et vos mots de sympathie me manquent terriblement. [...] Dieu vous bénisse, ma très chère amie, en espérant que vous m'accorderez ne fût-ce qu'une ligne qui me dira que vous m'aimez toujours.*

MARY.

Brink remarqua quelques mots griffonnés sur un coin de la lettre, mais d'une autre écriture : « Sait-elle qu'elle ment ? Sait-elle que je sais qu'elle ment ? Sait-elle que je sais qu'elle sait qu'elle ment ? Est-elle folle, méchante ou idiote ? »

Il pointa la phrase du doigt.

— Qui a écrit cela ?

— Qui croyez-vous ? Florence bien évidemment.

— Lucide donc. Et elle a réagi à cette lettre ?

— Pas sur-le-champ. Elle a attendu le début du mois de décembre : « Je ne connais pas de Mary Stanley, écrivit-elle, et quant à celle que j'ai pu connaître, je n'ai rien à lui dire. Elle a sali mon travail et ma réputation, elle a tenté de m'affaiblir, d'éroder mon courage, elle en qui j'avais foi, elle que j'ai aimée, elle qui avait toute ma confiance. »

— Voilà qui est sans équivoque.

— Croyez-vous que Miss Stanley a compris la leçon ? Aucunement ! Elle a agi comme si de rien n'était et a continué à écrire de misérables lettres, et ce, jusqu'au jour où Florence s'est décidée à mettre le point final. S'il devait y avoir un pardon, ce n'est pas auprès d'elle, de Florence, qu'elle aurait une chance de le trouver, mais dans le cœur de *l'autre* Mary, celle que Florence avait tant aimée et appréciée.

Brink tendit la main vers la carafe de sherry.

— Puis-je ?

— Bien sûr.

— Sacré personnage, tout de même. Capable de la plus grande humanité envers les malheureux, les laissés-pour-compte, et redoutable à l'égard de tous les autres.

— Elle estimait sans doute qu'il ne sert à rien de donner à ceux qui possèdent. Mais je crois surtout — et mon hypothèse va vous choquer — que la Dame à la lampe n'aimait pas vraiment le monde. J'entends, le monde en général. Je l'ai toujours soupçonnée d'éprouver, sinon du mépris pour le genre humain, du moins de l'indifférence. Ce qu'elle aimait par-dessus tout, c'était donner. Or, on peut donner sans pour autant aimer... Mais revenons à l'essentiel. Votre biographie. Avez-vous pu entrer en rapport avec d'autres personnes qui ont connu de près ou de loin Miss Nightingale ?

— Figurez-vous que, après mon voyage à Caernarfon, je me suis rendu à la British Library et, alors que je compulsais les archives sur la guerre de Crimée, j'y ai fait deux découvertes. La première est une série de réflexions qui parlent de Miss Nightingale. Je les ai recopiées. Malheureusement, je n'ai eu aucun moyen de vérifier qui en est l'auteur. Juste deux initiales : R. R.

Il fouilla dans la poche intérieure de sa veste et en extirpa un carnet à spirale qu'il remit à Carter.

— Jugez-en par vous-même.

Henry Bonham Carter restitua le carnet à l'Américain.

— J'apprécie le passage qui me concerne, dit-il avec un petit sourire. Il est exact que j'ai beaucoup fait à cette époque pour rassembler le maximum d'ouvrages. À propos du « carrosse », cela vous amusera peut-être de savoir qu'il a donné lieu à une sacrée crise de colère de notre chère Florence. En 1897, il fut décidé que l'on célébrerait les soixante ans de règne de la reine Victoria. Une imposante exposition fut mise sur pied où l'on chercha à réunir des « reliques » de la guerre de Crimée. Le fameux « carrosse » en faisait partie. Tout naturellement, Miss Nightingale fut assaillie de demandes. On voulait —

entre autres — qu'elle confiât aux organisateurs des portraits ou des photos d'elle et qu'elle vînt sur place signer des autographes. Sa réaction fut lapidaire : « Quoi ? s'exclama-t-elle. Des reliques de la guerre de Crimée ? Oh ! Quelle absurdité que celle des gens ! Quelle vulgarité ! Des reliques ? Mais que sont-elles ? À mes yeux, la seule relique digne de ce nom est le souvenir de notre ignorance passée et de nos tragiques erreurs. Elles sont là, les reliques ! Il est hors de question que je me prête à ce jeu stupide, ou que je confie des portraits de ma personne que je ne possède d'ailleurs pas ! Je ne mettrai pas les pieds dans cette exposition ! Songez à tout le travail que des gens tels que Mr Herbert ont dû abattre pour qu'un minimum de progrès fût apporté à notre armée ! Songez au labeur et aux souffrances des anonymes qui se sont battus pour qu'émerge un embryon de service sanitaire ! Une exposition ? Alors qu'en ce moment une épidémie de peste dévaste la ville de Bombay ! »

— C'est bien du Nightingale...

Henry Carter se mit à rire.

— C'est bien du Nightingale aussi d'opérer une volte et de changer d'avis. Car, le moment de colère passé, elle a tout de même fini par se rendre à ce jubilé et a joué le jeu. Mais vous avez mentionné deux découvertes. Je vois ces notes. C'en est une en effet. Et la seconde ?

Brink cita de mémoire :

— « Elle est accompagnée dans son périple par sa fidèle amie, Mrs Bracebridge, toujours prête à la servir, et d'une infirmière, Mrs Roberts, qui lui est tout aussi dévouée. *Il y a aussi Mr Soyer le Grand.* » Ni vous ni personne à ce jour n'a mentionné le nom de ce monsieur. Avez-vous une idée de son identité ?

— Soyer le Grand ?

Carter se frotta le menton à plusieurs reprises, pensif.

— Non, finit-il par répondre. Je ne vois pas. Et pourquoi ce surnom de « le Grand », en français dans le texte ?

— À mon avis, c'est parce qu'il doit s'agir d'un Français tout simplement.

— Avez-vous essayé d'approfondir vos recherches à la British Library ?

— J'avoue que non. Mais je compte bien retourner là-bas dès demain. Et avec un peu de chance... Qui sait ?

— Soyer le Grand..., répéta Carter. Curieux... Très curieux.

14

« C'est la nature seule qui soigne... »

C'était la quatrième fois en six jours qu'il franchissait l'impressionnant portique à colonnes ioniques qui projetait ses ombres majestueuses sur Great Russell Street. Il arriva au sommet des marches et se glissa dans l'enceinte du musée. Le British Museum n'était d'ailleurs pas un musée, mais un monument en soi, un hymne à la gloire de la toute-puissance britannique, le « grenier du monde », comme se plaisait à dire le conservateur, Mr Grenville. Entre les marbres d'Elgin, arrachés à la frise du Parthénon, le buste de Périclès, les momies égyptiennes et la pierre de Rosette, ici sommeillaient depuis un peu moins de deux siècles des pans entiers de la culture humaine.

Brink entra dans la gigantesque salle de lecture circulaire et aperçut tout de suite Mr Grenville qui l'attendait. Le petit homme — il ne faisait guère plus de un mètre cinquante-cinq — ajusta ses lunettes sur son nez, et tendit une main fébrile à l'Américain. Mr Stephen Grenville n'avait vraiment rien en commun avec l'un de ses plus illustres prédécesseurs, considéré comme le créateur même de la British Library[1] : Sir Anthony Panizzi. Un Italien de Parme, naturalisé anglais, qui dessina lui-même l'admirable salle de lecture.

— Je crois que j'ai trouvé quelque chose qui pourra vous intéresser, chuchota Grenville.

La voix était tout aussi fébrile que le geste, ce qui entraînait chez le conservateur une forme de bégaiement assez singulière.

Sans perdre de temps, il entraîna l'Américain à pas feutrés vers l'une des rangées de pupitres qui se profilaient d'un bout à l'autre de la salle et l'invita à s'asseoir.

— Attendez-moi. Je reviens.

Des rais de soleil fusaient à travers les fenêtres qui formaient un cercle sous l'immense dôme posé à plus de cent pieds de hauteur[2]. Là-bas sur la droite, cet homme chauve, à la moustache drue, n'était-ce pas le grand Kipling? À moins que ce fût Bernard Shaw? Ou bien le fantôme de Karl Marx dont Mr Grenville affirmait qu'il fut un visiteur assidu de l'endroit?

1. Ce n'est qu'à partir de 1998 que la British Library fut transférée à l'endroit qu'elle occupe actuellement, dans le quartier de St. Pancras, au 96 Euston Road.
2. Environ 30 mètres.

— Voici, monsieur Brink.

Le conservateur posa plusieurs documents sur le pupitre et précisa :

— Tout est là.

Et, sans un mot de plus, il repartit en trottinant.

Brink saisit le premier feuillet.

Alexis Benoît Soyer, cuisinier français était inscrit en lettres jaunies.

Cuisinier ? Que venait faire un cuisinier, français de surcroît, dans cette histoire ?

Il s'empressa de lire la suite.

> Né le 4 février 1809 à Meaux, décédé le 5 août 1858 à Londres.
>
> Alexis Soyer a commencé sa carrière comme apprenti chez son frère qui était lui-même cuisinier. À vingt et un ans, il entra au service du prince de Polignac au ministère des Affaires étrangères.
>
> À partir de 1830, lorsque s'installe la monarchie de Juillet, il quitte la France pour Londres où il intègre, l'année suivante, la maison du duc de Cambridge.
>
> En 1837 il fut engagé comme chef cuisinier au Reform Club[1] de Londres. Il fit rénover les locaux, ce qui lui permit d'y introduire de nombreuses innovations, dont une broche mue à la vapeur et des fourneaux à température réglable.
>
> Le 28 juin 1837, il prépara un petit déjeuner pour

1. Le Reform Club était à l'origine un club exclusivement réservé aux hommes, au sud de Pall Mall (au numéro 104) au centre de Londres. Les femmes n'y furent admises qu'à partir de 1981. Des personnalités comme Winston Churchill, Conan Doyle, Lord Palmerston ou encore H.G. Wells firent partie de ses membres les plus réputés.

deux mille personnes à l'occasion du couronnement de la reine Victoria.

Devenu le chef cuisinier le plus célèbre de Londres, il se consacra (après la mort en couches de sa femme) aux œuvres de charité. Lors de la famine provoquée en Irlande par la maladie de la pomme de terre, il se rendit à Dublin et improvisa un restaurant qui servait de la soupe et de la viande à prix réduit. À cette occasion, il conçut également une recette de « soupe populaire » et rédigea un ouvrage intitulé *Soyer's Charitable Cookery (La cuisine charitable de Soyer)* dont il reversa la totalité des droits à diverses organisations de bienfaisance.

En mai 1850, il abandonna le Reform Club pour créer un restaurant français à Kensington, entreprise qui se solda par un échec.

Alexis Soyer fut aussi l'auteur d'un grand nombre d'ouvrages de cuisine, dont *A Shilling Cookery for the People*, qui se vendit à plus de cent mille exemplaires en moins de quatre mois. Ce livre de recettes était principalement destiné aux gens modestes qui ne pouvaient se permettre d'acquérir des ustensiles de cuisine raffinés ou des ingrédients trop coûteux. Certaines de ses recettes, telles que l'*Irish stew* (« ragoût irlandais »), connurent un succès considérable. On lui doit aussi la sauce *à la Reform* et les côtelettes de mouton *à la Reform*.

Au cours de la guerre de Crimée de 1855, il se proposa de rejoindre les troupes à ses frais en tant que « conseiller en cuisine militaire ». Il réorganisa, avec Florence Nightingale, l'approvisionnement des hôpitaux et des bivouacs, imaginant des plats à base de légumes pour prévenir le scorbut. Revenu à Londres, il donna, sur le thème de « L'alimentation militaire », une série de conférences à l'intention des autorités concernées et publia *Soyer's Culinary Campaign*, un recueil de ses expériences culinaires en Crimée.

Décédé le 5 août 1858, il repose au Kensal Green Cemetery[1].

Brink se demanda s'il ne rêvait pas. Un maître queux français œuvrant aux côtés de la Dame à la lampe ?

Une note était jointe à ce descriptif.

Il la détacha.

C'était une lettre.

Elle était adressée au rédacteur en chef du *Times*.

Londres, 5 février 1855

Monsieur,

Après avoir découvert et lu avec la plus grande attention l'article rédigé par Mr Howard Russell, votre correspondant à Scutari, je constate que, malgré tous les efforts surhumains entrepris par Miss Florence Nightingale, nourrir convenablement les soldats demeure un problème majeur. Aussi, si le gouvernement de Sa Majesté voulait bien m'accorder sa confiance, je suis disposé, à titre gracieux et toutes affaires cessantes, à me rendre en Crimée afin de remédier à ce que j'appelle une tragédie.

J'ai l'honneur, Monsieur, de rester votre obéissant serviteur.

ALEXIS SOYER.

Ainsi, songea Brink, ce serait donc lui, ce mystérieux Soyer le Grand ?

1. L'équivalent anglais du Père-Lachaise.

L'Américain n'était pas au bout de ses surprises. Après avoir rangé la lettre et la biographie succincte du personnage, il découvrit une chemise cartonnée dans laquelle étaient réunis plusieurs articles issus de l'*Illustrated London News*.

Le premier d'entre eux était intitulé :

PHILEAS FOGG ET PASSEPARTOUT

Londres 20 mars 1855

Nous venons d'apprendre que Mr Alexis Soyer, le grand chef français bien connu des fins gourmets de la capitale et des membres du très select Reform Club, est finalement arrivé sain et sauf à Scutari, en Crimée.

Pour nos lecteurs qui ne s'en souviendraient plus, nous rappelons les faits.

À la suite d'un article paru en février dernier dans le *Times*, Mr Soyer, armé d'une volonté à toute épreuve, avait fait le siège des bureaux ministériels, et réussi à obtenir une série d'entrevues avec des personnalités aussi réputées que Mr et Mrs Sidney Herbert; le secrétaire d'État à la Guerre, Lord Panmure; le duc et la duchesse de Sutherland[1], et d'autres personnes tout aussi haut placées. Lorsqu'il leur exposa son projet de partir en Crimée afin de seconder Miss Nightingale et d'œuvrer à ses côtés pour améliorer le quotidien de nos soldats, il lui fut vivement conseillé d'abandonner l'idée étant donné les dangers qu'il risquait d'encourir. Mais Soyer persista. Il soumit aux intéressés un four mobile

1. Harriet duchesse de Sutherland était alors la maîtresse de la garde-robe de la reine Victoria et une amie intime de la souveraine.

construit de ses propres mains. Ce four, affirmait-il, serait grandement utile pour cuisiner dans les bivouacs. Il eut finalement gain de cause. Aussitôt, il se mit en quête d'une personne qui serait prête à le suivre et à le seconder. Bientôt, il obtint l'accord d'un jeune homme de couleur (très beau, précisons-le), un certain Mr Taylor qui, pour des raisons inconnues, se faisait appeler T.G. Comment et où Mr Soyer a-t-il fait la connaissance de T.G. ? De quelle manière réussit-il à le persuader ? Nous n'avons jamais pu le savoir avec précision. Interrogé à ce sujet, Mr Soyer s'est contenté de nous répondre que le dénommé T.G. avait accepté de partir sans la moindre hésitation.

Après une première étape à Boulogne, les deux hommes gagnèrent Paris, puis Marseille. C'est là que Mr Soyer s'aperçut quil avait égaré son portefeuille. Convaincu qu'il l'avait oublié à Boulogne, dans l'auberge où ils avaient passé la nuit, il pria son secrétaire de sauter dans le premier train afin de récupérer le précieux objet. Mais rien ne se déroula comme prévu. À peine Mr Taylor, dit T.G., parti pour Boulogne, le Français retrouva le portefeuille sous son lit. Sans tarder, il fit parvenir un message aux responsables de la compagnie des trains dans lequel il expliquait la situation et les priait de prévenir son secrétaire. Hélas, ce message fut mal interprété. Pour des raisons obscures, la compagnie avait conclu qu'« un Noir avait dérobé le portefeuille d'un Français ». L'infortuné T.G. fut appréhendé par la police et Soyer dut retourner ciel et terre pour convaincre ces messieurs que tout cela était le fruit d'un absurde malentendu !

À quelque chose malheur est bon, car c'est en attendant à Marseille le retour de son secrétaire que Soyer découvrit la recette d'un plat dont il n'avait jamais entendu parler jusque-là et que les gens de cette ville appellent la bouillabaisse.

De toute évidence, Mr Soyer n'était pas très pressé

de se rendre à Scutari. Après Marseille, lui et T.G. se sont rendus en Corse afin de visiter la maison natale de Napoléon, puis à Athènes, où, au pied du Parthénon, le grand chef a pris le temps de préparer un petit déjeuner pour tester l'efficacité du four mobile de son invention.

C'est avec l'impatience que nos lecteurs devinent que nous guetterons désormais les nouvelles aventures de Mr Soyer et de T.G. Elles seront, n'en doutons pas, aussi passionnantes que celles des deux héros imaginés par le célèbre romancier français (M. Jules Verne) : Phileas Fogg et Passepartout.

Réalité ou roman ? pensa aussitôt Brink. Décidément cette histoire n'avait pas fini de le surprendre. Il s'empressa de parcourir les articles suivants. Cette fois, ils étaient signés de la main d'Alexis Soyer en personne.

Scutari, ce 3 avril 1855

Ni T.G. ni moi n'imaginions nous retrouver dans une antichambre de l'enfer. Un enfer uniquement adouci par la présence d'une sainte femme qui porte le nom de Florence Nightingale. Je viens de faire sa connaissance. Elle m'a accueilli avec la plus charmante délicatesse et a manifesté un intérêt sincère lorsque je lui ai exposé ma vision des choses concernant l'alimentation des soldats. Je n'eus pas besoin de faire d'effort pour la convaincre : elle était déjà pleinement consciente des lacunes et de la nécessité de nourrir plus sainement, non seulement les malades, mais aussi les bien-portants. Depuis son arrivée ici, m'a-t-elle confié, les problèmes alimentaires n'ont cessé de la préoccuper. Pour elle, un homme en bonne santé qui se nourrit mal est un homme vulnérable. Un malade ou un convalescent le sont cent fois plus.

Elle m'a emmené visiter les locaux qui servent de cuisine. Jamais de toute mon existence je n'ai été confronté à une vision aussi triste, à un tel manque d'esprit pratique. À titre d'exemple, je constatai qu'une fois les pièces de viandes bouillies, on se débarrassait du bouillon. Je m'empressai de décrire tous les bienfaits que ce liquide recelait et j'expliquai que l'on pouvait en tirer de magnifiques soupes extrêmement nutritives. Sans perdre un instant, et avec la bénédiction de Miss Nightingale, je me suis lancé dans la réfection des cuisines. J'ai toute confiance que d'ici peu les soldats de Sa Majesté retrouveront le goût de la vraie nourriture.

Scutari, 15 avril 1855

Hier soir, ne pouvant trouver le sommeil, j'ai quitté ma chambre pour aller prendre l'air. C'est à ce moment que j'ai entendu du bruit au second étage. Juste au-dessus de l'endroit où je me trouvais. Intrigué, je suis monté. Parvenu à l'entrée de l'une des salles où reposent les malades, j'ai tendu l'oreille. Le silence. Mais un silence étrange. Ponctué de souffles et de respirations, tantôt saccadées, tantôt lentes et profondes. Une obscurité totale noyait le décor. Totale ? Non. Une mince lueur frissonnait dans un angle de la salle. Je m'approchai sur la pointe des pieds. Enveloppée dans la lueur comme dans un voile transparent, je vis une silhouette. Elle était penchée sur un homme. Je fis quelques pas de plus. Je pus apercevoir alors les traits de cet homme. C'était ceux d'un être qui s'apprête à passer de l'autre côté du miroir. Et la silhouette penchée sur lui et qui lui caressait tendrement le front, les lèvres, les joues avec la tendresse d'une mère était celle de Miss Nightingale. Confronté à la vision de ces deux êtres qui semblaient flotter dans le clair-obscur j'eus l'impression de me trouver devant une toile de Rembrandt.

Scutari, 20 avril 1855

Les soldats sont absolument enchantés de leurs nouvelles rations. Certains sont abasourdis de trouver des repas dignes d'un bon restaurant. Bien sûr, je vois les officiers qui se gaussent en silence. Quoi de plus naturel ? Eux qui avaient toujours bénéficié du meilleur, voilà que l'on s'intéressait tout à coup à offrir à leurs subalternes un peu de ce meilleur.

À bord du Robert Lowe, *13 mai 1855*

Hier nous avons fêté le trente-cinquième anniversaire de Miss Nightingale à bord du *Robert Lowe*, surnommé le *Robert Slow*, tant il est lent à se mouvoir. Il y avait là Charles et Selina Bracebridge, l'infirmière Eliza Roberts, T. G et moi-même et un tout jeune soldat irlandais qui appartient au 68e régiment d'infanterie légère, Robert Robinson, entièrement dévoué au service de la Dame à la lampe. C'est lui qui, avant d'être blessé au combat, et depuis qu'il est rétabli, accompagne Miss Nightingale la nuit, pendant qu'elle fait ses rondes. Il la suit et la protège comme s'il s'agissait de sa propre mère. Il n'a pas quinze ans.

Robert Robinson ? s'interrogea Brink. *Ce ne pouvait être que le mystérieux auteur des notes trouvées ici même, et signées* R. R*!*

Il poursuivit sa lecture :

Ce voyage a été décidé par Miss Nightingale. C'est en quelque sorte une tournée d'inspection. Elle tient à se rendre compte par elle-même de l'état des hôpitaux de Balaklava.

Le repas que j'ai préparé pour cet anniversaire fut, je crois, une parfaite réussite : rôti de bœuf arrosé d'une sauce à base de sherry, accompagné d'une salade assaisonnée au porto, et le tout agrémenté de fines tranches de stilton[1], ce fromage au goût incomparable.

Nous ne sommes pas seuls à bord. Plus de quatre cents soldats, remis de leurs blessures, reposent sous le pont. Ils seront débarqués à Balaklava, prêts, comme le dit Florence avec un certain cynisme, à tomber à nouveau sous les balles.

Balaklava, 16 mai 1855

Il nous a fallu pas moins de huit jours et demi pour parcourir les trois cents miles qui séparent Scutari de Balaklava. À notre arrivée, nous avons été accueillis par un groupe d'officiels parmi lesquels Sir John McNeil, le colonel Tulloch et le Dr John Sutherland, ce dernier étant depuis toujours un fidèle allié de Florence. Ces messieurs se trouvaient en Crimée depuis le mois de février, chargés par le gouvernement de Sa Majesté de rédiger un rapport détaillé sur l'état de l'armée et les conditions de vie dans les hôpitaux. Lord Raglan n'avait pu se déplacer, mais il avait fait parvenir à Miss Nightingale un mot de bienvenue. J'ai cru comprendre que lui et la Dame à la lampe avaient entretenu une correspondance assidue.

L'hôpital de Balaklava s'appelle le Castle Hospital. C'est là qu'une dame du nom de Mary Stanley avait sévi, et les traces de sa mauvaise gestion étaient toujours perceptibles.

1. Apparenté au bleu de Bresse. Connu par les Anglais sous le nom de « roi des fromages ».

Balaklava, 17 mai 1855

Miss Nightingale ayant exprimé le souhait de voir Sébastopol, nous avons franchi la dizaine de miles qui séparent la ville de Balaklava. Sébastopol est toujours en état de siège et semble prête à résister jusqu'à la fin des temps.

Florence est fascinée par le spectacle de cette citadelle — car c'en est une désormais — qui se détache dans le couchant. La vision qui l'a marquée le plus est celle des soldats alignés quatre par quatre, au coucher du soleil, prêts à regagner les tranchées. Étant donné la rudesse de l'hiver qui vient de s'écouler, elle m'a dit être surprise de voir qu'il existait encore une armée. Elle a une pensée pour tous ces soldats qui ne verront jamais le jour de la victoire. Mais cette victoire finira-t-elle par éclater ? Et quand ?

Il n'y a pas un endroit en Angleterre, ni village ni bourg, qui n'a ressenti le deuil de la perte d'un des siens tombé ici et je n'ai jamais connu personne — à part Miss Nightingale —, ni ici ni en Europe, qui, au cours des cent dernières années, ait accepté de sa propre initiative d'affronter tant de dangers, assumant une tâche que la plupart des hommes auraient trouvée repoussante. Elle a fait cela uniquement inspirée par le sens du devoir envers Dieu et par son désir de compassion.

Avant de repartir pour Balaklava, Florence a trouvé sur le sol une de ces balles que l'on appelle les balles Minié. Elle l'a ramassée, a cueilli quelques fleurs et, dès son retour à Scutari, a posté le tout à sa sœur Parthenope.

Balaklava, 18 mai 1855

J'ai appris que le Fonds Nightingale qui a été créé pour réunir de l'argent afin de venir en aide aux malheureux soldats blessés, ou à leurs familles, ne fait pas que des heureux. Il provoque aussi la jalousie et soulève des critiques malveillantes. Certaines dames à Londres s'insurgent à l'idée de valoriser le statut de la profession d'infirmière. C'est un comble ! Certains docteurs à Scutari ont nettement manifesté leur réprobation. Les mots me manquent pour décrire pareille attitude.

En revanche, l'intérêt et la sympathie que témoigne la famille royale à l'égard de Miss Nightingale viennent d'être confirmés par un courrier de la reine que j'ai eu le loisir de lire et dont j'ai gardé les grandes lignes en mémoire :

« Chère Miss Nightingale,

« Vous savez que je suis au courant de la grande dévotion chrétienne que vous démontrez dans cette guerre infâme. Je désire vous exprimer ma chaleureuse admiration pour vos services. Ils sont à mes yeux aussi dignes que ceux accomplis par mes braves soldats, ces soldats qui ont le privilège de voir leurs souffrances atténuées par vos bons soins. Je suis toutefois anxieuse de démontrer mes sentiments d'une manière qui, je l'espère, vous sera agréable, et pour cela je vous envoie avec cette lettre une broche dont la forme et l'emblème commémorent votre merveilleux et bénéfique travail. Je souhaite vous voir la porter comme un symbole de la reconnaissance et de la gratitude de votre Souveraine. Ce sera une grande satisfaction pour moi, quand vous reviendrez enfin de ces rives, de vous reconnaître comme étant la plus noble représentante de notre sexe. Mes prières vous accompagnent.

« Croyez-moi, toujours, votre sincère,

« Victoria R.[1] »

1. Il arrivera que Florence porte cette décoration lors de son séjour en Crimée, mais plus jamais une fois de retour à Londres.

La broche est magnifique. Au verso on peut y lire : « À Miss Nightingale, en marque d'estime et de reconnaissance pour sa dévotion envers les braves soldats de sa Reine — De Victoria R., 1855 »

Il n'en demeure pas moins que, en France aussi bien qu'en Angleterre, les peuples vivent très mal cette guerre qui n'en finit plus et l'enlisement du conflit. Il me souvient d'avoir entendu dans un café, lors de mon escale à Paris, un consommateur s'écrier : « C'est ici comme à Sébastopol, on ne peut rien prendre ! »

Balaklava, 20 mai 1855

Florence est au plus mal. Elle s'est littéralement effondrée sur sa couchette, à bord du *Robert Lowe* qui était resté amarré dans le port. Violents maux de tête, douleurs musculaires, vomissements. Un médecin appelé d'urgence nous a annoncé qu'elle avait contracté la fièvre de Crimée[1]. Dans son délire, la pauvre femme s'est mise à écrire des dizaines et des dizaines de lettres, toutes adressées à des personnalités purement imaginaires. Elle faisait vraiment peine à voir. Même T. G. était au bord des larmes.

On l'a transportée ce matin même au Castle Hospital.

Son état est des plus préoccupants. Nul ne sait si elle s'en remettra.

1. Appelée aussi brucellose ou encore fièvre de Malte. Elle fut décrite pour la première fois en 1861, sur l'île de Malte, par un médecin anglais nommé Marston. En l'absence de traitement efficace, elle peut se transformer en « brucellose focalisée ». Il se produit alors une constitution de foyers infectieux isolés ou multiples, ostéoarticulaires, neurologiques, hépatiques, génitaux ou cardiaques. Elle est mortelle dans 80 % des cas.

Balaklava, 25 mai 1855

Eliza Roberts, l'infirmière qui veille sur Miss Nightingale, vient de me rapporter une scène non dénuée d'intérêt : « Il était à peu près cinq heures de l'après-midi. Il pleuvait à verse. Miss Nightingale s'était assoupie. Elle avait passé une très mauvaise nuit. J'étais en train de coudre, assise dans la pièce qui jouxtait celle de la malade, lorsque j'entendis des éclats de voix qui montaient du couloir. Je suis immédiatement sortie, et je vis deux officiers enveloppés dans de larges manteaux, trempés de pluie. Je leur chuchotai : "Parlez moins fort, je vous prie." L'un des deux hommes me demanda alors où se trouvait la chambre de Miss Nightingale. Je la lui indiquai tout en précisant qu'elle dormait et que les visites étaient interdites. Faisant fi de mes commentaires, il se dirigea vers la porte, prêt à entrer. Je me précipitai et me plaçai en travers de sa route. "Non ! Je vous dis qu'elle dort ! Vous allez la réveiller !" Il déclina alors son identité d'une voix ferme : "Annoncez-lui Lord Raglan ! Elle me recevra." À peine eut-il prononcé ces mots que j'entendis Miss Nightingale qui s'exclamait : "Votre Seigneurie, je souffre d'une mauvaise fièvre. Il serait dangereux que vous vous approchiez de moi." Lord Raglan haussa les épaules et m'écarta de son passage en grommelant : "Je n'en ai que faire des mauvaises fièvres !" Et il se glissa dans la pièce. Je le vis prendre un tabouret et s'asseoir près de Miss Nightingale. Ils parlèrent bien longtemps. »

Eliza, que je soupçonne d'écouter aux portes, aurait entendu Lord Raglan poser cette question à Florence : « Votre père n'a-t-il pas vu d'un mauvais œil que vous viviez votre vocation[1] ? » Florence lui aurait aussitôt répondu : « Mon père n'est pas un homme comme les autres. Il a toujours estimé que

1. En anglais : « *your coming out* ».

les filles aussi bien que les garçons devaient servir leur patrie. Il m'a élevée dans cette conviction et m'a sacrifiée pour le bonheur du pays. Avant mon départ pour la Crimée, il m'a recommandé de ne revenir qu'avec ou *sur* mon bouclier. »

J'avoue avoir été quelque peu surpris de cette réplique. Je ne savais pas que le père de Florence avait réagi de manière aussi libérale.

Lord Raglan est reparti en fin de soirée.

Nous ne devions plus jamais le revoir.

Il est décédé le 28 juin.

Dix jours plus tôt, le 18, il avait lancé un nouvel assaut contre les positions russes qui défendaient Sébastopol. Ce fut un terrible échec. Deux mille cinq cents hommes périrent lors des affrontements. On dit que c'est cette défaite qui provoqua le décès de Lord Raglan : il serait mort de tristesse.

Les articles de Soyer s'arrêtaient là.

Brink demeura immobile, l'œil perdu dans le vague. Puis, il remonta à la date du 13 mai 1855 et relut un passage :

Un tout jeune soldat irlandais qui appartient au 68e régiment d'infanterie légère, Robert Robinson, entièrement dévoué au service de la Dame à la lampe. C'est lui qui, avant d'être blessé au combat, et depuis qu'il est rétabli, accompagne Miss Nightingale la nuit, pendant qu'elle fait ses rondes. Il la suit et la protège comme s'il s'agissait de sa propre mère. Il n'a pas quinze ans.

Il n'avait pas quinze ans...

15

> « Je suis une bien mauvaise mère de rentrer chez moi et de vous abandonner dans vos tombes de Crimée. Soixante-treize pour cent de huit régiments emportés en six mois par la seule maladie. Qui pense à cela aujourd'hui ? »

Pour un septuagénaire, et malgré sa forte corpulence, Robert Robinson semblait avoir bon pied et bon œil. Un visage très rond, des fétus dans les cheveux, un nez vermillonné, on eût dit un personnage sorti tout droit d'un roman de Dickens.

— Oh *dear* ! Vous me ramenez près d'un demi-siècle en arrière ! s'écria-t-il en frappant dans ses mains. C'est fou ! Florence, les Bracebridge, et ce cuistot de génie, Alex et son *boyfriend*, ce Noir, Taylor...

Brink plissa le front.

— *Boy-friend*? Vous voulez dire que Soyer et T. G... ?

— Évidemment ! Qu'est-ce que vous croyez ? Ça crevait les yeux ! De toute façon quelle importance, n'est-ce pas ? Les plats que le Français nous préparait avec des riens étaient absolument extraordinaires.

Il s'arrêta net pour s'enquérir :

— Mais comment diable avez-vous réussi à me retrouver ? (Il pointa une enveloppe posée sur la table basse.) Votre lettre ne le précise pas.

— Grâce à Mr Grenville, le conservateur de la British Library. Celui-là même qui m'a remis les quelques notes que vous aviez écrites et qui étaient signées R.R., ainsi que le journal d'Alexis Soyer. Ce dernier mentionne que vous avez appartenu au 68e régiment d'infanterie légère et que vous êtes irlandais. Il a donc suffi de compulser les archives militaires qui recensent les citoyens incorporés à partir de 1854 dans le régiment en question. Ensuite, j'ai contacté l'amicale des anciens de Crimée, qui m'avait déjà permis de retrouver un autre de vos frères d'armes, et voilà...

— Mes félicitations.

— À mon tour de vous poser une question, répliqua l'Américain. Comment se fait-il que vous soyez entré dans l'armée si jeune, quinze ans à peine ?

Robinson croisa ses mains sur sa panse.

— 1847, monsieur ! 1847. Cette date ne vous dit rien ? J'avais sept ans à l'époque !

Avant que Brink ne réponde, l'Irlandais enchaîna :

— La Grande Famine ! L'apparition du mildiou sur nos récoltes avait réduit de quatre-vingts pour cent la production de la pomme de terre. Des régions entières furent décimées. Plus d'un million de personnes sont mortes de faim et de maladies. Mon père faisait partie du lot. Ma mère, mes deux sœurs et moi avons donc fui pour l'Angleterre. Ma pauvre mère a été embauchée comme femme de ménage. Nous vivions dans un sous-sol avec les rats. D'ailleurs ce n'était pas une vie. Alors, le jour où la guerre a éclaté, j'ai fait comme tous mes copains irlandais : je me suis engagé. Au moins, là, j'étais sûr de pouvoir manger et boire.

— Quand précisément êtes-vous arrivé en Crimée ?

— Fin août 1854. J'étais déjà malade comme un chien en débarquant dans la baie de Calamita. Je ne sais pas ce que j'avais attrapé. Je me souviens seulement que ce devait être suffisamment grave pour qu'on me rapatrie dès le lendemain à Scutari. Je n'étais pas le seul d'ailleurs. Nous étions une centaine. Si j'avais su ce qui nous attendait à l'hôpital où l'on nous a installés, j'aurais choisi de crever sur place.

Brink commenta.

— Je suis au courant... La vermine, les latrines puantes, la crasse...

— Pas de mots pour le décrire. Et c'est devenu pire encore lorsque, après la bataille de l'Alma, en septembre, nous avons vu se déverser des flots de blessés. Des centaines et des centaines de types qui pissaient le sang, qui hurlaient. Mais l'homme doit posséder un sacré instinct de survie. J'ai commencé à récupérer. Et, dès que je fus en mesure de me tenir sur deux jambes, on m'a expédié au front. Quelques mois plus tard, la veille de Noël, une balle perdue m'a perforé la jambe, et je me suis retrouvé de nouveau à Scutari. C'est là que j'ai vu Miss Nightingale pour la première fois. Elle avait dû arriver dans les premiers jours d'octobre.

— Le 21.

— Sans doute. Dès que je fus admis au Barrack Hospital, j'ai pu me rendre compte du changement. L'endroit était méconnaissable. Lors de mon premier séjour, il m'était arrivé de rester quarante-huit heures sans manger. Personne ne s'occupait de moi. Et lorsque l'on nous nourrissait, c'était à coups de porc salé à moitié cru. Nous n'avions ni couteaux ni fourchettes et l'on mordait dans la viande comme des bêtes sauvages. L'eau était imbuvable. Là, on voyait bien que les choses avaient évolué. Les blessés n'attendaient plus dans les couloirs, les draps étaient propres, on avait distribué du linge aux malades. Un vrai miracle ! Dès le lendemain de mon arrivée, on m'apporta un vrai petit déjeuner, le premier repas décent depuis longtemps ! Je me suis dit : C'est trop beau pour être vrai, je n'aurai plus rien d'autre avant plusieurs jours ! Eh bien non ! Je me trompais. Vers onze heures, on me servit un œuf avec du pain et même du beurre. À midi, un repas. Un miracle, vous dis-je !

— C'est à ce moment que vous avez rencontré Miss Nightingale.

— Parfaitement. Je somnolais lorsqu'elle est venue faire sa tournée. J'entendis qu'elle parlait avec mon voisin. Un malheureux à qui on avait amputé les bras. J'ouvris les yeux et je vis qu'elle était en train de le nourrir comme on nourrit un enfant, à la cuillère. De temps à autre, elle s'arrêtait pour lui caresser le front. Elle lui murmurait : « N'ayez jamais honte de vos blessures, mon ami. Jamais. » Puis, elle s'adressa à moi, troublée par ma jeunesse — rappelez-vous, je n'avais pas seize ans. Elle me posa des tas de questions sur ma famille, sur les raisons de mon engagement. Le lendemain, elle revint nous voir les bras chargés de fruits et de journaux illustrés qu'elle nous distribua. C'était vraiment un ange venu du ciel. Le soir, nous guettions son arrivée comme on guette le Messie. Et lorsque, dans le silence, elle apparaissait, sa lampe à la main, alors, il n'y avait plus de nuit, plus de souffrances, plus que de l'espoir. Plus tard, je lui ai proposé de l'accompagner dans ses rondes, de porter la fameuse lampe. Elle a accepté.

Robinson se tut. Ses prunelles s'étaient voilées.

Brink respecta son émotion puis, au bout d'un moment :

— Le journal de Soyer s'arrête au 25 mai 1855. À ce moment, Miss Nightingale est malade, à Balaklava. Elle a reçu la visite de Lord Raglan. Que s'est-il passé ensuite ?

— Après plusieurs semaines, sa fièvre est retombée et les médecins déclarèrent qu'elle était hors de danger. On décida de la transporter à bord d'un navire, le *Jura*, en partance pour Constantinople. De là, on l'emmènerait à Scutari. Je vous précise que ce bateau servait essentiellement au transport des chevaux. Alors, imaginez un peu cette femme sur ce rafiot, à peine convalescente, qui souffrait atrocement du mal de mer, allongée sur une couchette de fortune... Mais il n'y avait pas que cela. Nous ignorions alors qu'elle était la victime d'un infâme complot.

— Un complot ?

— Parfaitement, monsieur. Un complot organisé par le médecin chef qui régnait à Balaklava, le Dr John Hall. Ce gentleman avait décidé de profiter de l'occasion pour se débarrasser de Miss Nightingale. Il nous avait fait croire que le *Jura* partait pour Scutari, alors qu'en réalité il était en partance pour l'Angleterre. Sans doute estimait-il que, une fois le navire au large, il serait trop tard pour faire demi-tour.

Brink leva la main.

— Pardonnez-moi, mais ne pensez-vous pas que le Dr Hall croyait bien faire ? Après tout, la pauvre femme était dans un piteux état de santé. Il est possible que le médecin ait jugé plus prudent de la faire rapatrier, fût-ce contre son gré.

Robinson secoua la tête d'un air déterminé.

— Certainement pas, si j'en crois les propos de Mr Charles Bracebridge et ce que Miss Nightingale a déclaré à sa tante Mai, lorsque, quelques mois plus tard, elle s'est retrouvée nez à nez, à Balaklava, avec le Dr Hall : « Il m'en veut à mort, lui a-t-elle écrit. Il fait tout ce qu'il peut pour me rendre la vie infernale. » Quoi qu'il en soit, les manigances du médecin furent mises au jour. J'ignore dans quelles circonstances. Un marin sans doute avait dû vendre la mèche, à moins que ce fût le capitaine du *Jura*. Peu importe ! Nous étions vraiment dans l'embarras. Et c'est parce que je suis poli, monsieur, que j'utilise le mot « embarras ».

— Vous avez donc quitté le navire ?

— Bien entendu. Miss Nightingale était furieuse. Finalement, nous avons réussi à nous en sortir grâce à Soyer. Le hasard a voulu que l'un de ses anciens employeurs, un certain Lord Ward, se trouvât à Balaklava à bord de son yacht, le *London*. Le Français est allé le voir, lui a expliqué la situation et l'a supplié de bien vouloir nous transporter jusqu'à Scutari. Lord Ward a accepté. Malheureusement, le sort s'était ligué contre nous. Croyez-le ou non, mais le capitaine a trouvé le moyen de se fourvoyer dans la mer Noire ! Il s'est écarté de plus de quarante miles de son point de destination. L'incident n'eût pas été grave en soi si son illustre passagère ne souffrait pas du mal de mer. La pauvre Miss Nightingale a rechuté. Une fois à Scutari, nous avons dû la porter sur un brancard jusqu'au Barrack Hospital. Les soldats étaient atterrés de découvrir leur bienfaitrice dans cet état. Elle avait terriblement maigri et son visage était d'une pâleur extrême. Elle faisait vraiment peur à voir.

— Son entourage n'a pas évoqué alors le projet de la renvoyer en Angleterre ?

— Bien sûr. Mais elle refusait d'entendre.

Brink se caressa le menton à plusieurs reprises.

— Ensuite ? Que s'est-il passé ?

— Il faut croire que la mort ne voulait pas de Miss Nightingale à ce moment-là. Progressivement, elle a recouvré ses forces et son énergie. Bientôt, on la vit qui caracolait à nouveau dans les couloirs et dans les chambres, plus déterminée que jamais. Vers la fin du mois de juillet, le couple Bracebridge, rassuré sans doute, s'embarqua pour l'Angleterre et fut presque aussitôt remplacé par une tante de Miss Nightingale, Mrs Samuel Smith *. Elle avait tout quitté pour venir lui prêter main-forte.

— *Aunt* Mai ?

— C'est cela. La tante Mai. Elle se montra d'une aide précieuse tout le temps qu'elle resta auprès de la Dame à la lampe. Je crois que c'est vers le début du mois d'octobre que Miss Nightingale décida de retourner une nouvelle fois en Crimée. Comme à l'accoutumée, elle n'a eu que faire de nos mises en garde. Elle est repartie pour Balaklava et y est restée jusque fin novembre. Six semaines pendant lesquelles elle a dû ferrailler avec ce maraud de Dr Hall. Ce ne fut pas chose facile, parce qu'elle devait aussi surmonter de terribles crises de rhumatismes, de sciatique et une éruption de furoncles qui enflammaient tout son pauvre corps. Fin mars, elle reprit le bateau pour la Crimée et y resta jusqu'au début de juillet. Enfin, le 9 septembre 1855, éclata la nouvelle tant espérée : Sébastopol ! Sébastopol était tombée ! Après deux mois de bombardements incessants et une préparation d'artillerie de trois jours, Français et Anglais avaient lancé l'offensive. Les zouaves du général français Mac-Mahon réussirent à s'emparer de haute lutte de l'un des points défensifs les plus stratégiques érigé par les Russes : la tour Malakoff. C'est à ce moment que tout a basculé [1].

Un long silence succéda aux propos de l'Irlandais.

Brink ferma à moitié les yeux. Il avait l'impression d'entendre le roulement des canons et

1. Une fois sur la position, Mac-Mahon aurait prononcé ces mots restés célèbres en répondant à la question d'un officier anglais : « Dites à votre général que j'y suis et que j'y reste. »

le crépitement des flammes. En un seul jour, Anglais et Français avaient perdu environ dix mille hommes, les Russes treize mille et pas moins de dix-neuf généraux étaient morts dans ces ultimes combats.

Finalement, il se décida à reprendre la parole :

— Sébastopol est tombée en septembre, mais je crois savoir que Miss Nightingale est restée sur place.

— Absolument. Elle a attendu jusqu'au dernier jour. Jusqu'à ce qu'il n'y ait plus un soldat britannique en Crimée. Elle a tenu jusqu'à la dernière seconde à veiller sur les rescapés. Une fois les plaines désertes, et les hôpitaux, alors seulement elle a accepté d'embarquer. Elle a pris le chemin du retour en compagnie de sa tante Mai et de Miss Eliza Roberts.

— Celle qui, d'après Soyer, écoutait aux portes...

L'Irlandais dévisagea Brink avec surprise.

— Eliza Roberts ?

Brink sourit.

— Rien d'important. Vous souvenez-vous de la date de son départ ?

— Bien sûr, puisque nous sommes partis le même jour. C'était le 27 juillet 1856. Le bateau s'appelait le *Danube*.

— Un accueil triomphal l'attendait. Toute l'Angleterre était prévenue, je suppose ?

— Oh oui ! Toute l'Angleterre et le pays de Galles, et l'Écosse, et l'Irlande ! Le « retour de

Florence Nightingale » était sur toutes les lèvres. Cependant... tous en furent pour leurs frais. Elle n'est jamais apparue.

— Comment?

— Comme je vous le dis, monsieur. Elle et la tante Mai avaient pris soin d'embarquer de Constantinople sous une fausse identité, celle de Mrs et Miss Smith, qui était en fait le nom de jeune fille de la mère de Florence. Après Athènes, Messine, Paris, elles sont arrivées en Angleterre en pleine nuit, prenant tout le monde de court. Le lendemain, quelle ne fut pas la stupéfaction des religieuses du couvent de Bermondsey de découvrir les deux femmes qui se tenaient devant leur porte. Miss Nightingale leur avait fait le serment de passer les voir à son retour de Crimée. Elle a pris le temps de prier dans la chapelle et, peu après, elle et sa tante ont pris le train pour leurs demeures respectives. Miss Nightingale est descendue à Whatstandwell. Elle a confié ses valises au chef de gare et elle s'en est allée tranquillement à pied, à travers la campagne, jusqu'à la propriété de Lea Hurst. Partie vingt-deux mois plus tôt, infirmière anonyme, elle revenait, auréolée d'une gloire incomparable, et aussi célèbre que la reine Victoria.

16

«Je me dresse au pied de l'autel des hommes assassinés.»

La nuit est tombée sur Londres.

À travers la fenêtre de son appartement de Fulham Road, Brink lève les yeux vers le ciel. Il est sans étoiles. Il le fixe intensément, comme s'il espérait qu'une lueur, aussi fragile fût-elle, apparaîtrait. Mais la brume têtue refuse de laisser filtrer les points d'or. Alors, il se résigne et se laisse choir lourdement dans l'un des deux fauteuils, près de la cheminée. Après avoir passé les deux derniers mois à réunir les pièces du puzzle dont l'ensemble formait la «seconde vie de Miss Nightingale» (la première s'étant arrêtée à son retour de l'Est), il est parvenu à une conclusion inattendue : le travail le plus dense, celui qui marquerait durablement le monde médical, n'était pas celui qu'elle avait accompli en Crimée, mais en Angleterre.

Ni lire, ni écrire, ni réfléchir, lui avait recommandé Mr Sidney Herbert, affolé de constater combien elle paraissait épuisée par ses vingt-deux mois passés en Crimée. La connaissant bien, il savait qu'elle n'écouterait pas ses conseils, néanmoins il espérait qu'elle se consacrerait à un petit travail de routine dans un hôpital de Londres. Il devait vite déchanter. Deux mois après son retour, ils s'étaient retrouvés dans la maison de campagne des Bracebridge et il comprit très vite que Florence n'aspirait qu'à se battre. Se battre pour que plus jamais l'Angleterre ou le monde ne revivent la tragédie à laquelle elle avait assisté. Elle s'était totalement identifiée à ceux qui étaient restés là-bas, dans les champs de Crimée, convaincue que la plupart d'entre eux, « ses enfants », n'avaient pas été fauchés par les balles mais par le manque d'hygiène et l'ignorance. En décembre 1855, elle avait confié à Sidney Herbert : « Personne ne peut aimer l'armée comme moi. J'ai vu *mes enfants* enveloppés dans des couvertures sales, dans de vieux pantalons déchirés, je les ai vus manger de la viande salée crue, malades pour des raisons qui auraient pu être évitées, abandonnés sur leur grabat, et je ne peux l'oublier. »

Grâce aux réformes qu'elle avait mises en œuvre, le taux de mortalité avait été réduit considérablement. Et, maintenant, elle brûlait du désir de transmettre à la nation tout entière ce qu'elle avait vu, ce qu'elle avait compris, ce que la guerre lui avait enseigné. Peu lui importaient les réactions hostiles que sa démarche ne manquerait pas de susciter, peu lui importaient les critiques ; n'étant pas une politicienne, elle n'avait rien à gagner ni à perdre, rien à craindre.

Pendant une ou deux semaines, à Lea Hurst, elle se livra à de petites tâches anodines : distribuer des cadeaux aux infirmières, répondre à des messages de félicitations et au nombre impressionnant de sollicitations venues de toutes parts. Parmi ces lettres, une missive provenant de son ami Sir James Clark (le médecin de la reine qui avait tenté de soigner Parthenope), l'invitant à résider un mois à Birk Hall, sa maison de campagne, près de Balmoral. L'air d'Écosse lui serait bénéfique et puis la Cour se déplacerait bientôt à Balmoral pour la saison d'été. Il y avait toutes les chances que la reine, informée de sa présence, l'invitât à lui rendre visite.

Florence accepta. Elle se dit que ce serait la meilleure occasion de parler de manière informelle avec sa souveraine, de lui rapporter la souffrance des soldats et surtout de lui dresser le tableau de tout ce qu'il faudrait entreprendre sans tarder afin de remédier aux errements passés.

Elle prépara sa rencontre avec le plus grand sérieux, s'arma d'arguments, de statistiques et des notes qu'elle n'avait eu de cesse d'engranger au cours des vingt-deux derniers mois. Si la faveur royale voulait bien l'honorer, elle ne demanderait rien pour elle-même, mais tout pour le bien-être des soldats.

C'est donc une Florence résolue qui partit pour l'Écosse, escortée de son père. Ils arrivèrent le 19 à Birk Hall et deux jours plus tard furent présentés par Sir James Clark à la reine et au prince consort au château de Balmoral. « Elle nous a expliqué tous les défauts du système actuel de nos hôpitaux et les réformes nécessaires. Nous sommes très contents d'elle ; elle est très modeste », relatera le prince Albert dans son journal. Quelques jours plus tard, ce sera au tour de la reine de se déplacer chez le Dr Clark pour un « *tea and a great talk* » avec Florence. L'impression de Miss Nightingale sur la reine ? « J'aurais aimé qu'elle soit au ministère de la Guerre. En réalité, c'est la volonté et non le pouvoir qui est en cause. »

Elle a très vite compris les limites du couple royal. Rien ne pourra être fait sans passer par les ministères et les ministres. Dès lors, ce sera un combat de chaque heure qu'elle livrera jusqu'à son dernier souffle, et à sa manière. Cloîtrée dans un hôtel particulier que lui achète son père en novembre 1865, au 10 South Street, elle se dépouillera des oripeaux de la Dame à la lampe, pour revêtir la robe immaculée de sainte Thérèse d'Ávila. L'ennemi ne sera plus le Dr Menzies, ou le Dr Hall, mais un adversaire bien plus redoutable : la bureaucratie.

Dans une lettre à l'intention de son ami et protecteur Sir Herbert, elle déclare, non sans une ironie teintée d'humour :

> *Il y a des rats au ministère de la Guerre et aussi un chat. Il a fallu dix-sept mois de délibération pour obtenir pour ce chat un budget de six shillings par semaine, quarante procès-verbaux pour définir s'il doit vivre de la chasse des rats ou s'il faut lui accorder du lait, mais que de toute façon six shillings seraient beaucoup trop. D'autres s'interrogent entretemps s'il doit vivre ou mourir. Je suis fort impatiente de connaître leur décision.*

Elle dort mal. Ses nuits sont peuplées de cauchemars. Elle entend crier les agonisants, les amputés, les malades. Elle voit défiler dans sa chambre des spectres décharnés qui lui réclament encore et encore de soulager leurs douleurs.

Peu à peu, elle se replie sur elle-même, elle ferme sa porte au monde. Le 10 South Street devient une forteresse qui, par la volonté de Florence, est de moins en moins accessible. Et cette situation — à quelques exceptions près — se prolongera pendant... cinquante-quatre ans.

Un matin, le duc de Devonshire, vieil homme à moitié sourd, se présente à l'entrée, porteur d'un présent : un hibou en argent qu'il tient à remettre à Miss Nightingale en mains propres. Sans doute a-t-il su le funeste destin d'Athéna et cherche-t-il par ce geste symbolique à faire plaisir à celle qu'il considère comme une héroïne.

Florence refuse d'accueillir le visiteur. Elle charge sa mère, Fanny, et sa sœur Parthenope de l'éconduire : « Miss Nightingale est malade, elle n'est pas en état de recevoir qui que ce soit. »

Malade... L'est-elle vraiment ? La fièvre de Crimée, sa sciatique, ses rhumatismes l'ont minée. Mais sa maladie serait-elle grave à ce point ?

Malade ? Alors qu'elle rédige (en moins de six mois) un rapport à l'intention de la Commission royale, *Notes Affecting the Health, Efficiency and Hospital Administration of the British Army*, soit un fascicule de près de 380 pages in-octavo, auxquelles elle rajoutera 184 autres en réponse à certaines objections émises par le ministère de la Guerre[1]. 568 pages... d'une main ferme.

Malade ? Alors qu'en 1858 cette femme qui annonce tous les matins à son entourage qu'elle est épuisée, qu'elle ne passera pas l'année, trouve la force d'écrire son livre sans doute le plus célèbre, *Notes on Nursing*[2].

Malade ? Lorsque, en 1861, elle répond à un appel du gouvernement des États-Unis qui requiert ses conseils, son avis sur la meilleure manière de gérer les hôpitaux militaires. L'Amérique vient d'entrer dans la guerre de Sécession.

Malade ? Lorsque, en 1870, éclate le conflit

1. Seules quelques copies furent imprimées et distribuées à des intimes.

2. Publié en 1860, toujours disponible aux Éditions Cosimo, New York.

entre la France et la Prusse et qu'elle n'hésite pas à s'impliquer dans la réforme de la Croix-Rouge. Par la suite, la reine de Prusse en personne entretiendra une longue correspondance avec la recluse du 10 South Street, réclamant ses lumières et son opinion.

Malade... ?

Dès l'âge de dix ans, sa santé s'était révélée fragile. Elle a eu la rougeole à trente et un ans et la fièvre de Crimée à trente-six ans. Mais est-ce que ces affections suffisent à expliquer son attitude ? Ses plaintes ? Tous ses cris d'alarme répétés au cours desquels elle annonce sa mort prochaine ? Où se situe la vérité entre la propension qu'elle avait de se fondre dans la peau d'une martyre et dans celle d'une personne en véritable souffrance[1] ?

Elle vit si discrètement, si repliée, ne s'exprimant qu'à travers des lettres, que des passants interrogés à son sujet en 1870 auraient proba-

1. En 2005, le Dr Katherine L. Wisner, psychiatre, épidémiologiste et responsable du Women's Behavioral Healthcare au Western Psychiatric Institute and Clinic de l'Université de médecine de Pittsburgh, s'est livrée à une analyse des plus intéressantes du « cas » Nightingale. Il en ressort que la Dame à la lampe était très probablement atteinte d'un désordre de la personnalité, une « bipolarité », à l'instar d'autres personnages célèbres tels qu'Edgard Allan Poe, Martin Luther, Napoléon ou... Winston Churchill. De même, et toujours selon le Dr Wisner, il n'est pas rare que les êtres profondément mystiques, confrontés à des expériences religieuses, soient frappés de ces symptômes. En résumé, Florence Nightingale aurait été une maniacodépressive, à la limite de la schizophrénie.

blement répondu qu'elle n'était plus de ce monde. Ils auraient eu partiellement raison. Si Nightingale est bien vivante, Florence, elle, ne l'est plus. Ses exécuteurs testamentaires sont convoqués régulièrement. Régulièrement, elle rectifie ses volontés qui sont toujours les dernières. L'une d'entre elles demeurera inchangée : être enterrée dans la plus stricte intimité dans la petite église d'East Wellow, près de ses parents.

En attendant ce jour, elle continue de noircir des pages et des pages tout en maintenant sa porte close. Qu'il s'agisse de simples anonymes ou de personnalités, la consigne est la même : « Personne ! Je ne veux voir personne ! »

C'est ainsi que le nouveau Premier ministre William Gladstone[1] se verra opposer une fin de non-recevoir, la grande-duchesse de Baden, Lord Stanley, vice-roi des Indes, et bien d'autres... Les motifs qu'on leur présente sont toujours les mêmes : « Miss Nightingale est indisposée », « Miss Nightingale est trop occupée ».

On aurait pu ajouter : *Miss Nightingale est mourante.* Car il ne se passe pas un jour sans que la retraitée de South Street annonce qu'elle va trépasser sous peu, ce soir, demain à l'aube. Ses collaborateurs les plus intimes, à l'instar du Dr Sutherland ou de son secrétaire privé, Arthur Hugh Clough*, ont compris le message. Voilà

1. Nommé en 1868 en remplacement de Disraeli.

un certain temps déjà qu'ils ont pris la décision de ne plus l'importuner et de ne correspondre avec elle que par écrit.

En réalité, Florence a trouvé à travers cette nouvelle forme d'existence une manière de réaliser l'un de ses rêves les plus chers : *entrer dans les ordres*. À défaut de pouvoir concrétiser son désir *réellement*, elle a fait du 10 South Street le couvent où elle a toujours voulu entrer. Un couvent néanmoins situé dans l'un des quartiers les plus privilégiés de la capitale londonienne, voire du monde.

« Vous vivez entre un palais et un parc et vous avez la plus belle vue de Londres », lui lança un jour l'amiral Napier. La chambre principale, située à l'arrière, surplombe un jardin privé ; les salons, à l'étage supérieur, sont ouverts sur Hyde Park et les parterres de la maison Dorchester, le plus raffiné des palais italiens de Londres. Sur les murs, des gravures représentent le plafond de la chapelle Sixtine. Des livres, beaucoup de livres agrémentent le décor. Dans la chambre à coucher, une peinture de coucher de soleil sur le Nil.

Il est quelqu'un d'autre qui pense comme l'amiral. C'est Parthenope. Elle vit dans la même rue, au numéro 7, ce qui, naturellement, est loin d'enchanter Florence. En vérité, chacune des deux sœurs pense que cette proximité est bénéfique pour l'autre et non pour elle-même.

La manière dont Miss Nightingale se vêt ne varie pas beaucoup. Une robe noire, un petit bonnet blanc transparent sur ses cheveux et serré sous le menton, un châle qui recouvre tantôt ses épaules, tantôt ses jambes lorsqu'elle est assise ou allongée. Une meute de chats persans gambadent autour d'elle à longueur de journée.

Sa dévouée tante Mai, qu'elle surnomme sa « vraie mère », continue de la veiller constamment. S'il lui arrive tout de même d'accueillir les siens, elle reste intimement convaincue que « personne ne la comprend », tourmentée par la crainte que l'on voudrait « la remettre en cage ». Le Dr Sutherland lui écrit : « Mangez et buvez, arrêtez de penser. Le jour où vous avez quitté la Crimée il m'est apparu que tout votre sang avait besoin d'être régénéré. » Elle répond : « Quelqu'un a dit : Celui qui veut sauver sa vie la perdra ! De quoi un homme profiterait-il s'il gagnait le monde et perdait son âme ? » Et elle s'empresse de conclure par ce commentaire étonnament acerbe : « Je n'ai aucun doute sur la personne qui vous a poussé à m'écrire, c'est ma sœur. Sachez que je fus extrêmement affectée en imaginant mon petit hibou sans vie, étendu dans la cage du canari qui le piquait avec son bec. Maintenant, c'est moi le petit hibou, étendu, piqué par vos becs ! »

Elle a vieilli, s'est affaiblie, mais elle a des rancunes immuables. Réponse du Dr Sutherland : « Vous avez décidément tort en vous faisant passer pour le petit hibou et en pensant que je me joins aux autres pour vous piquer. Laissez-moi vous dire que, d'entre tous les becs, c'est le vôtre qui est le plus acéré. Cependant, je le supporte avec joie parce que je sais que j'ai un devoir sacré envers vous. »

En 1857, apprenant par les journaux la révolte des cipayes contre l'armée britannique, elle se propose d'aller aux Indes où son amie Lady Canning se trouve auprès du vice-roi. Mais on lui répond qu'étant donné son état de santé ce déplacement serait une folie ; d'ailleurs les blessés victimes de l'affrontement là-bas sont parfaitement soignés par des infirmières indiennes.

Elle ne dort pas plus de deux heures par nuit, ne mange presque pas et passe le plus clair de ses journées à guetter la mort, étendue sur son sofa dans une attitude catatonique. Pourtant elle n'a pas encore quarante ans.

À la fin de 1857, elle rédige une lettre à l'intention de Sir Herbert mais *à ne remettre qu'après son décès*. On peut y lire : « J'espère que vous ne regrettez pas ma mort. Vous avez déclaré quelquefois avoir regretté de m'avoir employée. Sachez que c'est de m'avoir gardée qui m'a permis de rester en vie. Je pars avec autant de bonne volonté que j'en ai montré pour aller en Orient. Peut-être Dieu veut-Il à présent d'une infirmière pour mes soldats de Crimée, dans cet autre monde où ils s'en sont allés. » Est-elle consciente de l'état de santé de l'homme à qui elle écrit ?

Sir Herbert est gravement malade. Sait-elle qu'il n'en a plus pour très longtemps ?

Puis, elle convoque son oncle, Sam Smith, et lui demande de l'aider à faire son testament. Un de plus. Elle se dit inquiète quant à la manière dont est administrée la Fondation Nightingale. Elle écrit ensuite à Parthenope et la prie de bien vouloir lui expédier certains effets personnels qu'elle a l'intention de distribuer à ses amis. Elle conclut par un souhait : « se faire enterrer auprès de ses enfants en Crimée ».

En août 1858, survient un événement qui la sort quelque peu de sa torpeur : sa sœur a décidé d'épouser Sir Harry Verney. Il est vieux et riche, il a déjà quatre enfants. Florence regarde cela d'un œil morne.

En 1859, le roi du Portugal fait appel à elle, par l'entremise du prince consort. Il a l'intention de faire construire un hôpital dédié à la mémoire de son épouse, la princesse Stéphanie de Hohenzollern, disparue quelques semaines auparavant. Leur mariage n'aura duré qu'un an. Cette affaire va occuper la plus grande partie du temps de Florence, deux années durant. Avec le Dr Sutherland, elle va étudier consciencieusement les plans soumis par l'architecte du roi. Un architecte sans doute totalement incompétent puisque l'on découvre que l'hôpital prévu pour accueillir des adultes a été conçu pour... des enfants.

Toutes les modifications suggérées par Florence sont approuvées, ce qui lui vaudra une chaleureuse lettre de remerciement de la part de Dom Pedro.

Vers la fin du mois de juin 1861, la santé de Lord Herbert se détériore sensiblement et il est obligé de quitter Londres pour tenter de reprendre des forces dans un centre thérapeutique, en Irlande. Lui et Florence ne se reverront plus jamais. Il décède le 2 août. Il aurait murmuré avant de mourir : « Pauvre Florence, pauvre Florence, notre travail commun n'est pas terminé ! »

Un mois auparavant elle expliquait à Liz, son épouse : « Sidney n'a pas un seul symptôme de maladie grave. Il n'existe aucune preuve qu'il souffre d'une affection organique autre qu'à son début... Presque tous les médecins sont des charlatans ! »

La mort de Lord Herbert sera sans doute la plus douloureuse blessure, la plus pénible que la Dame à la lampe eut à supporter. Cette disparition ne représente pas seulement la perte d'un compagnon, d'un ami, d'un allié, mais aussi l'arrêt brutal et définitif des rêves qu'ils avaient en commun.

Florence s'épanche dans une lettre à son père : « Cher papa, peu de personnes savent ce que j'ai perdu avec le départ de mon cher maître. Il a emporté ma vie avec lui, mon travail, ma raison d'être, il a tout pris avec lui. »

Très vite, la presse met l'accent sur les erreurs

commises par le ministère de la Guerre alors que Sir Herbert en était le responsable, et rien n'est dit ou presque sur les réformes entreprises avec l'aide de Florence. Choquée par ces médisances, elle rédige un long mémorandum rappelant point par point toute l'œuvre de Sidney Herbert. Elle le fait imprimer en plusieurs exemplaires à l'intention de la famille du défunt, de ses amis et des journalistes. Ce mémo relate non seulement les accomplissements de Lord Herbert dans le domaine sanitaire, mais il expose aussi les projets qu'il envisageait de mettre en œuvre.

Si l'on repense aux rapports qui liaient Florence et Sidney Herbert, il ne fait aucun doute qu'elle fut très sensible au charme du personnage. Elle admirait sa conversation et éprouvait un plaisir vrai en sa compagnie. Le secret de cette amitié résidait dans ce que leurs caractères avaient de complémentaire. Herbert avait le sens de la politique et elle celui de l'administration ; elle possédait l'expérience du terrain qu'il n'avait pas. C'est sans doute pourquoi le tandem fonctionnait admirablement.

Florence contemple le temps qui passe, allongée sur son divan. La brave tante Mai continue de se dévouer corps et âme, tandis que le père de Florence assume toutes les dépenses ; il ne peut rien lui refuser. Ni les plus grands spécialistes de Harley Street qui tenteront en vain d'identifier les maux de leur célèbre patiente, ni la location à l'année d'une suite à l'hôtel Burlington, ni cette maison à Hampstead où elle s'évade de temps à autre, ni les séjours dans la station de Malvern Hills.

Pourtant, ses gémissements ne cessent de s'élever. En octobre 1861, elle prévient son amie Mary Clarke Mohl : « Ce jour est le plus court, je voudrais qu'il fût le dernier. Adieu chère amie. Je suis au plus mal... Je suis heureuse de voir finir un jour qui ne reviendra jamais plus, heureuse de voir finir la nuit, plus heureuse encore de finir le mois. »

Mais, deux semaines plus tard, elle est toujours là, et c'est son secrétaire particulier, Arthur Clough, qui quitte ce bas monde. Puis c'est Albert, le prince consort, qui meurt le 14 décembre 1861.

Au choc causé par ces disparitions, vient s'ajouter le traumatisme d'un départ inattendu. Celui de la tante Mai. Voilà bientôt quatre ans que la brave femme se consacre à sa nièce. Quatre ans qu'elle joue le rôle d'ange gardien. Mais pour Sam Smith, son époux, la coupe est pleine. À l'orée de l'an 1862, il lui intime l'ordre de rentrer au bercail. C'est lui ou Miss Nightingale. Mai cède. A-t-elle seulement le choix ? Lorsqu'elle annonce la nouvelle à Florence, celle-ci, contre toute attente, au lieu de se montrer compréhensive, laisse éclater sa colère. « Trahison ! Trahison ! s'exclame-t-elle. On m'abandonne au pire moment de mon existence ! Sans prévenir ! Sans la moindre considération ! » Sa tante proteste. En vain. Florence ne veut rien savoir. C'est la rupture. Elle durera jusqu'à la mort de Mai. Florence n'assistera pas à son enterrement.

Brink en conclut que le commentaire de Henry Carter prenait une fois encore tout son sens : « Je l'ai toujours soupçonnée d'éprouver, sinon du mépris pour le genre humain, du moins de l'indifférence. Ce qu'elle aimait par-dessus tout, c'était donner. Or, on peut donner sans pour autant aimer... »

Mais Florence ne restera pas seule longtemps.

À peine la tante partie, Hilary, la sœur de Henry Bonham Carter, se proposa de la remplacer. Bizarrement, elle fut confrontée au refus de la Dame à la lampe. L'idée que sa cousine puisse aller et venir à son aise dans *sa* maison la révulsait. Il fallut que Mary Clarke Mohl, l'une des rares amies encore de ce monde, insiste pour que Florence accepte de *tolérer* la présence intermittente de Hilary. Ce qui n'empêche pas Miss Nightingale de se montrer d'une surprenante rudesse :

> *Vous ne pouvez imaginer,* écrit-elle à Hilary, *que je pourrais consentir à vous voir franchir le seuil de ma chambre et gaspiller vos après-midi, sans un accord préalable de ma part. C'est pour moi une réelle contrariété que celle de vous savoir au rez-de-chaussée en train de rédiger votre courrier. Si vous devez passer le reste de votre existence à le faire, alors faites-le ailleurs que chez moi. Je veux bien que vous passiez me voir, mais pas plus d'une seule fois par semaine, et toujours*

avec mon accord préalable. Et, de grâce, cessez de venir à tout bout de champ «pour vérifier que tout va bien», alors que cela m'agace au plus haut point.

Cette âpreté ne sera pas qu'épistolaire, elle se traduira dans la réalité. En mai 1865, Hilary est atteinte d'un cancer. Elle se battra quatre mois durant contre la maladie avant de mourir dans d'atroces souffrances. Jamais Florence ne lui rendra visite.

Ce qu'elle aimait par-dessus tout, c'était donner. Or, on peut donner sans pour autant aimer...

Son entourage ne baisse cependant pas les bras et continue de vouloir la soutenir malgré elle. La reine Victoria elle-même fait savoir à Parthenope et à son époux, Sir Harry Verney, qu'elle est disposée à héberger Miss Nightingale dans un appartement de Kensington Palace. En apprenant la nouvelle, cette dernière — une fois de plus — fulmine et se plaint auprès de son père :

Je viens d'apprendre que l'on a l'intention de me «caser» dans un appartement de la résidence royale. Des tractations sont faites à mon insu! Que serait devenue ma vie si j'avais suivi les conseils de ma sœur? On voudrait décider de mon habitation comme on a voulu décider de mon mariage. En plus, sachez que Kensington Palace passe pour un lieu insalubre!

Le pauvre William Nightingale laisse passer l'orage. De toute façon, il n'en a plus pour longtemps. Un matin de février 1874, son valet de chambre le retrouvera inanimé dans son lit, mort dans son sommeil.

Tout s'effeuille, tout se déconstruit autour de la Dame à la lampe. Fanny, sa mère, a sombré dans la sénilité et ne reconnaît plus personne. Elle vit désormais avec Parthenope et son gendre dans leur propriété de Claydon, dans le Buckinghamshire. Parfois, Florence lui rend visite. Elle fera ce commentaire : « Son esprit [celui de Fanny] est comme le plafond de la chapelle Sixtine, sombre, effacé, avec de grandes absences. Mais si l'on observe avec intensité et que nos yeux s'habituent aux coins sombres on y trouve des points de lumière. »

Fanny partira en juillet 1880.

Quant à Parthenope, elle a mal vieilli. L'arthrite et la fièvre rhumatismale qui minèrent sa jeunesse ne lui ont pratiquement jamais laissé de répit. À quoi s'est ajouté un cancer. Lorsqu'elle s'éteint le 12 mai 1890, à soixante et onze ans, elle laisse derrière elle deux romans, et de nombreux essais sur la condition paysanne. Coïncidence troublante : ce 12 mai était le jour anniversaire de sa sœur. Dès le lendemain, son époux, Sir Verney, déclare à sa belle-sœur : « Vous avez contribué plus que tout autre à la rendre heureuse. Je n'aurai d'autre réconfort que de continuer à vous fréquenter. Vous et moi étions les objets de son amour et son amour pour vous était intense. C'était une joie pour moi de l'entendre parler de vous et de voir son visage, déformé par la douleur, se métamorphoser dès qu'elle pensait à vous.»

En 1882, alors qu'elle vient de fêter ses soixante-deux ans, Florence est à nouveau sur les dents. Les Anglais viennent d'envahir l'Égypte, un pays qu'elle connaît bien. Elle se propose aussitôt de mettre sur pied une équipe d'infirmières. Elle en recense vingt-quatre, s'occupe de dessiner leur uniforme et les expédie dans la vallée du Nil. À leur tête, elle a nommé l'une de ses élèves : Miss Rachel Williams. Florence est sa «Déesse». Là-bas, la situation sanitaire se révélera nettement moins déplorable qu'en Crimée, ce qui prouve que son enseignement a grandement influencé les services médicaux. Toutefois, de nombreuses améliorations restent à faire. Elle rédige une liste de recommandations qu'elle fait transmettre par Sir Verney, l'époux de Parthenope, au ministère de la Guerre. Il manque du savon? Il manque des draps? Il manque du thé? Elle fait le nécessaire. Sybil, l'une des nurses, lui écrit. «Actuellement, je suis de garde la nuit. J'aime aller d'une chambre à l'autre, seule dans la solennité du silence et m'entendre interpeller par une voix qui murmure : "Ma sœur, pouvez-vous me donner quelque chose pour rafraîchir mon visage?" J'aime nourrir ces ventres affamés en les voyant ouvrir leur bouche comme de petits oiseaux.» Manifestement, cette lettre dut plaire énormément à Florence, qui la transmettra aux élèves infirmières du St. Thomas Hospital.

Entre 1890 et 1910, Florence fera semblant de vivre. Elle ne voit plus. C'est tout juste si, en 1901, son esprit perçoit la nouvelle de la mort de sa protectrice, la reine Victoria, décédée après un règne de soixante-trois ans. Lorsqu'en 1909 elle reçoit la croix de l'ordre du Mérite, elle n'a plus du tout conscience du monde qui l'entoure et ne peut plus se mouvoir sans l'assistance d'une nurse.

Le 13 août de l'année suivante, un samedi, vers midi, à son domicile de South Street, elle s'allonge une dernière fois sur son sofa. Elle ferme les yeux. Son cœur cesse de battre.

Jonathan Brink déplace son regard vers la cheminée où les flammes jettent leurs derniers feux. Des vers lus quelque part se mettent alors à danser dans l'âtre :

En automne, je récoltai toutes mes peines et les enterrai dans mon jardin. Lorsque avril refleurit et que la terre et le printemps célébrèrent leurs noces, mon jardin fut jonché de fleurs splendides et exceptionnelles [1]...

1. Khalil Gibran, *Le Sable et l'Écume*, trad. de l'anglais par Jean-Pierre Dahdah et Maryke Schurman, Paris, Albin Michel, 1990.

PERSONNAGES QUI FURENT PROCHES DE FLORENCE

HENRY BONHAM CARTER, 1827-1921. Cousin de Florence. Avocat de métier, il fut aussi secrétaire du Fonds Nightingale de 1861 à 1914. Il contribua à faire reconnaître les résultats obtenus par l'école d'infirmières.

HILARY BONHAM CARTER, Sœur de Henry, cousine de Florence.

CHARLES HOLTE, 1799-1872, et SELINA BRACEBRIDGE, 1800-1874. Amis intimes de Florence. Ils la suivront en Crimée.

SIR WILLIAM BOWMAN, 1816-1892. Chirurgien et ophtalmologiste de renom. Il a travaillé au Royal London Ophthalmic Hospital, entre 1846 et 1876, puis enseigna au King's College, à Londres, entre 1848 et 1855. Ses recherches et ses découvertes tant dans le domaine ophtalmologique que physiologique lui valurent d'être reconnu comme l'un des plus grands praticiens de son époque. Il accéda au titre de baronnet en 1884.

MARY CLARKE MOHL, dite Clarkey, 1796-1883. Personnalité du monde littéraire et politique parisien, célèbre pour sa beauté et son esprit. En 1847, Clarkey épousa Julius Mohl, un orientaliste, qui avait également de l'amitié pour Florence Nightingale, avec qui il correspondait. Clarkey fit usage de son influence auprès de Fanny Nightingale pour qu'elle accorde plus de liberté à Florence. Elle resta sa correspondante et sa confidente jusqu'à la fin de sa vie et reçut quelques-uns de ses épanchements les plus acerbes.

ARTHUR CLOUGH, 1819-1861. Né à Liverpool, Arthur Clough fut avant tout un poète. C'est par nécessité qu'il accepta le poste de secrétaire auprès de Miss Nightingale. Pendant tout le temps qu'il occupa cette fonction (quatre ans), il fut dans l'impossibilité d'écrire une seule ligne. La malaria contractée dans sa jeunesse avait énormément fragilisé sa santé.

SIDNEY HERBERT, 1810-1861. Ministre de la Guerre entre 1852 et 1855. Fils du comte de Pembroke et d'une comtesse russe, Catherine Woronzoff (ou Vorontsova). Grand protecteur de Florence, c'est lui qui prit la décision d'envoyer le « Rossignol » en Crimée. Aux alentours de 1840, il vécut une passion sulfureuse avec une femme mariée de la haute société anglaise, Caroline Norton. Elle n'a jamais pu obtenir le divorce. Leur liaison fut interrompue en 1846 lorsque Herbert décida d'épouser Elizabeth Ashe Court (Liz), amie intime de Disraeli, Premier ministre britannique en 1868 et de 1874 à 1880. En 1860, il fut anobli et devint Lord Herbert of Lea et continua d'œuvrer pour le Fonds Nightingale jusqu'à sa mort. Son fils, le comte de Pembroke, prit la relève.

HENRY EDWARD MANNING, 1808-1892. Après plusieurs années de doutes, il rejoignit l'Église de Rome en 1851 et devint archevêque de Westminster. C'était un prédicateur éminent. Miss Nightingale le rencontra pour la première fois en Italie, en 1848, alors qu'elle-même était temporairement attirée par l'Église catholique. Il fut nommé cardinal en 1875.

RICHARD MONCKTON MILNES, 1809-1885 (Lord Houghton en 1863). Peut-être le seul homme dont Florence fut éprise. Entré au Parlement en 1838, il était passionné de poésie, mais c'est essentiellement comme avocat d'autres poètes, et en particulier de Keats, qu'il est passé à la postérité. Ami de la famille Nightingale, il demanda la main de Florence qui refusa. En désespoir de cause, il épousa en 1851 Annabelle Crewe. Son fils devint administrateur du Fonds Nightingale en 1899. Vrai ou faux, il passait pour un dévoyé sexuel.

FRANCES NIGHTINGALE (dite Fanny), 1778-1880. Mère de Florence. L'un des dix enfants de William Smith, qui siégeait à la Chambre des communes comme « défenseur des causes impopulaires ». Fanny hérita de ses tendances libérales.

PARTHENOPE NIGHTINGALE (Lady Verney), 1819-1890. Sœur de Florence. Pendant longtemps, entre les deux sœurs, la relation fut tumultueuse, voire conflictuelle. D'un caractère possessif, Parthenope fut, dans les premiers temps, maladivement jalouse de sa sœur. La tension entre les deux femmes s'apaisa progressivement et, dans les dernières années, se transforma en réelle affection. On lui doit deux romans et des essais sur l'agriculture.

WILLIAM EDWARD SHORE NIGHTINGALE, 1794-1874. Le nom du père de Miss Nightingale était initialement Shore, mais il le remplaça par Nightingale après avoir hérité de la fortune d'un oncle qui portait ce nom. Il fit ses études à Cambridge, ce qui apparemment le transforma, et épousa en 1778 Fanny Smith, contre le gré de sa famille. C'était un homme cultivé, intéressé par la politique. Il se présenta, mais sans succès, au Parlement.

ANGELIQUE LUCILE PRINGLE, 1842-1921. Issue d'une famille écossaise, elle était entrée à l'école Nightingale comme stagiaire et fit preuve de qualités exceptionnelles qui conduisirent Florence Nightingale à la baptiser « La Perle ». Elle fut presque la seule des infirmières Nightingale à maintenir des relations harmonieuses avec le personnel administratif et médical et à créer une école d'infirmières que Miss Nightingale jugeait supérieure à celle de St. Thomas. En 1887, après avoir longuement hésité, elle décida de rejoindre l'Église de Rome et donna sa démission, à la grande déception de Miss Nightingale.

MRS SAMUEL SMITH (Tante Mai), 1798-1889. Fille de Mary, sœur de William Nightingale, et de Samuel, frère de Fanny. En 1827, elle donna naissance à un fils, Shore, qui devint l'héritier des biens de la famille Nightingale et que Miss Nightingale appelait « mon garçon Shore ». En 1855, elle rejoignit sa nièce à Scutari.

MARGARET VERNEY (Lady Verney), 1844-1930. Épouse de Sir Edmund Verney, fille aînée de Sir Harry (l'époux de Parthenope), elle fut l'amie intime de Miss Nightingale qui l'appelait « Bienheureuse Margaret ».

BIBLIOGRAPHIE

Monica BALY, *Florence Nightingale à travers ses écrits*, traduit de l'anglais par Florence Herbulot, Paris, Inter-Éditions, 1993.

James BARBARY, *The Crimean War*, New York, Hawthorn Books, 1970.

William John BISHOP, Sue GOLDIE, *A Bio-bibliography of Florence Nightingale*, Londres, Dawson's of Pall Mall, 1962.

Sir Edward COOK, *The Life of Florence Nightingale*, 2 volumes, Londres, MacMillan and Co, 1913.

Sir Zachary COPE, *Florence Nightingale and the Doctors*, Londres, Museum Press, 1958.

Gillian GILL, *Nightingale : the Extraordinary Upbringing and Curions Life of Miss Florence Nightingale*, New York, Ballantine Books, 2004.

Les sources les plus importantes :

— le War Office ;

— le Welcome Institute for the History of Medicine ;

— la British Library, où l'on retrouve la plupart des lettres, notes, journal intime, rassemblés par Henry Bonham Carter qui était alors responsable du Fonds Nightingale.

OUVRAGES DE FLORENCE NIGHTINGALE

The Institution of Kaiserswerth on the Rhine for the Practical Training of Deaconesses, under the Direction of Rev. Pastor Fliedner, Embracing the Support and Care of a Hospital, Infant and Industrial Schools, and a Female Penitentiary, Londres, London Ragged Colonial Training School, 1851.

Letters from Egypt, édition privée, 1854; édité par Anthony Sattin, New York, Weidenfeld and Nicholson, 1987.

Letters from the Crimea, 1854-1856, édité par Sue M. Goldie, Manchester, New York, Mandolin, 1997.

Statements Exhibiting the Voluntary Contributions Recewed by Miss Nightingale for the Use of the British Hospitals in the East, With the Mode of their Distribution, in 1854, 1855, 1856, Londres, Harrison and Sons, 1857.

Notes on Matters Affecting the Health, Efficiency, and Hospital Administration of the British Army. Founded Chiefly on the Experience of the Late War. Presented by Request to the Secretary of State for War, édition à compte d'auteur de Miss Nightingale, Londres, Harrison and Sons, 1858.

Subsidiary Notes as to the Introduction of Female Nursing into Military Hospitals in Peace and War, Presented by Request to the Secretary of State for War, édition à compte d'auteur de Miss Nightingale, Londres, Harrison and Sons, 1858.

A Contribution to the the Sanitary History of the British Army During the Late War with Russia, Londres, Harrison and Sons, 1859.

Notes on Hospitals, John W. Parker and Sons, 1859 ; 3e édition, complétée et augmentée, Londres, Longmans, Green and Co, 1863.

Suggestions for Thought to the Searchers after Truth among the Artizans of England, édition à compte d'auteur de Miss Nightingale, 3 volumes, Eyre and Spottiswoode, 1860 ; édité par Mary Poovey, New York, New York University Press, 1992.

Notes on Nursing : What it is, and What it is not, Harrison, Londres, 1860 ; *Florence Nightingale's Notes on Nursing*, révisé avec des ajouts, sous la direction de V. Skretkowicz, Londres, Scutari Press, 1992.

Army Sanitary Administration and its Reform under the Late Lord Herbert, McCorquodale and Co, 1862.

Observations on the Evidence Contained in the Stational Reports Submitted to the Royal Commission on the Sanitary State of the Army in India, d'après le rapport de la Commission royale, Londres, Edward Stanford, 1863.

Introductory Notes on Lying-in Institutions. Together with a Proposal for Organizing an Institution for Training Midwives and Midwifery Nurses, Londres, Longmans, Green and Co, 1871.

Life or Death in India. Article lu au cours de la conférence de l'Association nationale pour la promotion des sciences sociales, Norwich, 1973.

The Zemindar, the Sun, and the Watering Pot as Affecting Life or Death in India, non publié, épreuves consultables dans les archives Nightingale, 1873-1876.

On Trained Nurses for the Sick Poor, Londres, The Metropolitan and National Nursing Association, 1876.

Miss Florence Nightingale's Addresses to Probationer-Nurses in the « Nightingale Fund » School at St. Thomas's Hospital and Nurses who Were Formerly Trained There, 1872-1900, imprimé pour une distribution privée.
Florence Nightingale's Indian Letters. A Glimpse into the Agitation for Tenancy Reform. Bengal, 1878-82, Calcutta, Priyaranjun Sen, 1937.
Cassandra and Other Selections from Suggestions for thought, sous la direction de Mary A. Poovey, Londres, Pickering and Chatto, 1991.

DU MÊME AUTEUR

Aux Éditions Gallimard

L'ENFANT DE BRUGES, *roman*, 1999 (Folio n° 3477)

À MON FILS À L'AUBE DU TROISIÈME MILLÉNAIRE, *essai*, 2000 (Folio n° 3883)

DES JOURS ET DES NUITS, *roman*, 2001 (Folio n° 3731)

Aux Éditions Denoël

AVICENNE OU LA ROUTE D'ISPAHAN, *roman*, 1989 (Folio n° 2212)

L'ÉGYPTIENNE, *roman*, 1991 (Folio n° 2475)

LA POURPRE ET L'OLIVIER, *roman*, 1992, nouvelle édition révisée et complétée (Folio n° 2565)

LA FILLE DU NIL, *roman*, 1993 (Folio n° 2772)

LE LIVRE DE SAPHIR, *roman*, 1996. Prix des Libraires (Folio n° 2965). Nouvelle édition revue par l'auteur en 2004

Chez d'autres éditeurs

LE DERNIER PHARAON, *biographie*, Éditions Pygmalion, 1997

L'AMBASSADRICE, *biographie*, Calmann-Lévy, 2002

LES SILENCES DE DIEU, *roman*, Albin Michel, 2003

AKHENATON, Le dieu maudit, *biographie*, Flammarion, 2004 (Folio n° 4295)

UN BATEAU POUR L'ENFER, *récit*, Calmann-Lévy, 2005

LA REINE CRUCIFIÉE, *roman*, Albin Michel, 2005 (Folio n° 4631)

LE COLONEL ET L'ENFANT-ROI, *récit*, Jean-Claude Lattès, 2006 (Folio n° 4803)

MOI, JÉSUS, *roman*, Albin Michel, 2007

LA DAME À LA LAMPE, *roman*, Calmann-Lévy, 2008 (Folio n° 4906)

EREVAN, *roman*, Flammarion, 2009

COLLECTION FOLIO

Dernières parutions

4664. Abbé Prévost	*Manon Lescaut.*
4665. Cicéron	*« Le bonheur dépend de l'âme seule ».* Tusculanes, *livre V.*
4666. Collectif	*Le pavillon des Parfums-Réunis* et autres nouvelles chinoises des Ming.
4667. Thomas Day	*L'automate de Nuremberg.*
4668. Lafcadio Hearn	*Ma première journée en Orient* suivi de *Kizuki le sanctuaire le plus ancien du Japon.*
4669. Simone de Beauvoir	*La femme indépendante.*
4670. Rudyard Kipling	*Une vie gaspillée* et autres nouvelles.
4671. D. H. Lawrence	*L'épine dans la chair* et autres nouvelles.
4672. Luigi Pirandello	*Eau amère* et autres nouvelles.
4673. Jules Verne	*Les révoltés de la Bounty* suivi de *maître Zacharius.*
4674. Anne Wiazemsky	*L'île.*
4675. Pierre Assouline	*Rosebud.*
4676. François-Marie Banier	*Les femmes du métro Pompe.*
4677. René Belletto	*Régis Mille l'éventreur.*
4678. Louis de Bernières	*Des oiseaux sans ailes.*
4679. Karen Blixen	*Le festin de Babette.*
4680. Jean Clair	*Journal atrabilaire.*
4681. Sous la direction d'Alain Finkielkraut	*Ce que peut la littérature.*
4682. Franz-Olivier Giesbert	*La souille.*
4683. Alain Jaubert	*Lumière de l'image.*
4684. Camille Laurens	*Ni toi ni moi.*
4685. Jonathan Littell	*Les Bienveillantes.*
4686. François Weyergans	*La démence du boxeur.* (à paraître)

4687. Frances Mayes	*Saveurs vagabondes.*
4688. Claude Arnaud	*Babel 1990.*
4689. Philippe Claudel	*Chronique monégasque* et autres textes.
4690. Alain Rey	*Les mots de saison.*
4691. Thierry Taittinger	*Un enfant du rock.*
4692. Anton Tchékhov	*Récit d'un inconnu* et autres nouvelles.
4693. Marc Dugain	*Une exécution ordinaire.*
4694. Antoine Audouard	*Un pont d'oiseaux.*
4695. Gérard de Cortanze	*Laura.*
4696. Philippe Delerm	*Dickens, barbe à papa.*
4697. Anonyme	*Le Coran.*
4698. Marguerite Duras	*Cahiers de la guerre* et autres textes.
4699. Nicole Krauss	*L'histoire de l'amour.*
4700. Richard Millet	*Dévorations.*
4701. Amos Oz	*Soudain dans la forêt profonde.*
4702. Boualem Sansal	*Poste restante : Alger.*
4703. Bernhard Schlink	*Le retour.*
4704. Christine Angot	*Rendez-vous.*
4705. Éric Faye	*Le syndicat des pauvres types.*
4706. Jérôme Garcin	*Les sœurs de Prague.*
4707. Denis Diderot	*Salons.*
4708. Isabelle de Charrière	*Sir Walter Finch et son fils William.*
4709. Madame d'Aulnoy	*La Princesse Belle Étoile et le prince Chéri.*
4710. Isabelle Eberhardt	*Amours nomades.*
4711. Flora Tristan	*Promenades dans Londres.*
4712. Mario Vargas Llosa	*Tours et détours de la vilaine fille.*
4713. Camille Laurens	*Philippe.*
4714. John Cheever	*The Wapshot.*
4715. Paule Constant	*La bête à chagrin.*
4716. Erri De Luca	*Pas ici, pas maintenant.*
4717. Éric Fottorino	*Nordeste.*
4718. Pierre Guyotat	*Ashby* suivi de *Sur un cheval.*
4719. Régis Jauffret	*Microfictions.*
4720. Javier Marías	*Un cœur si blanc.*
4721. Irène Némirovsky	*Chaleur du sang.*

4722. Anne Wiazemsky — *Jeune fille.*
4723. Julie Wolkenstein — *Happy End.*
4724. Lian Hearn — *Le vol du héron. Le Clan des Otori, IV.*
4725. Madame d'Aulnoy — *Contes de fées.*
4726. Collectif — *Mai 68, Le Débat.*
4727. Antoine Bello — *Les falsificateurs.*
4728. Jeanne Benameur — *Présent?*
4729. Olivier Cadiot — *Retour définitif et durable de l'être aimé.*
4730. Arnaud Cathrine — *La disparition de Richard Taylor.*
4731. Maryse Condé — *Victoire, les saveurs et les mots.*
4732. Penelope Fitzgerald — *L'affaire Lolita.*
4733. Jean-Paul Kauffmann — *La maison du retour.*
4734. Dominique Mainard — *Le ciel des chevaux.*
4735. Marie Ndiaye — *Mon cœur à l'étroit.*
4736. Jean-Christophe Rufin — *Le parfum d'Adam.*
4737. Joseph Conrad — *Le retour.*
4738. Roald Dahl — *Le chien de Claude.*
4739. Fédor Dostoïevski — *La femme d'un autre et le mari sous le lit.*
4740. Ernest Hemingway — *La capitale du monde* suivi de *L'heure triomphale de François Macomber.*
4741. H.P. Lovecraft — *Celui qui chuchotait dans les ténèbres.*
4742. Gérard de Nerval — *Pandora* et autres nouvelles.
4743. Juan Carlos Onetti — *À une tombe anonyme.*
4744. R.L. Stevenson — *La Chaussée des Merry Men.*
4745. H.D. Thoreau — *« Je vivais seul, dans les bois ».*
4746. Michel Tournier — *L'aire du Muguet* précédé de *La jeune fille et la mort.*
4747. Léon Tolstoï — *La Tempête de neige* et autres récits.
4748. Tonino Benacquista — *Le serrurier volant.*
4749. Bernard du Boucheron — *Chien des os.*
4750. William S. Burroughs — *Junky.*
4751. Françoise Chandernagor — *La voyageuse de nuit.*
4752. Philippe Delerm — *La tranchée d'Arenberg et autres voluptés sportives.*

4753. Franz-Olivier Giesbert — *L'affreux.*
4754. Andrea Levy — *Hortense et Queenie.*
4755. Héléna Marienské — *Rhésus.*
4756. Per Petterson — *Pas facile de voler des chevaux.*
4757. Zeruya Shalev — *Thèra*
4758. Philippe Djian — *Mise en bouche.*
4759. Diane de Margerie — *L'Étranglée.*
4760. Joseph Conrad — *Le Miroir de la mer.*
4761. Saint Augustin — *Confessions. Livre X.*
4762. René Belletto — *Ville de la peur.*
4763. Bernard Chapuis — *Vieux garçon.*
4764. Charles Julliet — *Au pays du long nuage blanc.*
4765. Patrick Lapeyre — *La lenteur de l'avenir.*
4766. Richard Millet — *Le chant des adolescentes.*
4767. Richard Millet — *Cœur blanc.*
4768. Martin Amis — *Chien Jaune.*
4769. Antoine Bello — *Éloge de la pièce manquante.*
4770. Emmanuel Carrère — *Bravoure*
4771. Emmanuel Carrère — *Un roman russe*
4772. Tracy Chevalier — *L'innocence*
4773. Sous la direction d'Alain Finkielkraut — *Qu'est-ce que la France ?*
4774. Benoît Duteurtre — *Chemins de fer.*
4775. Philippe Forest — *Tous les enfants sauf un.*
4776. Valentine Goby — *L'échappée.*
4777. Régis Jauffret — *L'enfance est un rêve d'enfant.*
4778. David McNeil — *Angie ou les douze mesures d'un blues.*
4779. Grégoire Polet — *Excusez les fautes du copiste*
4780. Zoé Valdés — *L'éternité de l'instant*
4781. Collectif — *Sur le zinc. Au café avec les écrivains.*
4782. Francis Scott Fitzgerald — *L'étrange histoire de Benjamin Button* suivi de *La lie du bonheur.*
4783. Lao She — *Le nouvel inspecteur* suivi de *Le croissant de lune.*
4784. Guy de Maupassant — *Apparition et autres contes de l'étrange.*

4785. D. A. F. de Sade	*Eugénie de Franval.*
4786. Patrick Amine	*Petit éloge de la colère.*
4787. Élisabeth Barillé	*Petit éloge du sensible.*
4788. Didier Daeninckx	*Petit éloge des faits divers.*
4789. Nathalie Kuperman	*Petit éloge de la haine.*
4790. Marcel Proust	*La fin de la jalousie.*
4791. Friedrich Nietzsche	*Lettres choisies.*
4792. Alexandre Dumas	*La Dame de Monsoreau.*
4793. Julian Barnes	*Arthur & George.*
4794. François Bégaudeau	*Jouer juste.*
4795. Olivier Bleys	*Semper Augustus.*
4796. Éric Fottorino	*Baisers de cinéma.*
4797. Jens Christian Grøndahl	*Piazza Bucarest.*
4798. Orhan Pamuk	*Istanbul.*
4799. J.-B. Pontalis	*Elles.*
4800. Jean Rolin	*L'explosion de la durite.*
4801. Willy Ronis	*Ce jour-là.*
4802. Ludovic Roubaudi	*Les chiens écrasés.*
4803. Gilbert Sinoué	*Le colonel et l'enfant-roi.*
4804. Philippe Sollers	*L'évangile de Nietzsche.*
4805. François Sureau	*L'obéissance.*
4806. Montesquieu	*Considérations sur les causes de la grandeur des Romains et de leur décadence.*
4807. Collectif	*Des nouvelles de McSweeney's.*
4808. J. G. Ballard	*Que notre règne arrive.*
4809. Erri De Luca	*Sur la trace de Nives.*
4810. René Frégni	*Maudit le jour.*
4811. François Gantheret	*Les corps perdus.*
4812. Nikos Kavvadias	*Le quart.*
4813. Claudio Magris	*À l'aveugle.*
4814. Ludmila Oulitskaïa	*Mensonges de femmes.*
4815. Arto Paasilinna	*Le bestial serviteur du pasteur Huuskonen.*
4816. Alix de Saint-André	*Il n'y a pas de grandes personnes.*
4817. Dai Sijie	*Par une nuit où la lune ne s'est pas levée.*

Composition et impression CPI Bussière
à Saint-Amand (Cher),
le 25 avril 2009.
Dépôt légal : avril 2009.
Numéro d'imprimeur : 091289/1.

ISBN 978-2-07-038136-4./Imprimé en France.

164013